農ガール、農ライフ

垣谷美雨

祥伝社文庫

目次

農ガール、農ライフ

1　二月中旬

今日、派遣切りに遭った。

吐く息が白い。

凍えるような夕暮れだった。

かじかむ手でバッグを持ち、水沢久美子《みずさわくみこ》は家路を急いでいた。こういったつらい日は、真っ先に篠山《しのやま》修《おさむ》の顔が思い浮かぶ。一刻も早く話を聞いてもらいたかった。

同棲《どうせい》してもう六年になる。独身主義者というわけではなかったが、今さら結婚というのも面倒で、ずるずるとここまできてしまった。三十二歳になった今では、恋人というよりルームメイトといった感じだ。

角を曲がると、巨大なＵＲの賃貸マンション群が見えてきた。広大な敷地に足を踏み入れ、整備された公園を歩く。こんな寒い中でも、ブランコの周りでは塾帰りと思われる子供たちが楽しそうにおしゃべりしていた。

修は家にいるだろうか。土曜日に仕事があるのは自分だけなので、今朝家を出るとき、修はまだ寝ていたのだった。

玄関ロビーの集合郵便受けを開けると空っぽだった。ということは、修は昼間どこかへ出かけ、既に帰宅しているということだ。

エレベーターを待っていると、二基あるうちの一基のドアが開き、ベージュのコートを着た若い女性が降りてきた。うつむいた横顔がなにやら深刻そうだ。清楚《せいそ》な雰囲気を漂わせ、艶《つや》のある長い髪がきれいだった。

すれ違いざまにいい香りがした。

これはなんという香水だったか。グレープフルーツの香り……。匂いに釣られて振り返ると、揺れるコートの裾から膝丈のピンクのスカートがちらりと見えた。

自分が最後に香水をつけたのはいつだろう。派遣元の会社は所帯じみた中年男性ばかりで、ときめく機会などまったくない。

エレベーターの中に残り香があった。さわやかな柑橘《かんきつ》系の香りに、さっき駅ナカで買ってきたロースカツの油の匂いが混ざる。ついでにキャベツの千切りも買ったから、あとはご飯を用意すればいいだけだ。

八階で降り、コンクリートの廊下を奥へ進む。廊下側に面した修の部屋から明かりが漏れているのが見えた。やはり家にいるらしい。

あれ？　どうして玄関に鍵がかかっていないの？　几帳面《きちょうめん》な修にしては珍しいことも

あるものだ。そう思いながらドアを開けた途端、ハッとしてその場に立ち竦《すく》んだ。
この香り……グレープフルーツの香りだった。
そのとき、廊下の奥からバタバタと足音が聞こえてきた。
「どうしたんだ？」
修が慌てた様子で玄関に走り出てきた。「あっ、なんだ……久美ちゃんだったのか」
「誰だと思ったの？」
尋ねると、修の目が泳いだ。
「今夜のメシはどうする？」
修は答えをはぐらかした。
「ロースカツ買ってきたの」と言いながら、修に袋を渡す。
「ラッキー、ちょうど食べたいと思ってたとこ。おお、すげえ。千切りキャベツまで？
もう完璧じゃん。あとは冷凍ご飯をチンすればいいだけだ」
不自然なほど大きな声を出して感激したように言い、作り笑いまでしている。
――香水の匂いがするよ。
そのひとことが言えなかった。
――誰か来たの？

恐くて聞けなかった。

まっすぐ自分の部屋に入ってコートを脱いだ。いつものように、膝の出た紺のジャージと首の伸びたグレーのトレーナーに着替え、母の形見の袢纏《はんてん》を羽織る。

ふと、クローゼットに備え付けられた姿見の前に立ってみた。紫の絞り柄の袢纏は地味で田舎臭く、老けて見えた。あのグレープフルーツの彼女と比べて、自分は女として確実に見劣りする。小柄でぽっちゃり型の自分はいかにも昭和生まれといった感じだ。それに引き換え、彼女は小顔で手足が長く、コートの上からでも今風の体形が見てとれた。

あの女性は誰なの？

修とはどういった知り合いなの？

なぜ修は彼女がここに来たことを黙っているの？

そんなこと、わざわざ尋ねなくてもわかっている。あの女性は修の恋人なのだ。

次の瞬間、紫色の袢纏を脱ぎ捨てていた。鏡を見て手櫛《てぐし》で髪を整え、取れかけた眉墨を描き足し、口紅を引き直す。

鏡の中の自分をじっと見つめた。

何やってんの、自分。

ご飯食べる前に口紅つけてどうすんの？

ティシュで口紅を乱暴にぬぐい、無造作に髪をひとつに結び、再び袢纏を羽織った。

考えすぎだよ。修に恋人なんてできるわけがない。この六年間できなかったんだし、その間に修は確実にオジサンになった。髪のボリュームだって少なくなったし、筋肉が脂肪に変わった。だから……あんなに若くて可憐《かれん》な女性が修を好きになるはずがない。

部屋を出てリビングのソファに腰を下ろした。キッチンで修が皿にキャベツを盛りつけているのがよく見える。広い空間を楽しむために、リビングとダイニングキッチンの間の仕切りを取り外していた。視界の隅で修の姿を捉えながら、いつもするように、足をガラステーブルの上に載せた。テーブルの縁がふくらはぎに当たるようにして左右に動かし、固まった筋肉をほぐすのが日課だった。立ちっぱなしの仕事だから、ふくらはぎがぱんぱんに張っている。

視線を感じて台所の方に目をやると、修がじっとこちらを見つめていた。目が合う前に彼は目を逸らし、冷凍ご飯を電子レンジに入れた。

次の瞬間、血の気が引いた。「下品な女」というつぶやきが聞こえたからだ。レンジが大きな唸《うな》り声を上げているから、こちらにまで聞こえないと思ったのだろうか。

テーブルに足を載せるのが下品だっていうの？

――むくみを取るにはいい方法だね。ふくらはぎは第二の心臓って言われてるらしいから。

いつだったか、そう言ったのは修だった。いったいどうしちゃったの？　誰と比べて下品なの？　グレープフルーツの香りのする彼女？　だとしたら、どうする自分。修を責めるの？

問い詰める権利なんて自分にはない。だって、

――久美ちゃん、好きな男ができたら遠慮なく言えよ。引き留めないからさ。

――ばーか、そっちこそ好きな女の人ができたら隠さないで言ってよね。熨斗《のし》つけてプレゼントするよ。

もう何年もの間、そう言い合ってきた。でもそれは、修側の牽制《けんせい》だったはずだ。好きな人ができたんじゃないかと心配していたのは、いつも修の方だった。

電子レンジの音が止まった。

「できたよ。トンカツソースとウスターソース、どっちにする？」

「今日はポン酢にする」

テレビを点けたまま立ち上がる。強烈な不安に襲われていた。

「いただきまあす」

今の生活が根底から覆《くつがえ》る予感がして、口の中が乾き、トンカツをなかなか飲み込めな

い。

「久しぶりに、お袋が作ってくれたトンカツが食いたいな」

「えっ？　修のお母さんて料理上手だっけ？」

「うん。特に揚げものは上手だった。それとポテトサラダもね。トンカツの隣には必ずポテトサラダがついてた。玉葱《たまねぎ》がピリッと効いてて、スーパーで売ってる代物とは段違い。それに、トンカツの衣にするパン粉だって、食パンをフードプロセッサーで粉々にするから、衣がうんと薄く仕上がっててヘルシーなんだよ」

「珍しい」

「だろ？　普通はパン粉なんて店で買ってくるよな」

そうじゃない。珍しいのはパン粉のことじゃなくて、修が母親の話をすることだ。嫌いなんじゃなかったの？　病気で働けなくなったお父さんを見捨てて家を出て行ったお母さんを恨んでいたんじゃなかったの？

修の心に変化が生じたのはいつ頃からなのだろう。全く気づかなかった。修は空気みたいな存在だから、注意深く観察したことなんてない。変わらずそこにい続けるものだと思っていた。

ひどく動揺していた。よりによって、派遣切りに遭った日に……。

——実は俺、好きな女ができたんだ。

そんなことを言われたら、これから先、自分はどうすればいいのだろう。少なくとも、このマンションには住めなくなる。同棲する前は、それぞれがワンルームマンションを借りていて、互いの部屋を行き来する期間が一年ほど続いた。そんなある日、ルームシェアをしている友人宅に遊びにいった。広いリビングやゆったりとした間取りが羨《うらや》ましくてたまらなくなった。それがきっかけで、広い部屋を借りて一緒に住もうと、修に提案したのは自分の方だった。

この部屋は、ひと目見て気に入ったのだった。角部屋の2LDKで三方向に窓があり、リビングは十畳近くある。家賃は月額十万二千円だ。ひとりでは払えないが、印刷会社に勤める修と折半ならなんとかなった。最初の頃はひとつの部屋で一緒に寝起きしていたが、何年かしてから部屋を分けた。そして互いの部屋には勝手に入らないという不文律も、いつの間にかできあがった。もちろん仲が悪いわけではないから、時間が合えば一緒に夕飯を作って食べるし、ソファに並んでテレビを見たりもする。

大学を出て中堅の住宅メーカーに就職したまではよかった。その頃だったら、好きな人ができたと修に告白されたとしても強気でいられたはずだ。総合職だし給料もよかった。だが二十七歳になった頃、会社がリストラを始めるという噂《うわさ》が流れた。誰がターゲットになるのだろうと社内が戦々恐々としていたら、何のことはない、倒産してしまった。

――正社員の職が見つかるまでは、家賃は俺が払ってやるよ。

――そうはいかないよ。今まで通り半分は払うよ。

結婚しているわけではないのだから、金銭面で修に頼るのはルール違反だと思った。

――いっそ、結婚しちゃおうか。

修にそう言われたのに、即座に断わってしまった。倒産して食べていけなくなったから結婚に逃げるなんて、女性の生き方として最も軽蔑するものだった。挽回《ばんかい》のチャンスはいくらでも訪れると信じていた。学生時代の友人たちのほとんどが未婚だったこともあって、結婚に対する焦りもなかった。既に結婚していた友人もいたが、幸せそうには見えなかった。自由を謳歌《おうか》している自分たちとは違い、羽をもぎ取られた鳥みたいだと思ったこともある。共働きなのにもかかわらず、家事のほとんどが妻側の負担になっていたし、子供のいる家庭となれば、更に大変そうだった。夫に対する恨みを少しずつ溜《た》めているのが傍目《はため》にも見てとれた。そこへいくと同棲は違った。修は男尊女卑のダの字もないし、家事を押しつけてくることも全くなかった。

しかしその後、転職先はなかなか見つからなかった。仕方なく派遣会社に登録し、デパートの子供服売り場や警備会社などを転々とした。生活費が足りないときは、住宅メーカーに勤めていた頃の預金を取り崩した。

　そして今日、半年前から働いていたファミリーレストランの契約が切れた。誰よりもてきぱきと仕事をこなしてきたと自負していたから、契約更新は当然だと思っていた。それどころか、正社員にならないかと誘われるかもしれない、そしてそのうち大卒だから内勤になる可能性もある。そんな希望さえ持っていた。とはいえ、今までも期待を裏切られたことは何度もあった。それでも将来にそれほど焦りを感じなかったのはなぜか。

　——いざとなれば、修と結婚すればいいや。

　一度はプロポーズを断わったくせに、意識の底に最後の砦《とりで》として考えていたのかもしれない。一方、修はいつの間にか出世して課長になり、今ではいっぱしの給料をもらっている。

「ごちそうさま」

　食欲がなくなっていた。

「残すの？　そのトンカツ、もらってもいい？」

「どうぞ」

　皿を修の方へ押しやる。湯呑みだけ持ってソファへ移動し、テレビをぼうっと眺めた。

「俺、転勤になりそうなんだ」

修がキャベツを頰張《ほおば》りながら言った。

「転勤って、どこに？」

修の勤める会社は、本社が銀座《ぎんざ》にあるだけで支社はないはずだ。

「大阪」

「大阪に支社なんてあったっけ？」

「最近できたんだ」

「へえ、知らなかった。で、いつ頃？」

「来月」

「ずいぶん急だね。私はいいけど」

「いいって、何が？」

「だから私も大阪に行くよ。今の会社からは契約を更新してほしいって言われてるんだけど、違う仕事にチャレンジしてみたいと思ってたところなの。知らない土地で心機一転頑張ってみるのも面白そうだし」

修は何も応えずに立ち上がり、皿を流しに運んだ。

「久美ちゃん、コーヒー飲むか？」

もう終わりが近づいている。

「うん。ミルク多めね」

「実は俺ね、結婚を前提につきあっている子がいるんだ」

子？「女性」じゃなくて、「女の人」でもなくて、「女」でもなくて、「子」なの？

修とは大学時代の同級生だが、彼は二浪しているから自分より二歳上だ。だが、いつの間にか兄妹というよりも、どちらかというと姉弟といった感じになっていた。だが、あのグレープフルーツの女性は、修にとってまだ「女の子」であるらしい。

「どんな子？」

「会社の子」

「何歳？」

「二十四」

「いつからつきあってたの？」

「三ヶ月前くらいかな」

そのとき、わけのわからない激情が腹の底から突き上げてきた。「なんなのよ！」

いきなり立ち上がり、金切り声を上げていた。「三ヶ月も前から私を騙《だま》してたってこと？ いい加減にしてよっ」

修が目を見開き、一歩後ずさった。「騙してなんかいないよ。そもそも俺たち、ずっと前からそういう仲じゃないだろ」

「ごまかさないで！　私に隠れて浮気してたってことじゃないの」

「はあ？　浮気、ですか？」

修はわざとらしいほど素《す》っ頓狂《とんきょう》な声を出した。

「俺と久美ちゃんの間で、浮気とか騙すとかいう言葉、おかしいだろ」

確かに結婚の約束をした覚えもない。互いに好きな人ができたら遠慮なく同居を解消しようと言い合ってきた。でも、二人が別れるとしたら、自分に好きな男性ができたときだったはず。まさか修の方から別れを切り出すなんて想像もしていなかった。

そんな何の根拠もない自惚《うぬぼ》れは、どこから来たものだったのだろう。いったい自分を何様だと思っていたのか。

「前に一度プロポーズしたことあったよね。そのとき久美ちゃん、きっぱり断わっただろ？」

返す言葉がなかった。

「あのとき俺、かなり傷ついたんだぜ」

「え？」

結婚という枠に囚われない共同生活は理想的だった。女のひとり暮らしとは違い、防犯上も安心だし、修との適度な距離は快適だった。

「でも、もう俺はあの頃の俺じゃない。千切りキャベツを買ってくるような女とは結婚したくないと思うようになったんだ」

冗談かと思ったら、修は笑っていなかった。「キャベツを切るのさえ面倒になったら女も終わりだろ」

耳を疑った。いつの間にそんな保守的なことを言うようになったのか。彼女は料理上手をアピールするような女なのか。

千切りキャベツが売られているのを初めて見たときは驚いた。野菜を切ることさえ面倒に思う人がこの世の中にはいるらしい。そうなったら人間お終《しま》いだと思ったはずだが、一度ためしに買ってみると、もうやめられなくなった。歯応えはシャキシャキだし、これほど繊細に切るのは自分には無理だ。それにゴミも出ない。もう若くないのか、一日中立ちっぱなしの仕事から家に帰ったあとは、台所に立つのが体力的に厳しくなってきていた。つまり、何年も一緒に暮らせば遠慮のない仲になり、互いにだらしない面を晒《さら》すことに抵抗がなくなってくる。

修だってそうじゃないか。

だけど、男はよくても女はダメだったのか。

暗い気持ちを引きずったまま派遣会社に出向いた。

次の仕事先として紹介されたのは、どれも将来の展望が見えないものばかりだった。電話セールスや店頭の売り子で、しかも契約期間が短い。もしも自分が結婚していれば、逆にこういった、数ヶ月ずつの様々な仕事を楽しめたのかもしれない。夫の給料で生活し、自分で稼いだ分は旅行費用に充てたり貯金に回したりする。人間関係が嫌になったら、さっさと辞めて次に行けばいい。そうやって、小さな楽しみのためにパート代をせっせと貯めるのはさぞかし面白いだろう。

派遣の仕事は、給料が安くて雇用が不安定というだけではない。正社員から「身分が下の者」としての扱いを受け、プライドが粉々になる。能力も学歴も劣っていないのに。

大学時代に仲の良かった同級生は、みんな中堅以上の会社に勤めている。自分も以前はそうだった。その頃は無意識だったが、中流以上の枠の中に自分は収まっていると思うことが自尊心を支えていたのだと思う。そこからいったんこぼれ落ちてしまったら、もうその枠の中に戻るのは難しい。この焦りや惨めさが、修にわかるだろうか。わかってもらったところで仕方がないのだが。

派遣会社の入ったビルを出て、昼食を摂《と》るためにコンビニに入った。この店はイートインスペースが広く取ってある。おにぎりとサラダを買い、隅っこの席で食べた。会社に勤めていた頃は、ランチタイムになると、同期と連れだっておしゃれなカフェに行ったものだ。だが今は、少しでも預金を減らしたくない。

食べ終わって外に出ると雨が降っていた。店の前で、店員がビニール傘を並べている。

——一本三〇〇円

なぜたったの三百円で傘を売ることができるのだろう。店の利益や運送費や材料費を差し引くと、人件費はいったい、いくらなのか。どこの国のどんな工場で作っているのか。傘を見つめるうち、低賃金に喘《あえ》ぐ負け組の象徴のように思えてきた。つまり、この傘は自分自身だ。

そんなもの買いたくない。だから早く止んでほしい。祈るような気持ちで空を見上げた。

かじかむ手でクリアファイルを頭に載せ、駅に向かって歩き出した。手に当たる雨の冷たさが、惨めさに拍車をかける。明日からは天気予報がどうあろうが、常に折り畳み傘をバッグに入れておこう。もう無駄遣いはできない。

ランチタイムの街は、色とりどりの傘の花が咲いていた。行き交うスーツ姿の男性や若い女性たちが、みんな大手企業に勤める正社員のように見える。自分ひとりだけが不幸に思えてきた。

彼らから目を逸らすように脇道に入った。駅へ行くには、住宅街を通り抜けた方が近道だ。どの家も敷地が広く、高い塀《へい》に囲まれている。いったいどう努力すれば、こういう家に住めるのだろう。

前方の木戸から六十代くらいの女性が出てくるのが見えた。玄関と勝手口が別々にあるような家に住むなんて、自分には夢のまた夢だ。女性はこちらへ向かって歩いてくる。平凡な顔立ちだが、ひと目見て上質とわかるコートを着ていた。

あなたは、どうやってこんな優雅な暮らしを手に入れたんですか。

すれ違いざまに問い詰めてみたくなる。

人というものは、自然に恋愛をして結婚をする。長い間、そう思っていた。修とつきあい始めたときも、修の実家が資産家かどうか、修自身に将来性はあるかなど、考えてみたこともなかった。だが、何十年後にはこれほど暮らしぶりに差が出てしまうらしい。ませた女の子なら中学生のときからわかっているのだろうが、自分は三十二歳にもなって、やっと実感している。

ああ、そんなことよりも、早めに引越し先を見つけなければならない。修とグレープフルーツの彼女は、邪魔者がマンションを出て行くのを今か今かと待っている。

——大阪に転勤するんじゃなかったの？

——取りやめになったんだ。

ネットで修の会社のホームページを検索してみたが、大阪に支社ができる予定なんかなかった。修が嘘をついたと知ったとき、じんわりとした悲しみに包まれた。きっと彼は考えたのだろう。転勤ということにしておけば、しこりなく別れられると。そんなこととはつゆ知らず、大阪についていくなどと言った自分が滑稽《こっけい》だった。

それにしても、グレープフルーツの彼女は、あのマンションに住むことが嫌ではないのだろうか。修と自分が何年も一緒に暮らしてきた部屋なのである。そんなところで新婚生活を始めようとする神経が理解できなかった。

もしかして、嫉妬《しっと》が変な風に屈折してしまったのだろうか。例えば、「私だって元カノと同じようにあの部屋で暮らしてみたい、彼女だけが経験したなんてズルイ」と思ったとか？　確かに、あの部屋は素晴らしい。三方向が窓という角部屋ならではの間取りが開放的で、雑誌に載ってもおかしくないほどだ。そのうえ、北西向きという理由だけで、広さの割に家賃が格安だ。

それとも、三十歳を過ぎた女なんか、二十四歳の女から見れば女の数に入っていないのか。たぶん後者なのだろう。自分が彼女くらいの年齢の頃、三十歳を過ぎた女性をどういった目で見ていたかを思い出してみればわかるというものだ。

あの日を境に、修は帰ってこなくなった。たぶん彼女の部屋に泊まっているのだろう。なにも自分は意地悪をして居座っているわけではない。新しくアパートを借りるくらいの預金はある。だが、無職のままでは不動産屋が貸してくれないのだ。

あの夜、派遣切りに遭ったことを修にはとうとう話すことができなかった。話せば困った顔をするのがわかっていたからだ。

――アイツ、俺が別れを切り出した途端に、派遣切りに遭ったなんて言い出すんだぜ、あまりの偶然に笑っちゃうよな。

修は彼女にそう報告するのではないか。

まさか、それはないだろう。元来は優しい男なのだ。いや……彼は変わったのだった。買ってきたキャベツの千切りを見て、女もお終いだと言ったのだから。

もしも、あの日に戻れるのなら、と想像してみる。玄関ドアを開けるなり、ああ私、無職になっちゃったよ、あんなに頑張って仕事してきたのに私が切られるなんておかしいよ、もうどうしていいかわかんないよと泣き喚《わめ》いてみせる。そしたら彼は別れを切り出しにくくなるだろう。

バッカじゃないの？

そんな計算ずくの演技なんか自分にできっこない。そもそもそんなことを考える自分が浅ましくて嫌になる。きっとこういうのを、落ちるところまで落ちたというのだ。

なんとしてでも引越し先を見つけなければ。UR賃貸であれば、無職でも預金の残高証明さえあれば部屋を貸してくれる。だが、家賃の百倍の額が必要だ。つまり、家賃六万円の部屋を借りるのでも、六百万円が必要だ。

無理だ。総合職として勤めていた会社が倒産した時点で、預金は二百五十万円あった。就職して五年目のことだった。貧しい家庭で育ったこともあり、贅沢《ぜいたく》はせず自炊していたし、着回しの利く洋服をとっかえひっかえ着ていたが、それでも自宅通いの人ほどは貯められなかった。

そのままの生活が続けば、少しずつでも預金が増えていったはずだ。昇給もあり、ボーナスも年々多くなっていた。だが思わぬ倒産で派遣社員となってからは、手取りが十五万円ほどになった。生活費が足りず、月々の補塡《ほてん》は預金を崩して充てた。少ないときで月に二万、多い月は五万円を超えた。どんどん預金が目減りしていき、今では百万円を切ってしまっている。

どうしよう。

溜め息ばかりが出た。

2

二月下旬

修のいない2LDKは広すぎた。

今日の昼間も、アパートを探すために不動産屋を何軒も回ったので疲れ果てていた。暗くなってから帰宅し、冷蔵庫の残り物で簡単な夕飯を作って食べた。どこの不動産屋でも断わられ、気持ちが塞《ふさ》いでいたせいか、修からの着信に気づいたのは、夜になってからだった。

――ごめん。気づかなかった。なんか用だった？

メールを返信すると、間髪容《い》れずに修は電話をかけてきた。今まで連絡を取るのはメールばかりだったので、少し驚いた。それほど急ぎの用だったのだろうか。

――もしもし、俺だけど、そっちの予定はどうなってる？

「予定って？」

――だからさ……。

大きな溜め息が聞こえてきた。

――君がそこを出て行くのがいつ頃になるのか、はっきりしてほしいんだ。

いつの間にか「君」と呼ぶことにしたらしい。今まではずっと「久美ちゃん」だったのに。

「何軒か不動産屋に当たってみたんだけど、派遣社員には貸してくれないのよ」

——それは困ったな。

「何軒目かの不動産屋で、保証人さえいれば貸すと言ってくれたの。だけど修も知っての通り、父が亡くなってから私にはもう身寄りがいなくて」

——ああ、そうだったね。

「できれば、修に保証人をお願いしたいんだけど」

電話の向こうが静まりかえった。

「もしもし聞いてる？　修がそうしてくれれば、私がさっさとここを出ていけるから修も助かるでしょう？」

——それは……ちょっと違うんじゃないかな。

「違うって、何が？」

——俺に頼むのは筋違いだと思う。

いきなりガツンと頭を殴られたようだった。

——保証人が不要な物件もあるって聞いたことあるけどね。

「あるにはあるんだけど、どうやっても借り手が見つからないような変な部屋なの。駅から遠いのにバスもないとか、大家さんが怪しげな人だったり、それにそういうところは家賃だけじゃなくて礼金や更新料もすごく高いのよ」

不動産屋で職業を聞かれたとき、決して無職ではない、派遣会社に登録していて働いていると言うために、電話セールスの仕事を始めたばかりだった。そうしたら、「その派遣先ではいつから働いているのか、いつまで勤められるのか」と突っ込んで聞いてくる。仕方なく、「ずっと前からそこで働いているし、今後も勤め続けるつもりです」とドキドキしながら嘘をついたら、それを見透かしたかのように、「だったら就労証明書を持ってきてください」と言われてしまったのだった。就労証明書には在職期間が明記される。生返事をしてそそくさと引き上げた。もうあの不動産屋には行けない。帰り道、惨めでたまらなくなった。

——ウィークリーマンションなら保証人がいなくても借りられるはずだよ。

絶句した。ウィークリーマンションはその名の通り、一週間の出張で使うなら便利だ。だがかなり割高だし、きちんと生活基盤を築こうとする人間が利用する所ではない。

もっと優しい人だと思っていたよ。

「お金なら少しはあるんだよね、だから……」

迷惑はかけないから頼むよ、と言いかけてやめた。絶対に迷惑をかけないと言い切れるだろうか。この先まともな職が見つからず、いつか貯金が底をついて家賃が払えなくなったとしたら、保証人が滞納分の家賃を被ることになる。

——さっさと正社員の口を見つけなよ。どうしていつまでも派遣社員なんかしてんの？

「え？　それは何度も話したでしょう。新卒じゃないと本当に厳しいんだってば」

——そうかなあ。転職うまくいってるヤツ、俺の周りでも結構いるよ。

「そんなこと言われたって。それは男性の場合じゃないの？　それか……」特別な資格やスキルがあるとか、すごい美人だとか、英語ペラペラだとか。

——君って表情が暗いもんな。面接で落ちるだろ？　俺もこの四月の採用分から面接に立ち会うようになったからね。だからなんとなくわかる気がする。

修はいつからそんな上から目線で話すようになったのだろう。

——ほら、どこの会社も面接官は男がほとんどだろ？　だから、同じくらいの能力だったら若くて愛想が良くてかわいい子を選ぶよな。男としては一緒に仕事するんならそういう子の方がいいもんなあ。もしもし、聞こえてる？

「……うん」

いつの間に修はスケベな中年男になり下がってしまったの？　一緒に暮らしていたのに

気づかなかったよ。私のこと、いったい何だと思っていたの？

——とにかくさ、今月中には引越し先を見つけてくれよ。その部屋をさっさと解約したいんだ。俺と君の共同名義で借りてるからね。俺も早くカタをつけちゃいたいし。

「うん、ごめん。なるべく早く見つけるから」

早く電話を切りたくて、アパートを借りる当てもないのにいい加減なことを言ってしまった。

——頼んだよ。じゃあね。

修に恨みを抱きそうになった。

どんな恋愛でもいつかは冷める。でも、自分と修の間には夫婦のような姉弟のような兄妹のような親友のような、そんな色々な情があると思っていた。親族のいない自分にとって、唯一の身内のような存在だった。複雑な家庭環境で育った修もまた、子供の頃から寂しさを抱えて生きてきた。孤独で裂けた傷口を互いに嘗《な》めあうような、心安らぐ関係だった。今さらだが、プロポーズをあっさり断わったとき、修は苦笑したはずで、だから傷ついていたとは思わなかった。空気のような存在になっていたから、相手を思いやることさえしなかった。そんな無情な女はふられて当然かもしれない。

学生の頃は、こんな惨めな人生になるなんて想像もしていなかった。大学を出て総合職としてバリバリ働いて、好きな人ができたらいずれ結婚して、産休や育休をうまく利用しながら子供は少なくとも二人は産む。三十代は仕事に家事に育児にと、きっと目が回るくらい忙しいだろう。だけど自分なら工夫してうまく乗り切れる。何の根拠もないのに、そんな自信を持っていた。それなのに、今の自分には何もない。仕事もない、恋人もいない、住む所すらなくなりそうだ。

涙がこぼれ落ちないよう、上を見上げたら、棚のガラス扉の向こうにウィスキーが見えた。修のお気に入りだ。酔いたい気分だったので、小さなグラスにほんの二センチほど注いだ。酒は弱い方なので、多めの水で薄めたのだが、それでもまだ苦い。だけど、無理やりにでも酔ってしまいたかったから、ちびりちびりと舐《な》めた。

大きなソファの真ん中にひとりで座り、正面の大型テレビをつけた。バラエティ番組の騒々しさが癇《かん》に障《さわ》り、次々にチャンネルを変えていく。

「くっだらない」とテレビに向かって言った。

どの番組も気に入らない。出演者が終始笑顔で楽しそうなのも妙に癪《しやく》に障る。

BSに切り替えると、ドキュメンタリー番組が始まるところだった。躍動感のある書画で『農業女子特集』というタイトルが現われた。興味はなかったが、ほかに見たいものがないし、テレビを消すと部屋が静まり返り、ミーンという耳鳴りとともに孤独が襲ってきそうで恐かった。

ウィスキーの苦さに閉口してチョコレートを口に放り込んだときだ。画面が五十がらみの男性アナウンサーから若い女性の画像に切り替わった。

――それでは農業女子を紹介いたします。

そこに映し出されたのは、想像していたような日に焼けた逞《たくま》しい女性ではなかった。華奢《きゃしゃ》で色白で、とてもじゃないが農業をやっているようには見えない。テロップに「小池《こいけ》エミ（32）」と出た。自分と同い歳だとわかった途端に興味が湧いてきた。

――農作業の様子をVTRでご覧ください。

畑の真ん中に作業着姿のエミが現われた。メイクもバッチリで、帽子は作業着と揃《そろ》いのピンク色だ。身のこなしも軽く、トラクターにひょいと飛び乗った。そのトラクターもまたピンク色で、白い花模様がちりばめられている。

冬でも畑にはあちこち雑草が生え、ところどころに白菜や人参が転がっているのが見えた。売り物にならなかった野菜だろうか。それらの野菜も土と一緒くたにして、トラクターは軽々と土を掘り起こしていく。野菜の残骸も土の栄養分となるのだろう。見る間に白っぽかった地面が黒々とした大地に変わっていった。

カメラが引くと、背景に山々が連なっているのが見えた。大自然の清々《すがすが》しい空気の冷たさが、テレビから抜け出て伝わってくるようだった。

VTRが終わり、スタジオにカメラが切り替わった。

——小池さんは、以前は事務機器メーカーにお勤めだったと伺っています。お給料も良かったと聞いていますが、どうしてまた会社を辞めて農業をやろうと思われたんですか?

——はい、以前から日本の食料自給率が低いことが気になっていたんです。なので国の将来に役立てる仕事をしたいと思ったんです。

——ずいぶんと立派な考えをお持ちです。若い女性にしては珍しいですね。

アナウンサーは褒めたつもりらしいが、エミはむっとした表情を晒した。

——珍しくなんかないですよ。少なくとも私の周りにいる女性はみんな考えてます。

アナウンサーは、「若い女性にしては」というのが見下した言い方だったとまだ気づかないのか、ポカンとした表情のままだ。

——それに私たちの世代は、歳を取ったときに、どれくらい年金をもらえるのかわからないですから、地に足のついた自給自足の生活を目指す人は少なくないんです。

地に足のついた暮らし……心惹《ひ》かれる言葉だった。いつ契約が解除されるかわからない派遣社員としての暮らしはもうたくさんだ。この先、四十、五十と年齢を重ねるにつれ、どんどん条件が悪くなり、終いには、「あなたに紹介できる仕事はありません」と言われる日が来るかもしれない。どんなに節約を重ねても、もともとの給料が安いから預金できる額もたかが知れている。考えれば考えるほど将来が不安でたまらなかった。そんな自分にとって、自給自足という言葉はなんと魅力的だろう。このエミという女性は、会社勤めからいきなり農業の世界に飛び込んだという。ズブの素人でも栽培のノウハウさえ学べばやっていけるものなのだろうか。

アナウンサーは一枚のボードを取り出した。

――ここにデータがございます。農業就業人口の推移を表わしたものです。

久美子は思わずガラステーブルを飛び越え、テレビの前に正座して食い入るように画面を見つめた。

――昭和三十五年の約千五百万人をピークに減少を始め、昭和六十年には約五百万人となり、平成三十年には二百万人を切っています。このままでは日本の将来が心配ですね。では次に耕作放棄地を見てみましょう。

画面が荒涼とした風景に切り替わった。

――畑全部が、枯れたセイタカアワダチソウで覆われてしまっています。繁殖力が旺盛で、放っておくとこうなってしまうそうです。

草というよりも、木と言った方がいいような太い茎だった。

――ところで、女性がトラクターなどを運転するのは難しくないですか?

――私が運転しているのは、新型トラクターの「プチブーケ」です。シートが前後に動かせて、小柄な女性でもペダルに足が届くんですよ。ほかにも軽量の草刈り機を持っています。女性でも軽々と草刈りができるので「かーるがる」という名前なんです。

――つまり女性でもひとりで農業ができるってことですね。

――そうです。機械を使えば力は要りませんし、体力も必要ありません。農機具メーカーは女性を応援してくれています。女性視点の意見を取り入れ、次々に商品開発をしてくれるので助かっているんです。

農機具が画面に映し出された。いくらぐらいするものなのか、あとでネットで調べてみよう。今や農業を辞めていく人が多い時代なのだから、不要になった中古の農機具がたくさん出回っているのではないだろうか。

――ほら、ここです。シートが弾力性のある物に改良されたので長時間座っていてもお尻が痛くならないんですよ。それに、日焼けを防ぐ屋根もつけてくれたんです。

――なるほど。これだけ女性向けの機械が増えれば、若い女性でもやろうと思えばできるということですね。

エミは思いきり眉間に皺《しわ》を寄せて、アナウンサーを横目で見た。

——小柄で力のないのは女性だけではありませんよ。男性でも小柄な人はいっぱいいらっしゃいますし、おじいさんたちは力もなくなってきていますから、女性用のトラクターを貸してあげて喜ばれることもあるんです。それにご近所の米作農家を見渡すと、男性が田植え機に乗って機械の操作をしてるんです。奥さんはというと、重い苗を運んで補充したり、植え終わった育苗《いくびょう》箱を洗ったりという分担なんです。どうして奥さんには重労働をさせておいて、ご主人は偉そうに運転席から見下ろしているんでしょうか。女性が非力だと馬鹿にするなら、役割を逆にすればいいじゃないですか。ああいう男性とは絶対に結婚したくないです。

興奮気味に話す女性を前に、アナウンサーは慌てたように目を泳がせた。

——つまり……それは、そのう、地域の人々との交流もあるということでしょうか？

——もちろんです。近所の人たちには本当に親切にしてもらっています。農具を貸してくださったり、害虫を駆除する方法なんかも丁寧に教えてくださいます。私も積極的に夏祭りなどに参加して、交流の輪を広げています。都会暮らしではなかなか得られない貴重な体験ですよ。

——それは素晴らしいですね。ところで小池さんは、どういった作物を作っておられるんでしょうか。
エミは、ボードを胸の前に掲げた。
（春）レタス、スナップエンドウ、玉葱、ソラマメ、菜の花
（夏）キュウリ、ピーマン、トマト、オクラ、モロヘイヤ
（秋）じゃがいも、ネギ、サツマイモ、小松菜、キャベツ
（冬）にんじん、白菜、大根、サトイモ、春菊
——たくさんの種類を作っておられるんですね。
——はい、これも危機管理の一環です。有機農業ということもあり、一種類の野菜を作って不作だった場合、生活が危うくなりますから、色々な物を作って危険を分散しています。
もしも自分が農業をやるなら、なるべく農薬や化学肥料は使いたくない。今や世界的に食の安全への関心が高くなっている。うろ覚えだが、様々な身体の不調の原因が添加物や食べ物の残留農薬にあるという説を何かで読んだこともある。
大学時代、同じクラスに食物アレルギーのある女性が何人かいた。彼女らは口に入れるものすべてに常に気をつけていた。そういう人は今後も増えていくのではないだろうか。それらを考えると、有機野菜は人々の役に立つし、付加価値もつく。

おいおい、本気で農業をやるつもりなのか、自分。

正社員の道が開けないからって、いくらなんでも飛躍しすぎでしょうよ。それに、野菜を作ったところで、どうやって売るの？

――販売経路はどうなっていますか？

アナウンサーは、久美子の気持ちが聞こえたかのように質問してくれた。

――たくさんの方法があるんですよ。農協に卸してもいいし、道の駅で売るのもいいし、都心のマルシェやスーパーマーケットに置いてもらうこともあるし、人それぞれですね。私の場合は、宅配しているんです。ホームページで宣伝したり、口コミで広がったりして、今では個人とレストラン合わせてちょうど百件くらいの顧客を抱えています。

口調の軽さからして、販売経路を見つけるのは案外と簡単そうに思われた。

――百件とはすごいですね。価格はどれくらいに設定されていますか？

――四人家族一週間分で、二千二百円プラス送料です。一人分や二人家族用をご希望の方には、お値段そのままで加工品が多めのセット内容にさせていただいています。

――ということは、加工品も作っているんですか？

――はい、人参ジュースを始めとして、紫蘇《しそ》ジュース、切干《きりぼし》大根、干し芋、ジャム、味《み》噌《そ》なんかを作っています。天候が不順で野菜が不足するときも、これらの加工品で勘弁してもらっているんです。

「へえ、すごい」と、久美子は誰もいない部屋で、無意識に感嘆の声を漏らしていた。

何がすごいといって、顧客が農業者に対して寛容なことだ。自宅に届く段ボールの中に何がどれだけ入っているのかわからない状態で契約しているという。つまり、どんな野菜が届いても上手に料理でき、経済的余裕もある顧客なのだろう。そして何よりエミは顧客に信頼されている。誠実に頑張っていれば道は拓けるということなのか。

加工品については今から研究しておいてもいい。本やネットからレシピを集めてファイリングしておこう。

いつか農業をやる日のために？

本気なのか自分。

果たして自分にやれるのだろうか。

母の実家は兼業農家だった。母は中二のときに病気で亡くなってしまったが、幼いころ母に連れられてよく遊びに行ったものだ。見よう見まねで田植えを手伝ったこともある。祖母に教えてもらいながら、真っ赤なトマトを収穫するのは楽しかった。

エミや祖母のような小柄な女性にできるのなら、自分にだってできるのではないだろうか。

――ところで、日本全国の自治体では、新規就農者を呼び込もうとあれやこれやと作戦を練っています。農林水産省も力を入れていまして、新規就農者には百五十万円の補助金を出しています。小池さんも受け取られましたか？

――はい。ビニールハウスや種や苗を買ったりするのに使わせてもらいました。

自分も農村に行けば、きっと歓迎してもらえるだろう。修の彼女が二十四歳だとわかってから、自分がひどく歳を取ってしまったように感じていたが、高齢者の多い農村地帯ならば自分だって若い部類に入るはずだ。それに、耕作放棄地を放っておくなんてもったいない。エミが言うように、食料自給率を上げることが国の役に立つという広い視野に立てば、やりがいも大きい。そのうえ国を挙げて応援してくれている。この財政難の時代に、補助金を一人につき百五十万円も出してくれるのがその証拠だ。

――小池さんが就農されたとき、村の人たちはすんなりと受け入れてくれましたか？

――村を挙げての大歓迎で、びっくりしちゃいました。お年寄りばかりの中に、まるで花が咲いたようだって言われて嬉しかったです。後継ぎのいない農家が多いので、近所のおばあちゃんたちが、競うようにして野菜の作り方を教えてくれたりして、孫のようにかわいがってくれるんです。

――新規就農してよかったですか？

——もちろんですっ。

エミは、満面の笑みで元気よく答えた。

——会社を辞めて本当に良かったと思っています。以前勤めていた会社は一部上場企業なのに、サービス残業が多かったんです。それに比べて今は時間を自由に使えるし、雄大な自然に囲まれた中でトラクターを運転していると、テンションが上がるんです。

——今もどんどん畑を増やしていらっしゃるとか？

——使っていない田畑を放っておくのはもったいないですからね。それに、畑を一反借りても、賃借料は年にたったの一万円ですから、気軽に借りられるんですよ。

えっ、そんなに安いの？

——意外に安いですね。一反といえば三百坪ですよね、畳なら六百枚分。それが年にたったの一万円とは。

それなら私にも借りられる。

農機具の価格を、スマートフォンでざっと検索してみた。高すぎて、とてもじゃないが買えそうにない。だが、近所の親切なおじいさんやおばあさんが貸してくれるという。いつかは中古で揃えるとしても、軌道に乗ってから買えばいい。すぐにギブアップする可能性も大きいのだから、補助金や預金には、なるべくなら手をつけないでおこう。

農村地帯の家賃は、東京とは比べ物にならないほど安いはずだ。過疎の村なら、古民家を一軒まるごと借りることも夢ではないかもしれない。

——ところで、小池さんはどうやって農業を学ばれたんでしょうか。

——県立農業大学校の新規就農コースを受講しました。土曜のみのコースがあったので、会社に勤めながら通ったんです。そこは、農業の基本を学ぶ講義と実習が組み込まれていて、テキストや種苗《しゅびょう》費などすべて込みで、十ヶ月間で三万円でした。

たったの三万円？

そうだ、もう企業に雇われるのはやめよう。自分自身の力を試してみたらどうだ。ＩＴ業界では会社を興《おこ》す若者がたくさんいると聞く。農業だって一国一城の主になるという意味では彼らと同じ起業家だ。

誰にも雇用されない……ああ、なんて自由なのだろう。いつ馘《くび》になるかとビクビクすることもないのだ。

母の実家は決して金持ちではなかったが、食卓は豊かだった。

自分の食べる物を自ら作る。それこそ立派な生きる術ではないだろうか。自分に残された道は農業かもしれない。確かな農業の技術を身につけていけばいいのだ。

今後は日本の雇用システムから外れて生きていこう。いったん正社員でなくなると、這《は》い上がれない構造になっている。そんな理不尽な世界からはイチ抜けしよう。

いきなり鳥肌が立ってきた。こういうのを武者震いというのか。

ああ何年ぶりだろう。こんなに気持ちが高揚したのは。これほど前向きな気持ちになれるとは、つい三十分前までは想像もしていなかった。

自分なんかこの世にいてもいなくても同じ、死んだところで誰ひとりとして悲しんでくれる人はいない。いつだったか子持ちの友人が、自分の時間がないと嘆いていたけれど、あれは裏返せば、それほどまでに家族や会社に必要とされているということだ。だが自分は誰にも必要とされていない。だったら、せめて国から必要とされる人間になろう。人は笑うかもしれないが、自分も役立つ人間なのだという心の支えが欲しかった。

番組が終わると早速パソコンで近県の農業大学校を検索してみた。四月の生徒募集要項を見ると、申し込み締め切り日が二週間後に迫っていた。

まだ間に合う。なんとラッキーだろう。運が向いてきたのかもしれない。

エミがテレビで言っていたように、土曜日のみのコースがあった。作物の栽培過程を体験できるよう、連続する土曜日が七回充てられている。午前十時から午後四時までで、午前は講義、午後は実習だ。エミは三万円と言っていたが、この学校の場合は、三万円どころか無料と書いてあるではないか。

応募資格を見ると、「将来、県内で真剣に農業に取り組もうとしている方」とだけあり、募集人員は十六名で、選考方法は書類審査のみらしい。その土曜コースを修了すると部門別研修が始まり、三ヶ月コースか六ヶ月コースかを選べるとある。野菜、花、果樹の三コースに分かれていて、費用は月額三千円だ。実習では農家を訪ねて、生産や流通の現状を見学させてくれるらしい。そのほかに、校内の農場で各自が栽培計画を作成して、種蒔《ま》きから収穫までを行う。それは月曜から金曜までびっしりあるから、預金を崩しながら生活することになるが、本格的な知識や技術を習得できそうだ。そのうえ、農業機械の体験研修もあるとなれば至れり尽くせりだ。

ネットを次々に見ていくと、給料をもらいながら農業を学べる農業研修生という制度があることもわかった。だが、狭いボロ家に何人も押し込められて、労働者としてこき使われるだけだとか、給料が全くもらえないというような、夥《おびただ》しい数の不満が載っていた。外国人研修生の悲惨な取り扱いならテレビで何度か見たことがある。だが、日本人に対しても同じとは知らなかった。もちろん全部が全部ではないだろう。良心的な所もあるに違いない。しかし、どこがまともな研修農家かを前もって見極めるのは難しい。

それに比べたら大学校は県立だし、立派な設備もある。女がひとりで乗り込んでも安心だ。

早速、申込用紙をダウンロードした。

「それより……一日も早くここを出ていかなきゃ」

これ以上、修からの出ていけコールが度重なると、せっかくの這い上がる気力が削《そ》がれてしまう気がした。

気のいい大家――正社員でなく保証人もいない三十二歳の女に部屋を貸すと言ってくれる商売下手な――を見つけるまで、いったい何軒の不動産屋を回ればいいのだろう。つい先日も、不動産屋で、まるで不審者を見るような目を向けられた。それを思い出すと気持ちが萎える。とはいえ、あの番組を見る前の、死にたくなるような気分とは雲泥の差だった。なんとしてでも農業大学校に通いたいという気持ちが、闘志のようなものに変わりつつあった。

もしも書類審査に通ったら、大学校の近くに住んだ方が安上がりだ。都市部からかなり離れた場所にあるから交通費だって馬鹿にならない。アルバイトも、その近辺で見つけた方がいい。

熱いコーヒーを淹《い》れてからじっくり考えよう。しっかりしなきゃ。ウィスキーなんか舐めてる場合じゃない。氷で薄まったウィスキーを、流しに勢いよく捨てたとき、ふと大学時代の先輩の顔が思い浮かんだ。

確か彼女の実家は、アパートを経営していたはずだ。彼女はなんという名前だったか。自分が一年生のとき、彼女は三年生で、サバサバした性格のペコちゃんみたいなかわいい顔の……あっそうだ、山藤憩子《やまふじけいこ》先輩だ。今どこでどうしているのだろう。自分が三十二歳ということは、憩子先輩は三十四歳だ。マスコミ研究会のサークルで知り合ったのだが、彼女は大学を卒業後、毛皮専門の商社に入った。その後はつきあいが途絶えた。

それほど親しい間柄でもなかったのに、実家のアパートに住まわせてくれと頼むつもりなのか。その図々しさを思っただけで、この世から消えてしまいたくなる。

「勇気を出そう」と口に出して言ってはみたものの、ひどく気後れしたままだった。

コーヒーを淹れる手を止め、自室に入って机の抽斗《ひきだし》の奥を探り、学生時代のサークルの名簿を捜した。

あった。捨てなくて良かった。

自宅の住所と、携帯と家の電話番号が載っている。住所に目を走らせ、思わず息を飲んだ。なんという偶然だろう。農業大学校に隣接する市ではないか。

本当に電話をかけてみてもいいのだろうか。無職で保証人もいないのに、頼み込むつもりなのか。ただ同じサークルにいたというだけで。それも、十年も前の学生時代のことだ。

妙に緊張して気分が落ちつかなくなった。部屋の中を歩きまわったり、鏡に映る自分の目をじっと見つめたりした。そうやって散々迷った挙句、思いきってスマホを手に取った。

だが、こんなに勇気を振り絞ったのに、その番号は既に使われていなかった。無理もない。あの当時は携帯会社を替えたら番号も替わった時代だった。

そうなると、自宅にかけてみるしかない。憩子は大学時代は自宅通いだったが、今も実家に住んでいるとは考えにくい。都心の会社に通うには遠すぎて、就職後はひとり暮らしを始めたのではなかったか。それに、とっくに結婚していてもおかしくない。

実家ごと引っ越したりしていませんように。祈るような気持ちで憩子の自宅に電話をかけた。どうか親兄弟の誰かが出ますように。

二回目のコールで相手は出た。

——はい、山藤でございます。

ホッとして、思わず椅子にストンと腰を下ろした。

落ちついた声からして、母親だろうか。

「わたくし憩子さんの大学時代の後輩で、水沢久美子と申しますが、憩子さんはご在宅ですか?」

――憩子は海外におりますが。

「えっ、そう……なんですか」

海外というのは想定外だった。

――憩子に何かご用かしら？

不審そうな声音だった。昨今は詐欺まがいの電話が多いことを思えば当然の反応かもしれない。一瞬メゲそうになった。だが、ここで電話を切ってしまったら、もう二度とかける勇気が出なくなる。

「あのう、大変申し訳ないのですが、憩子さんの連絡先を教えていただけませんでしょうか」

「ですから、どういうご用件で？」

事務的な声が冷たく響いた。

「えっと、それは……大学時代にお借りしていたお金をお返ししたいと思いまして」

咄嗟《とっさ》に口から出た嘘だった。お金を貸してほしいだとか、部屋を貸してもらいたいなどと、いきなり頼まれたらますます不審が募るだろうが、こっちがお金を返すとなれば、気を許すのが人の常ではないだろうか。

――あら、そうだったの。それはどうもご丁寧に。

いきなり声が柔らかくなった。

――お金って、どれくらい？

「それは、ほんの少しで……二千円ほどなんですが」

――たったの二千円？　それも大学時代といえばずいぶん前のことよね。よく覚えてたわね。

「実は昨日、机の中を整理しておりましたら、学生時代の手帳を見つけたんです。そこに書かれたメモを見て、借りたままお返ししていないことを思い出したんです。やはりきちんと返さないと落ちつきませんので」

――気に入ったわ。あなたみたいな律儀な人、わたし大好きよ。

「……ありがとうございます」

――でもね、憩子はオーストラリアにいるのよね。

「でしたらメールアドレスを教えていただくか、それとも私の電話番号を憩子さんに知らせていただけないでしょうか」

――わかったわ。じゃあ憩子にあなたの電話番号を知らせるわね。それでいいかしら。

「はい、よろしくお願いいたします」

電話番号を伝えてから電話を切った。

アパートを経営しているからといって、部屋を貸してくれるとは限らない。そもそも憩子が外国にいるのでは望みは薄い。だが、他に助けてくれるような人間を思いつかなかった。いつの間にか友人たちとは疎遠になっている。それぞれに仕事が忙しかったり、家事育児と仕事の両立で息つく暇もないことは、年賀状に添えられた数行からもわかる。

「メゲるな！」と声を出してみた。

「頑張れ、久美子っ」と小さく叫んでみる。

コーヒーを飲んでいると、SMSが届いた。

――久美ちゃん、元気かい？　お金なんて貸してたっけ？　私は覚えてないんだけど。

これほど早く連絡をくれるとは思ってもいなかった。南半球のオーストラリアは季節が逆だし、日本のニュース番組にはほとんど登場しない。だからか遠い国のように感じていたが、日本との時差は少ないのだった。

SMSにはパソコンのアドレスも載っていた。久しぶりに神様がこちらに目を向けてくれたらしい。

すぐさまパソコンに向かい、迷った末、メールには事情を正直に書くことにした。アパートの部屋を貸してほしいこと。両親ともに亡くなり、兄弟姉妹もいないので保証人は立てられないこと。だが家賃の半年分くらいなら前払いできることなどを書き添えた。

数分後に返事が届いた。

――久美ちゃんも大変なんだね。私も色々とあって、最近はまいっちゃってる。部屋のことはママに聞いてみてあげるよ。たぶん空いてたはずだよ。

心の中にポッと火が灯ったようだった。部屋が空いているだけでなく、憩子も「まいっちゃってる」らしい。たぶん自分ほど悲惨な状況ではないのだろうが、久しぶりに他人の弱音を聞けて、つらいのは自分だけじゃないと慰められた気がした。

いや、やっぱり自分とは全然違う。憩子の母親は健在だし、アパートを所有している。

久美子の母親が心臓の病気で亡くなったのは、中学二年生のときだった。それから高校を卒業するまで父と二人暮らしだった。小さな工場に勤めていて薄給だった父は、家を抵当に入れて借金をしてまで久美子を東京の大学へ行かせてくれた。教育ローンを組まなかったことが、今どれだけ助かっていることか。それを思うと、父には感謝の念でいっぱいになる。

大学進学で上京後、父は広島でひとりで暮らしていた。いつかきっと親孝行しようと思っていたのに、事故で呆気《あっけ》なく亡くなってしまった。父亡きあと、借金があることがわかったので、相続を放棄した。だから広島に帰っても実家はない。そのうえ母が亡くなってからは親戚づきあいがほとんどなくなっていた。

――実は農業をやってみようと思っているんです。

すぐに追加のメールを送信した。農業ができるかどうかはまだ決まってはいないが、将来の展望が何もない人間よりは、少しは信頼度が増すのではないかと、藁《わら》にも縋《すが》る思いだった。

――農業をやるの？　びっくりだよ！　マス研で私と同期だった小田瑞希《おだみずき》のこと覚えてる？　今は結婚して片桐《かたぎり》瑞希になったけど、彼女も野菜を作ってるよ。「大草原の瑞希ハウス」で検索するとブログが出てくるから、一度見てみるといいよ。毎日更新されているから、オーストラリアに住んでいるのに、瑞希の日常をストーカーみたいに把握している私です（笑）。瑞希は念願の新聞記者になれたのに、妊娠を機にあっさり新聞社を辞めたんだよ。人生色々だよねー。

瑞希のことなら印象深く覚えている。マスコミ研究会の中で、本当にマスコミに就職できたのは彼女だけだった。法学部の瑞希は博士課程まで進んだ。そして高倍率を突破して大手の新聞社に就職したのだった。それなのに、今は専業主婦だなんて……。

なんのために大学院まで進んだのかと、瑞希は自分を責めることはないのだろうか。学費を出し続けてくれた親に対し、申し訳なく思うことだってあるだろう。将来に向けて努力した学生時代の自分と、専業主婦になった今の自分との矛盾を、どう自身に納得させているのだろう。

早速、憩子に教えられた通りに検索してみると、瑞希の写真が現われた。カメラ目線で微笑んでいる。ギンガムチェックのブラウスを着てフレアースカートを穿《は》き、水玉模様のエプロンをつけている。

学生時代とはまるで違う雰囲気だった。当時はコムデギャルソンが大好きで、全身ほぼ黒ずくめだった。それが、とっくに三十歳を過ぎた今になって、少女みたいな格好をしている。

瑞希の背後には様々な物が写っていた。ソファの上には編みかけのセーターやら刺繍《ししゅう》のやりかけの布バッグがあり、出窓には野に咲く素朴な花が広口瓶に挿してある。花瓶ではなくて、何かの空き瓶というのが素朴な雰囲気を倍増させていた。まるで外国映画のワンシーンみたいだ。

今日の分のブログを読んでみた。

――アップルパイを焼きました。青森の知り合いが送ってくれた無袋《むたい》ふじは蜜がいっぱいです。夫が甘ったるいのは嫌だと我儘《わがまま》を言うので（笑）、リンゴを煮ないでシナモンシュガーを振りかけるだけにしたんです。夫が「絶品だよ。ケーキ屋で売られているのと大違い」などと、大げさに褒めてくれました。もちろん息子も喜んで食べてくれましたよ。

よかったら、みなさんもためしてみてくださいね。でもね、ご覧のように、形はかなりイビツなんですよ（笑）。

パイの写真が載っていた。いかにも素人っぽいところが読者に受けるのだろう。コメント欄の書き込みや「拍手」の多さから、閲覧者数がびっくりするほど多いのが見てとれた。

過去に遡《さかのぼ》って次々に読んでいった。パイが手作りジャムやピクルスになったり、オーガニックのパンになったりする。もうすぐ一歳になる息子もすくすくと育っている様子だった。

そこには絵に描いたような温かな家庭があった。その暮らしぶりは、まさに「大草原の小さな家」のようだ。自分にはないものばかりだ。不安でいっぱいの自分と比べて、なんと安定した生活だろう。学生時代は似たり寄ったりだったのに、岐路に立ったときの選択を間違えてしまった女と間違えなかった女の結果がこれなのか。

そのとき、静かな部屋に着信音が鳴り響いた。ついさっきスマホの電話帳に登録したばかりの、憩子の実家からだった。こんなに素早く憩子から母親に事情を説明してくれたのだろうか。そして部屋を貸すかどうかを、もう決めたのか。これは断わりの電話なのか、それとも住まわせてくれるのか。

——もしもし、わたくし山藤憩子の母親でございます。

「お電話ありがとうございます。さっき憩子さんからメールをいただきまして……」

感じのいい人間だと思ってもらわなければならない。そう思えば思うほど緊張してしまい、しどろもどろになってしまった。

——あのね、部屋は空いているのよ。広さは1DKで家賃は共益費込みで一ヶ月一万二千円。でもね悪いけどね一度面接に来てほしいの。憩子の後輩っていうから信用はしているのよ。だけど最近の世の中はアレでしょう。わたくしの想像も及ばない色んな人がいてね、今まで何度か嫌な目に遭ったことがあるの。だから悪く思わないでね。

「もちろんです。面接していただけるだけでも有り難いです」

早速、明日の午後、アパートで会うことになった。

憩子の実家は、上野《うえの》駅から快速で一時間半もかかった。

ラフな格好でも構わないだろうとは思ったが、散々迷った挙句、念のために紺色のスーツを着ていくことにした。

駅前は賑やかだったが、そこからバスに乗ると、五分もしないうちに山村風景が広がった。憩子は大学時代、こんな辺鄙《へんぴ》な場所から都心の大学まで通っていたらしい。サークルのコンパのときでも、十時を過ぎると終バスがなくなると言って、みんなより一足早く帰ったものだ。とはいえ、常に流行《はや》りのおしゃれをしていたから、いくらなんでももう少し便利な場所に住んでいると思っていた。

行書で「山藤」と書かれた立派な表札は、石造りの重厚な門柱にかかっていた。きれいに剪定《せんてい》された見事な枝振りの松が塀の上に伸びている。近所のこぢんまりした家々とは一線を画していた。門にはインターフォンがなく、門扉もないので、そのまま奥へ入っていくと、どっしりとした古い屋敷が現われた。広い敷地の奥にある二階建ての建物が賃貸アパートだろうか。想像していた以上に古びているが、贅沢を言っている場合じゃない。貸してもらえなかったら、冗談抜きでホームレスになるかもしれないのだ。

ここに住めば、農業大学校へ通うのには近くて便利だ。しかし、こんな山奥でアルバイトを見つけるのは無理だろう。となると、少なくとも駅前まで出なければならない。バス代や電車賃は、都心に比べるとぐんと割高だ。交通費を全額支給してくれるアルバイトでなければ手取りが少なくなる。

そんなあれこれに考えを巡らせながら、母屋の玄関に近づいてチャイムを鳴らそうとしたら、中からすっと引き戸が開けられた。門からここまで玉砂利を踏んできたから、足音が聞こえていたのだろう。

「お待ちしてたわ」

七十歳前後だろうか。目鼻立ちがくっきりした華やかな顔立ちの美人だった。憩子は父親似なのか、あまり似ていなかった。

「初めまして。水沢久美子と申します」

「私は憩子の母親で、山藤アヤノです。どうぞ上がって」

老舗《しにせ》旅館かと思うほど玄関は広かった。黒光りする上がり框《がまち》で靴を脱ぎ、案内されるまま奥へ進む。先を行くシャンと伸びた背中を見つめた。グレーのセーターは、ひと目見て上質のカシミアとわかるぬめりのあるものだ。黒のロングスカートも同じ素材だろう。リビングは暖房が効いていた。バス停から坂を上ってきたからか、暑く感じられるほどだ。

「そこに座ってちょうだい。今お茶淹れるから」

「すみません。お構いなく」

コートを脱ぎ、マフラーを外して丁寧に折り畳んだ。

電話での受け答えから想像していた通り、アヤノは田舎のおばあさんといった雰囲気の女性ではなかった。上品で知的な、お金持ちの奥様然としている。礼儀作法にも厳しいのではないかと思うと、立ち居振る舞いすべてを観察されているようで気が抜けない。

アヤノが奥のキッチンに引っ込んだのをいいことに、部屋全体を無遠慮に見回した。もとは和室だったのを洋風に改築したのだろう。書院造りの床の間はそのままだが、床はフローリングにしてあり、中央部分にだけ薄緑色の絨毯《じゆうたん》が敷かれている。壁にはフラゴナールの「読書する少女」の絵画が飾られていた。本棚やサイドボードの中には、長年に亘《わた》る暮らしの中で溜め込まれたと思われる、ありとあらゆるものが所狭しと無造作に置かれている。

修も自分も持ち物が少なくて、すっきりした部屋に暮らしてきたが、このように物が多い家も、それはそれで家庭的な温かみが感じられて、心安らぐ空間だった。

「あのあとね、憩子から詳しくあなたの事情を聞いたのよ」

そう言いながら、アヤノはお茶を運んできた。気品のある緑色の湯呑みは香蘭《こうらん》社のものだろうか。同色の陶器の茶托に載せられていた。菓子盆に載ったワサビ煎餅《せんべい》やみかんを「召し上がれ」と勧めてくれた。

「あなた、大学時代の同級生の男の子と何年も同棲してたんですってね」

「え？」

憩子がそんなことまで話してしまったとは思わなかった。アヤノ世代の女性からすれば、ふしだらな女に映るに違いない。それが理由でアパートを貸してくれないかもしれない。そう思った途端、言い知れぬ恐怖心に襲われた。本当にホームレスになってしまう。野宿するくらいなら、いっそ死んでしまいたい。

万が一アパートを借りられたとしても、いちいち人の出入りをチェックされるのだろうか。もしかして、玉砂利を敷き詰めてあるのは、それが目的なのか。だが考えてみれば、アパートに連れ込む男性など自分にはいないのだった。そして今後も、恋人ができるような気がしない。

笑顔でいなければ、と咄嗟に思い、頰を緩めた。アヤノは「面接」という言葉を使っていたから、人物を吟味して気に入ったら貸してくれるということだ。だとしたら、何を言われても微笑みを絶やさない方が得策だろう。そういうのは、自分には難しすぎる芸当だけれども。

「憩子さんは御結婚されて、もうずいぶん経つんですか？」

話題を変えてみた。こういう考えを持つ母親の娘なのだ。きっと憩子は二十代で早々に結婚したのだろう。

「憩子は独身よ。今はオーストラリア人の男性と同棲しているの」

なんだ、そういうことだったのか。同棲を非難しているわけではないらしい。

「あのう、お母さん」と言いかけて、そういう呼び方はおかしいと気づいた。といって

「アヤノさん」というのも変だから、「山藤さん」と言い直した。

「やだ、『お母さん』でいいわよ。憩子の後輩に『山藤さん』て呼ばれると変な感じがするわ」

「……そうですか、じゃあすみませんが『お母さん』で」

中学生のときに母が亡くなってから、「お母さん」と口に出したのは久しぶりだった。気恥ずかしいような懐かしいような思いがした。

「空いている部屋があるとお聞きしていますが」

「あるわよ。六部屋のうち三部屋も空いてるの」

「半分も空いてるんですか」

「以前はいつも満室だったのよ。城南《じょうなん》大学の文学部が近くにあった頃は、四年生が卒業してアパートを出て行くと、待ちかねたように新入生が入ってきたものよ。だけどバブルが弾《はじ》けてから都心の地価が下がったでしょう。大学も都心回帰とか言っちゃって文京区《ぶんきょう》に移転してしまったのよ。今は駅前にある簿記の専門学校の生徒さんたちが借りてくれてるんだけど、そこも二年後には閉鎖が決まっているの」

「私は身寄りがないものですから、保証人が立てられないんです。ですが家賃を半年分前払いすることならできます。いえ、一年分でもいいです」

「前払いなんてしなくていいわよ。農業で身を立てるという計画を聞いたとき、憩子よりよほどしっかりしていて頼もしいと思ったもの。だから久美子さんを信用してお貸しすることにするわ」

「えっ、本当ですか？　ありがとうございます」

安堵《あんど》して肩の力が抜けた。これでホームレスにならずに済む。

「二階の日当たりがいい部屋が空いてるから、そこに入るといいわ」

早速アパートを案内してもらった。古びていたが、ゆったりした1DKは、都会のワンルームマンション二つ分はあるだろう。浴室やトイレも広くて清潔だった。

「もうオンボロだから、好きなように模様替えしちゃってもいいわよ」

「もしかして、壁紙を張り替えてもいいとか？」

「ええ、どうぞ」

だったら棚も作ろう。自分好みの部屋にしよう。実家もない今となっては、ここがただひとつの自分の居場所となるのだから。

「久美子さん、心機一転して頑張るのよ」

「はい、ありがとうございます」

親戚づきあいもなくて天涯孤独だった。アヤノは母と同世代だから、もしも母が生きていてくれたなら、アヤノと同じように励ましてくれたかもしれない。アヤノを少しおせっかいだと思う反面、もっと親しくなりたいようにも感じていた。

ああ、やっと安全地帯を確保できた。

住む所がないとなったときの、あの恐怖心は、もう二度と味わいたくない。

頑張ろう。

何があってもくじけない。

知らない間に、拳を固く握りしめていた。

3　三月

引越しの日が決まり、修にメールで知らせた。

すると、早速その夜に、彼はマンションへやってきた。荷造りを手伝ってくれるらしい。別れたとはいえ、何年も一緒に過ごした仲である。それを思うと、この前の出ていけコールの冷たさは許してもいいと思えてくる。自然と優しい気持ちになれただけでなく、胸の奥から未練がどんどん溢《あふ》れだしてきた。だがやはりそれは恋愛感情ではなくて身内に対する情だった。だからこそ余計に、とうとう別れの日が来たのだと思うと、寂しくてたまらなくなった。

「久しぶり」

修はそう言い、荷造り途中の段ボール箱をかきわけて、やっとソファまで辿りつくと、腰を下ろして部屋を見回した。わざわざ手伝いにきたくせに、何から手をつけていいのかわからないらしい。その後ろ姿がなんとも滑稽でかわいらしく、背中から抱きついてしまいたくなる。

流しでコーヒーを淹れながら、修が来るとわかっていたら大好物のバナナマフィンを買っておいたのにと悔やまれてならなかった。

「熱いから気をつけてね。こぼさないようにしてよ」

手を伸ばして荷物越しにマグカップを渡す。礼も言わず当然のように受け取ってくれるのが嬉しかった。彼を視界の隅に意識しながら、隣のダイニングキッチンの床に直《じか》に座り、段ボール箱に次々とキッチン用品を詰める作業を再開した。

「ちょっと待てよ」修の鋭い声が飛んできた。

「なあに?」思わぬ甘い声が出てしまった。

「そのお玉、俺が買ったんだぜ」

修の責め口調に驚いて、自分の手もとを見た。膝の上で、お玉をクッション材で包もうとしていたところだった。

「そうだったね。懐かしいよ。これ結構高かったよね。百円ショップじゃなくて、ちゃんとしたお店で買ったもんね」

厚めのステンレス製で、人間工学的な見地からグリップも握りやすく作られているという逸品だった。

「だからそれは置いてけよ。俺が買ったんだから」

びっくりして修を見つめた。

「冷蔵庫も電子レンジも俺が前に住んでいた部屋から持ってきたもんだったよな」

「うん、そうだけど？」

「だから持っていくなよな。それと、テーブルとソファは確か半分ずつ出して買ったよな」

「……うん」

「どうする？　君が持っていきたいんなら半額分の金を置いてってくれよ」

耳を疑った。

「テレビは君が持ってっていいよ。舞衣《まい》ちゃんがもっと大きいのを持ってるから」

マイチャン？　グレープフルーツの彼女の名前を初めて知った。知りたくなかった。名前を知ってしまうと、忘れるのに時間がかかる。今後もどこかでマイという名を聞くたびに、彼女のことを思い出すことになるだろう。

「冷蔵庫と電子レンジは修が持ってきた物だけど、それは二つあっても仕方がないってことで、ここに引っ越してくるときに私のを処分したのよ」

「俺の方がいいヤツだったからだろ」

「違うよ。私が住んでた部屋の方が、ここから遠かったから、ちょっとでも引越し代が浮くんじゃないかって、修が言ったんじゃないの」

「そういうの、やだなあ」

「何が嫌なの？」

「よくそんな細かいことまで覚えてるね。女も歳取ると、ホント金に卑しくなるよな」

一瞬にして心が凍りついたようだった。指先が細かく震え、膝からお玉が転がり落ちた。課長にまで出世した修なら、きっと気前よく「全部、持ってっていいよ」と言ってくれるものだとばかり思っていた。

「ひとつ聞いていい？」と尋ねる自分の声が震えていた。「彼女はなんとも思ってないの？　修と私が今まで使ってきた物なんか見たくもないと思うのが普通じゃない？」

「舞衣はそんなの全然気にしない子だよ。性格が大らかだもん。それにさ、俺ももう若くないから、きちんと節約して、何年か先には分譲マンションを買いたいと思ってるんだ。だから無駄な金は使いたくないわけよ。とにかく、そのお玉、こっちによこせよ」

「この形、使い慣れてるのよ」

味噌汁やポトフなどの汁物を作るのは決まって自分の方だったから、お玉の形が手に馴《な》染《じ》んでいた。修はそういったものより、フライパンで肉と野菜をさっと炒《いた》めた料理が得意で、お玉はあまり使ったことがないはずだ。

「もしかして、彼女は台所用品までチェックしてるの？　私が留守にしていた隙に？」

その場面を想像すると、頭に血がのぼりそうになる。

「どうだっていいだろ、そんなこと。とにかくそのお玉を買う金を出したのは俺だよ」

世間でよく聞く離婚の修羅場というのは、もしかしてこういうことなのだろうか。今まで一度だって、これほどみみっちい会話を交わしたことなんかなかった。

ここは冷静にならねば。

修にはわからないように、横を向いてからそっと深呼吸した。

「冷蔵庫と電子レンジのことだけど、彼女の部屋にもあるんじゃないの？」

落ちついた声を出そうと努力して、うまく言えた。

「あるにはあるけど、聞いたことのないメーカーの物だから捨てることにしたんだよ」

自分たちのことしか頭にないらしい。

「この食器棚とダイニングテーブルは置いていくだろ？　一人暮らしの君には大きすぎるよね。部屋を見つけたといっても、どうせ狭いんだろ？」

——別れを言い出したのは俺の方で、久美子はいまだに俺に未練がある。きっとそう思っているから偉そうな物言いができるのだ。

「ねえ、篠山くん、そんな失礼なこと、マジで言ってんの？」

大きな声でピシャリと言って正面から見た。篠山くんと呼んだのは何年振りだろう。

修は驚いたように目を見開いた。長年一緒に暮らしてきたから、修の気持ちは顔つきを見ればわかる。この瞬間まで、彼は自分の方が立場が上だと思っていた。だがこちらは既に何の未練もないかのように怒りを露わにした。そのことに修はきっとショックを受けている。

自分も相当みっともない人間だ。修に対する気持ちは何年も前から冷めていた。それはちゃんと自覚していたのに、マイという女性が現われた途端に慌ててしまった。普段は要らないと思っているものでも、いざ他人《ひと》に奪われそうになると、急に焦って取り返そうとする。なんという品のなさだろう。自分もその程度の人間だったということだ。

それにしても、新しい彼女ができたからといって、それまで馴染んだ情まで消えてしまうものなのか。そもそも修とは大学の同級生でもあることを思えば、長いつきあいなのだった。友人でもあるのに、よくもまあ、こうも簡単に手の平を返したように虫けらのごとく扱えるものだ。

　だが、そんな修の冷たい態度のお陰で、この瞬間に未練が怒りに変わった。アパートも見つかり、農業をやる希望に燃えていることもあるからだろうが、妙に気持ちがすっきりしたのも事実だった。

「だったら先に篠山くんが欲しい物を取り分けてちょうだい。私はそのあとで荷造りするから」

　あっさり引き下がると、臨戦態勢だった修は、虚を衝《つ》かれたかのようにポカンとした顔でこちらを見た。

「俺が勝手に分けちゃっていいの？」

「どうぞ、ご自由に。欲しい物は何でも持ってっていいよ」

　久美子はわざとらしく溜め息混じりで言った。そして、やれやれといった具合に苦笑して見せると、修はハッとした顔をした。

「ごめん、俺、どうかしてた……」

「篠山くんが欲しいと思う電化製品に、このシールを貼っておいてくれる？　それと、お玉だとかこまごました物は篠山くんの部屋に一時的に保管しておいてちょうだい。そうした方が引越し業者の人もわかりやすいと思うから。篠山くんが仕分けする間、私はスタバに行って時間を潰してくるよ」

そう話す間も、修はうつむいて顔を上げようとしない。

「篠山くんの作業が終わったらメールちょうだい。待ってないで帰ってくれていいからね。私はどんなに貧乏してても、あなたの物を勝手に持ち出すほど落ちぶれてないから安心して」

「疑ってるわけじゃないよ。それより久美ちゃん、気前いいこと言ってるけど金あんの？」

「あるわけないじゃない。バッカじゃないの」

勢いよく立ち上がり、バッグを引ったくるようにつかむと玄関へ向かった。スニーカーを爪先に引っかけて外廊下へ出ようとしたときだった。

「久美ちゃん、ちょっと待てよ」

大きな声が追いかけてきた。

「少しだけ聞いてくれ」

振り向くと、すぐ後ろに、修がつらそうな顔で立っていた。

「俺は久美ちゃんと結婚するつもりだった。だけど久美ちゃんはプロポーズをあっさり断わった。俺はそのとき立ち直れないほど傷ついたし、それ以来、久美ちゃんに対して不信感を募らせてきたんだ。結婚する気もないのにどうして一緒に暮らしてるんだろう、いい男ができるまでの繋《つな》ぎとして俺は便利に使われているんだろうか、家賃が半分で済むからだろうかって、久美ちゃんの人間性まで疑うようになった。今考えれば、断わられたときに、さっさと同棲を解消すべきだったんだと思う。でもそうしなかったのは俺の方に未練があったからだ」

「そんな……」

「お玉や家財道具のことだけど、きつい言い方して、ごめん。舞衣から告白されてから調子に乗ってたかもしれない。こんな俺でも、あんなにきれいな女の子が好きになってくれる、まだ俺も捨てたもんじゃないのかなって、何年かぶりで自信を回復したもんだから」

つまり、マイから告白されるまでは、ずっと傷が癒えずに自信を喪失した状態だったということなのか。それなのに、自分は修の気持ちを思いやることさえなかった。

「修……ごめん」

それを言うだけで精いっぱいだった。

逃げるように外へ出て、バタンと大きな音を響かせてドアを閉めた。

エレベーターに向かって外廊下を駆け出していた。

私はひどい人間だ。思いやりのかけらもない。

修、本当にごめん。

泣くな、私。

――久美子はしっかりしている。

今までずっと人からそう言われてきたけれど、本当はそうじゃない。現に、心の奥底では修に頼っていたのだと今さらながら思う。寂しがり屋のくせに素直になれない。修が自分を好きでい続けてくれると思っていたからこそ今まで穏やかに暮らしてこられたのだ。

――お前、女王さまか。

心の中で自分に突っ込みを入れてみる。

自分の傲慢《ごうまん》さに長い間気づかなかった。

泣くな。

私が泣くのは人生に成功したときだけだ。

そのときが来たら嬉し涙を流すのだ。

きっと私は成功する。

握り拳を作り、「大丈夫、大丈夫」とつぶやいてエレベーターに乗り、誰もいない狭い箱の中で、無理に口角を上げて笑ってみた。

4 四月

県立農業大学校から入学許可証が届いたのは引越しの前日だった。

「やったー」

誰もいない部屋で思わず歓声を上げた。

倍率は高くはないという噂《うわさ》だったが、なんせ定員はたったの十六名だ。そのうえ書類審査だけだと、何が合否を分けるのか見当がつかなかったので、気が気ではなかった。とはいえ、仮に不合格だったとしても、アヤノのアパートに引っ越すつもりだった。もうそこしか住む所がなかったし、農業大学校がダメなら、どこか農家の見習いに入るつもりだった。

翌日は無事に転居を終えた。ネットで「単身引越しパック」を検索し、最も安価な二万九千八百円の業者に頼んだのだった。聞いたことのない個人業者だったが、当日の朝になり、作業着を着た五十代の男女が現われた。笑顔の似合う、いかにも人の好さそうな夫婦だった。脱サラして運送業を始めて十年になるという。体力を考慮して一日一軒と決めているとかで、仕事が丁寧だった。

冷蔵庫にも電子レンジにも修はシールを貼っていなかった。お玉などのキッチン用品も台所に置いたままだったので、遠慮なくアパートに運ばせてもらった。

引っ越す前に、駅前のコンビニでアルバイトを見つけておいた。月曜から金曜の九時から五時で、時給は九百五十円。一ヶ月十五万円ほどになる。少ないが、家賃が格段に安いのでなんとかなりそうだ。従業員のほとんどが中国人とタイ人の留学生で、日本語がたどたどしいからか、働き始めてわずか数日で、久美子は店主夫婦から頼りにされるようになった。

農業大学校の新規就農コースにはバスで通った。

入学した十六人の内訳は、定年退職した男性が六人、二十代と思われる若者が二人、その他は三十代から四十代の男性だった。女性は自分を含め二人だけだ。

定年退職した男性たちの実家は、六人とも農家だった。都会でのサラリーマン生活を終え、子供たちもそれぞれに巣立ったので、夫婦揃って実家に帰って農業を始めるのだという。農家で生まれ育った割には、農業の知識は乏しいらしい。中高時代は受験勉強や部活に明け暮れ、親の農作業をほとんど手伝わなかったという。大学進学を機に家を離れ、それ以降四十年以上も都会暮らしをしていたとなれば初心者も同然だろう。

新規就農者というのは、農業に縁もユカリもない人間を指すと思っていた。だから、同じクラスの中に、実家が農家だという人間が半数近くを占めていたのは意外だった。

毎週の実習では四人ずつ四グループに分かれた。久美子のグループには、もうひとりの女性である浅井亜美《あさいあみ》がいた。剝《む》きたての茹《ゆ》で卵のような美しい肌に、黒目勝ちの大きな瞳が魅力的だ。聞けば、まだ十九歳だという。高知県の高校を出てから上京し、美容師専門学校に通い始めたが、本人曰《いわ》く「早々に自分にはセンスがないことを思い知った」とかで、農業への転身を決めたのだという。明るくて飾り気がないので、久美子との年齢差は大きかったが、一緒にいて楽しい女の子だった。

あとの二人は、四十二歳の黒田裕二《くろだゆうじ》と二十六歳の松野勇太《まつのゆうた》だ。黒田は妻と小学生の息子がいて大手メーカーに勤めている。東京での多忙な生活に疲れ果て、喘息《ぜんそく》持ちの息子のためにも大自然の中で暮らしたいのだと熱く語った。久美子が見たところ、彼は研修生の中で最も頭の回転が速く、そのうえ研究熱心だった。理系が得意らしく、農薬の授業ではわからないところを教えてくれる。

一方、勇太はやんちゃ坊主がそのまま大人になった感じの男性で、年齢よりも更に若く見えた。亜美に一目惚れしたのか、話しかけられただけで嬉しそうに顔を輝かせている。

四人とも実家が農家ではなく、サラリーマン家庭だ。だからか、農家出身者とは違い、未知なるものに挑戦してやるぞという、内に秘めた闘志が伝わってくる。教室で授業を受けること自体が久しぶりで、ワクワクすると同時に、身が引き締まる思いがした。

最初の講義は土作りについてだった。健全でバランスの良い土を作るためのノウハウを学んだ。農薬や化学肥料を使わない有機農法についての指導もあり、カルシウム、マグネシウム、カリウム、チッソなどの適正値が黒板に書き出された。土中に含まれる空気や水分の割合も大切らしい。大学は文系だったので、化学の講義は高校時代以来だから新鮮だった。

初めての実習は、農家に出向いた。学校の更衣室で作業着に着替えて長靴を履き、マイクロバスに乗り込んだ。

実習先の農家は豪農だった。見渡す限り田畑が続いていて、遠くに山並みが見える。東京で暮らしているときは意識したこともなかったが、ここは関東平野なのだと初めて実感した。

班ごとに分かれて、野菜に防虫ネットをかける練習をした。農薬を使って虫を退治するのではなく、有機農法に基づく指導だった。午後の三時間ほどだったのだが、中腰のままの慣れない作業で疲労困憊《こんぱい》してしまい、実習初日なのに音《ね》を上げそうになった。

「俺、こんな調子でやっていけるのかな」

畑の真ん中で、勇太がポツンとつぶやいた。まだ二十代なのに、老人のように背中を叩《たた》きながら、ゆっくりと腰を伸ばしている。

「もうメッチャ疲れちゃいました。虫も苦手だし」と亜美は泣きそうな顔をしている。つい さっき、亜美は蜂や虻《あぶ》に襲われてパニックに陥ったのだった。実は自分も蜂に襲われたときに思わず大声を上げてしまったのだが、亜美の甲高《かんだか》い叫び声にかき消されたお陰で、目立たずに済んだ。普通なら、先が思いやられると不安になるところだが、自分より若い勇太や亜美が弱音を吐くのを見て、密かに安堵していた。

「次回からは、虫に刺されないように服装も工夫した方がよさそうだね」

黒田が溜め息混じりで言う。彼もまた相当疲れた様子だ。

「紫外線対策もしなくちゃね。油断してたわ」と久美子は言った。「今日は初日だったんだもの、疲れて当然よね。そのうち慣れてくるよ。亜美ちゃん、頑張ろう」

亜美に向けて言ったのだが、実は自分自身を叱咤激励《しったげきれい》したのだった。

「そうですね。初日でギブアップしてられませんよね」と亜美が続ける。「それにしても、ここはいい所ですね」と遠くに目をやった。

久美子も緑の美しさにしみじみと感動していた。山々に霞《かすみ》がかかっていて、雲の切れ間から日が差しこんでいる。日本は本当に美しい神秘の国だと思った。

翌週はトマトの収穫体験だった。先週四人で話し合った通り、今日は完全防備の服装で臨んだ。手袋を嵌《は》めて帽子を被り、首にはタオルを巻きつけてきた。そのうえゴーグルと大きなマスクもつけている。これで蜂や虻が襲ってきても大丈夫だ。

「メッチャ暑い」

勇太はビニールハウスに入った途端に重ね着していた長袖シャツを脱いだ。まだ四月だというのに雲ひとつない晴天だったからか、ビニールハウスの中は五十度を超えてしまい、みんな汗だくだった。このままでは熱中症になりそうだと、久美子も身につけていた服を一枚ずつ脱いでいき、最後は半袖Tシャツ一枚になった。

「農業は暑さや寒さとの闘いって聞くけど、本当だね」と黒田もTシャツ一枚になり、流れ出る汗を拭いている。

だが、想像していた以上に植物とかかわるのは楽しいものだった。野菜にしろ花にしろ、少しずつ大きくなっていくのを見るのが嬉しくないわけがない。一粒の種から芽が出るときのワクワク感、しばらくすると可憐な花が咲き、実がなる。その様子を見ているだけで自然と顔がほころんでくる。そのうえ、工夫と努力によって実の良し悪しが決まるとなれば、更に試行錯誤してみたくなる。マンション住まいの人でさえ、ベランダで野菜を育てようとする。その気持ちがわかる気がした。

トマトの収穫は、最初こそ時間がかかったが、二週目には傷をつけずに手早くできるようになった。頭を使えば、経験が少なくても慣れるのは早いらしい。そのことがわかると、自分の可能性を信じても大丈夫かもしれないと思い、更に希望が湧いてきた。自分もこんな立派なトマトを作れるようになろう。きっと市場に並ぶ日が来る。その日が来るまで、なんとしても頑張らねばと決意を新たにした。

ただ、筋肉痛はひどかった。腕や足だけでなく、全身といっても大げさではない。いつか見たドキュメンタリー番組『農業女子』では、力も体力も要らないと言っていたが、どうやらあまり信用しない方が良さそうだ。あの番組では農機具さえ揃えれば軽々とこなせるという印象を持ったが、実際は手作業の方がずっと多いのだった。ただ、体力を消耗しないために、合理性や効率性を追求していく余地はかなりあるという予感はしていた。まだ今ははっきりとはわからないが。

トラクターもだんだん上手く使えるようになってきた。車の運転免許を持っているのでそれほど難しくはないだろうと甘く見ていたのだが、意外にもまっすぐ進むのが難しかった。

夜の十時になると、もう眠くてたまらず、目を開けていられない。ついこの前まで、不安感に苛《さいな》まれて不眠症気味だった。そんな派遣社員だった頃が今では嘘のようだ。

いつの間にか、声を出して笑うことも多くなっていた。

研修のある土曜日が楽しみだった。学生時代に戻ったような溌剌《はつらつ》とした気分になる。講義内容をひとつも聞き漏らしてなるものかと真剣に耳を傾け、時間があれば校内の図書室に足繁く通い、役立ちそうな本を片っ端から借りては読んでいった。

自分たち研修生が種を蒔いた畑でも、野菜は順調に育っていった。もともと土が良かったのかもしれないが、想像以上にきれいで大きな野菜が次々に採れた。茄子《なす》や獅子唐《ししとう》は頬ずりしたくなるほど艶々《つやつや》していて、胡瓜《きゅうり》や大根はぐんぐん育ち、大きくなりすぎないうちに収穫するタイミングが難しかった。商品にならない傷モノはみんなで試食したのだが、採れたては生で食べても甘くて瑞々《みずみず》しくて感激もひとしおだった。

久々に張りのある生活を送っている中、憩子がオーストラリアから休暇で帰国した。

「お久しぶりね」

コンビニにアルバイトへ行こうと部屋を出て門へ向かっていると、憩子が声をかけてきた。

「久美ちゃん、今から仕事なの？　ちょうど私も駅まで買い物に行こうと思ってたの。ついでに車で送ってあげるよ」

「え？　でも……」

憩子さん、まさかその格好で行くんですか。思わずそう聞きそうになったが、呑み込んで「ありがとうございます」とだけ答えた。

憩子はこんがりと日に焼けていた。髪が赤茶けているのは、たぶんおしゃれ染めではなくて太陽光線のせいだろう。服装のラフさ加減が日本人のそれとは桁《けた》が違っている。部屋着としてもどうかと思うような、袖口も首回りも伸びきったヨレヨレのセーターに、縫い目がほころびかけているスウェットパンツを穿いている。長い間外国で暮らしていると、こうも雰囲気が変わるものか。

白い軽自動車が停めてある裏手の倉庫まで、並んで玉砂利を踏んで歩いた。

「久美ちゃん、変わらないね。その真面目そうな雰囲気」

そう言うと、憩子は遠慮なく上から下まで眺めてから微笑んだ。

「帰国したの久しぶりだから、瑞希にも連絡してみたのよ。そしたらね、今夜うちに夕飯食べに来るって言うの。よかったら久美ちゃんもバイトが終わったら母屋に来ない？　一緒におしゃべりしながらご飯食べましょうよ」

「ありがとうございます。是非ご一緒させてください」

十年も前に切れたはずの縁が、こうやって再び繋がっていく。そんな幸運をしみじみと嚙みしめながら助手席に乗せてもらった。

「いつだったか、メールに『色々あってまいっちゃってる』って書いてありましたけど、何かあったんですか？」

「まずは仕事が忙しすぎることね。それと、これはママには内緒だけど、彼との結婚を彼のご両親が猛反対しているの。アジア人との結婚なんてとんでもないらしいよ。白人と結婚してほしいらしい。彼はマミーに従順だし、私も歳を取るしで、今後どうしたらいいかわからない。子供を産むことを考えるとあんまりのんびりしていられないしね」

「……そうだったんですか。人にはそれぞれ悩みがあるんですね」

「女の人生は厳しいのよ。これからもお互いにいい情報があったら教えっこしようよ」

「いい情報って、例えば？」

前方の信号が赤に変わり、憩子はゆっくりとスピードを落として車を停めた。

「合コンに決まってるでしょう。仕事に疲れ果ててると、専業主婦もいいかなあって最近は思うようになったのよ」

「その気持ちわかります。瑞希さんのブログを見ていると、お腹の底からモワモワっと焦りみたいなのが湧いてきて、羨ましすぎて落ちつかなくなるんです」

「でしょう？　だけどうちのママはウーマンリブのハシリだから、こんなこと考えているのがバレたら殺されちゃうわ。絶対に内緒にしてよ」

「わかりました。私も殺されないように気をつけなきゃ」

そう言って、同時に噴き出した。

ついこの前まで孤独に打ちひしがれていたのが嘘みたいだった。派遣切りに遭ったうえに、修がグレープフルーツの彼女を連れてきた。住む所を失いそうになり、不安でたまらず、生きていても仕方がないとまで考えた。それが今では、憩子の母親が煮物を作りすぎたと言っては部屋に届けてくれるし、農業大学校でも友人ができた。アルバイト先のコンビニでも店主夫婦が優しくしてくれる。

人生は捨てたもんじゃないと思えてきた。

その日は、コンビニの仕事を終えると、発車しようとしていたバスに飛び乗れたお陰で、いつもよりバス一本分早く帰宅できた。自分の部屋には寄らず、真っすぐに母屋へ向かった。一刻も早く母屋のリビングの温かい雰囲気の中に身を置きたかった。それまでも、週に一回はアヤノがお茶に誘ってくれていた。最近ではおせっかいなアヤノに説教されるのが楽しみになっている。考えてみれば、今まで親身になって叱《しか》ってくれる人はいなかった。

アヤノはおしゃべり好きだ。だから今では、彼女の生い立ちや親戚関係にまで詳しくなってしまった。アヤノは県立高校の家庭科の教師として定年まで勤め上げた。夫が五十三歳で静脈瘤《りゅう》破裂で突然亡くなったが、生活に困ることなく暮らしてこられたのは自分が働き続けていたからというのが彼女の自慢だ。その経験から、女性も男性に伍《ご》して働くのが当然であるという持論が、更に揺るぎないものになったようだった。

リビングに入ると、憩子が朝会ったときと同じ服装でソファに座っていて、「久美ちゃん、待ってたよ」と声をかけてくれた。

憩子の向かいのソファに座っている女性が、こちらを見て笑いかけてきた。

「お久しぶりね。久美ちゃんは学生時代とちっとも変わらないわね」

その女性が瑞希だと気づくのに、数秒かかった。

「そんなことないですよ。もう若くないですから」

瑞希にそう答えながら、思わず瑞希の全身に目を走らせた。

「私、ずいぶん変わっちゃったでしょう」と瑞希は自嘲《じちょう》気味に言って苦笑した。

「ブログに載せている写真はね、二年前のものなの」

たったの二年でこれほど人間は太れるものだろうか。

「何キロあるか当ててみて」

滅多なことは言えない。多めに言ってしまったら気分を害するだろう。

「何キロかって言われても……私には、ちょっとよくわかりませんが」

「遠慮しないで言ってみてってば」

瑞希はしつこかった。

「じゃあ、えっと、そうですねえ……六十八キロくらいですか？」

「嬉しいこと言ってくれるわね。実は九十キロを超えちゃったのよ」と瑞希は朗らかに笑った。

お世辞で六十八キロと言ったわけではなかった。瑞希ほど太った人が何キロくらいあるのか見当がつかないだけだ。自分には四十キロから六十キロくらいの範囲しかわからない。

それにしても、のっけから体重を暴露したがるのはなぜなのか。自虐ネタで人を笑わせようとでもいうのか、それとも周りが気を遣わないように先手を打ったのか。どちらにせよ、ブログとは真逆の不幸な匂いがした。

「久美ちゃん、お仕事から帰ったばかりで、お腹空いてるんじゃない？　どんどん食べなさい」

アヤノが食事を勧めてくれた。テーブルにはたくさんの料理が並んでいる。

「これは瑞希が持ってきてくれたのよ。どちらもお手製ですって」

聰子が、キッシュと太巻き寿司を皿に取り分けてくれた。

「いただきます。美味しそうですね」

「あっ、忘れるところだった」と、瑞希は足もとに置いた紙バッグをガサゴソいわせた。

「デザートにカップケーキを作ってきたんです。おばさま、電子レンジで温めさせていただいてもいいですか？」

「どうぞ、自由にレンジでもお皿でも何でも使ってちょうだい」

瑞希は台所へ入っていった。

「そういえば、今日は子供はどうしたの？」

憩子が、台所にいる瑞希に問いかけた。

「近所の家に預けてきたの」

「へえ、いいわね。きちんとご近所づきあいもしているのね」

都心とは違い、農村地帯では気軽に子供を預けられる信頼関係が今もあるらしい。

部屋中にバターのいい香りが漂ってきた。

「私ね、毎日かかさず瑞希のブログを見てるのよ」と憩子が言う。

久美子も毎晩、寝る前に瑞希のブログを見るのが日課となっていた。

「本当？　嬉しいわ」と言いながら、瑞希はカップケーキを皿に載せてリビングに戻ってきた。

「憩子も久美ちゃんも、ちゃんと自炊してる？」と瑞希が探るような目をして尋ねる。

「自炊なんてほとんどしてないよ」と憩子がカッコつけずにあっさり答えた。

アヤノが何か口を出すかと思ったが、何も言わなかった。娘世代のおしゃべりの邪魔にならないよう気を遣っているのか、ソファの端に座って膝の上に雑誌を広げている。だが、聞き耳を立てているのだろう。さっきから同じページばかり眺めていた。

「土日に食材をまとめ買いして自炊を頑張った時期もあったのよ」と憩子が言う。「だけど帰りが遅くて、結局は冷蔵庫の中で腐らせてしまうだけ。もったいないから料理はやめたの。今は調理済みの物を買ってきて食べてる」

「オーストラリアでも残業があるんですか？」と尋ねてみた。

「そうなのよ。シドニーに転勤したら少しは楽になるかと思ったのに、東京本社から夜遅い時間にバンバン問い合わせが来るから嫌になっちゃうわ」

そう言ってひとつ溜め息をつくと、憩子は大きく口を開けてカップケーキを食べた。

「うん、美味しい」

「ね、美味しいでしょう。小麦やバターをきっちり量って丁寧に作ると、ホットケーキミックスを使って作るよりもずっと達成感があるの。で、久美ちゃんは料理の方はどうなの？」

「私は大きな鍋にスープを大量に作って、それを毎日食べるんです。栄養が偏らないように、色んな種類の野菜と、肉か魚かソーセージを放り込んで。それにフランスパンがあったら何日でもＯＫです。それでさえ面倒なときはコンビニで買ったりしてますけど」

料理を作る暇があったら、少しでも農業のことを勉強したかった。

「私も新聞社に勤めていた頃は不健康な生活してた。今じゃ考えられないくらい」

「瑞希の忙しさは尋常じゃなかったもんね」と、憩子が言う。

「常に臨戦態勢でいないとダメだった。二十四時間ずっとだよ」

瑞希はそう言って、憩子と久美子を交互に見てうなずいてみせる。そんな会社なら辞めて当然でしょうとでも言いたげに見えた。

「憩子がシドニーで買う調理済みの物って、例えばどんな物なの？　きっと炭水化物ばかりの偏ったものなんだろうけど」と瑞希が決めつける。

「そうでもないよ。サラダも種類が多くて、生ハムや色んな種類のチーズが載ってて豪華だし」

「そんなサラダはダメよ」と瑞希は厳しい顔で断じた。「だって、野菜は時間が経つと切り口が変色するのが普通でしょう？　それなのにキャベツもレタスもいつまで経ってもきれいなままなんでしょう？　それを見て怪しいと思わない人がいることが、私には不思議キャベツだった。
ふと、修の言葉を思い出した。あの日の夕食は、駅前で買ってきたロースカツと千切り
——キャベツを切るのさえ面倒になったら女も終わりだろ。
瑞希の激しさに驚いたのか、憩子の声が小さくなる。
「それはそうかもしれないけど……」
瑞希の声は興奮気味と言ってもいいほど甲高くて早口になった。
で仕方がないわ」

「日本のコンビニのおにぎりもダメよ。裏面の原材料が書いてあるシールを見たことある？　どうしてあんなに添加物がいっぱい入ってるわけ？　家で作れば原材料はお米と塩だけなのに。私はね、自分で小麦も挽《ひ》いているし、普段は玄米ご飯を食べてるの」

子供がいることとも関係あるのか、瑞希は食の安全への関心が高いらしい。それにしても、それほど健康的な食生活を送っているのに、なぜ激太りしたのだろう。のべつ幕なしに食べずにはいられないほどのストレスを抱えているのか。

「ねえ瑞希、ひとつ聞いていい？」と憩子が言った。「瑞希はどうして会社を辞めたの？」

「その質問するの、いったい何人目かしら」と言いながら瑞希は笑った。

「だって、新聞社に入れるなんてすごいことなのよ。育休を取って復職すればよかったの

に」

毎朝《まいちょう》新聞社の入社試験の倍率は約百倍で、司法試験よりも厳しいと言われている。秀才肌の先輩たちが軒並み面接で落とされ、夢叶わず落胆している姿を何度も見てきた。

「自分が採用されたのは確かにラッキーだったわ」

あの当時、瑞希がマスコミ研究会の部室で後輩たちを前に意気揚々と語ってきかせた光景を、久美子は今でも覚えている。自分ひとりだけがマスコミから内定をもらったことを、瑞希は「運命的な何かを感じる」とまで言ったのだ。

——定年まで新聞記者として勤め続けるつもりよ。人権問題や冤罪《えんざい》をテーマに取材して、弱者の視点に立った記事を書いていこうと決めてるの。

部室の窓から夕陽が差しこんでいた。そんな光景が思い出されて懐かしくなった。

「新人のときからつらすぎたわ」と瑞希は暗い口調で語り始めた。「入社後すぐに全国各地の支局に二名ずつ配属されたの」

瑞希は福岡県に配属されたらしい。

「新人記者は事件や事故の取材と執筆を担当するの。夜討ち朝駆けで警察幹部に捜査情報をくれるよう取材をかける。だけど警察官には捜査上の守秘義務があるから強い口調で拒否されるわ。彼らの立場からすれば当然よね。そもそも嫌がる相手を追いかけまわしてしつこく取材するのってどうなのかなと思った」

瑞希は、自分で焙煎《ばいせん》したというタンポポコーヒーをひと口飲むと、話を続けた。「それでも捜査情報をもらえることもあったのよ。だけどね、裏も取らずに翌日の朝刊に記事を書いてしまうことが嫌だった。『警察によると』なんていう断わり書きを入れるけど、真相は裁判で明らかにされるべきでしょう。それなのに捜査側の情報だけを垂れ流すっておかしいじゃない。あと少し時間が経てば明らかになるような情報なのに、他紙と競って『抜いた、抜かれた』って神経をすり減らすのって変だと思わない？　読者の立場に立ってみたら、少しくらい早かろうが遅かろうが、どうでもいいことなのよ」

夜討ち朝駆けという言葉は聞いたことはあっても、実際に女性もやっているとは思いもしなかった。

「大変だったんですね」と言うと、瑞希は我が意を得たりとばかりに大きくうなずいた。

「昼も夜も関係なくずっと事件や事故を追わなくちゃならないんだもの。誰だって緊張感で心身共に変になるわよ。頑強な男性だってダウンしそうな毎日だったもの」

「それでも男性は頑張って勤め続けてるのよね」と、いきなりアヤノが口を挟んだ。

聡子が露骨に嫌な顔をした。「母さんは黙っててよ。今日は同窓の女子会なんだから」

「はいはい」とアヤノは再び雑誌に目を落とした。

そんな母娘《おやこ》の会話を気にも留めていないのか、瑞希は話の続きを始めた。「そのうち新人記者のほとんどが、プライベートも仕事も、つまりオンもオフも区別なしの生活に慣れていくの。感覚が狂ってしまうのよ。悔しいのは、さっきお母さまがおっしゃった通り、悲惨な暮らしなのに男性記者だけはいつの間にか家庭を持ってるの。結婚して子供ができて、奥さんが家のこと全部やってくれてるわけ」

「なるほど。となると奥さんのいる男性と同じ土俵じゃ女性はきついね」と憩子が理解を示す。

「そうそう、そうなのよ」

やっとわかってくれたのかというように、瑞希の厳しい横顔が少し緩んだ。

「それだけじゃないのよ。私は最後まで野次馬にはなれなかった。身内が殺されたり事故に遭ったりした人を取材するたびに打ちのめされたわ。悲惨な事故現場に駆けつけて、泣きじゃくっている親族に、『今のお気持ちをお聞かせください』ってレコーダーを向けるのよ」

「耐えられないね」

「でしょう？　憩子だってそう思うでしょう」

違和感があった。瑞希は必死で言い訳しているように見える。いったい誰に向かっての弁解なのだろう。自分自身なのかもしれない。会社を辞めたことを恥ずかしく思っているのだろうか。

「でもね、自分ではよく頑張ったと思ってるの。だって本当は入社して半年で疲れ果てていたのに、なんとか頑張って一年半も勤め続けたんだもの。今では本当に辞めて良かったと思ってる。もしも続けていたら、子供を産むことも無理だったと思う。憩子や久美ちゃんも、そのうちわかる日がくるだろうけど、母親になると女って変わるものよ」

そのとき、アヤノがコホンと咳をした。向かいのソファに並んで座っている憩子と久美子を交互にじろりと睨《にら》みつけてくる。アヤノの並びに座っている瑞希の視界には入っていない。だからか、瑞希はアヤノという人生の大先輩の――それも子供を産み育てながら定年まで働き続けた――存在を忘れてしまったかのように、上からものを言い続けた。

「おばあちゃんの時代の正しい暮らし方っていえばいいのかしら。シンプルで清潔な生活をしたくなったの。そんな暮らしをすると、大自然に対して感謝するようになるものよ。きっとそういうのが人間本来の姿なんじゃないかって、この頃よく思うの。それまでは、都会的なキャリアウーマンがカッコいいと思っていたけど、あれは単に世間の風潮に踊らされていたのよ。最近では大量消費社会になってしまった日本を虚しく感じるわ」

自分の弁に酔うかのように、優雅な手つきでタンポポコーヒーを飲む。

「ちょっとお手洗い借りるわね」

瑞希が廊下に出て姿が見えなくなると、憩子は険しい表情で早口に言った。「母さん、瑞希に余計なこと言わないでね」

「余計なことって何よ」

「女性だって仕事を手放すべきじゃないとかなんとか、いつもの母さんの持論よ」

「さっきから言いたくてウズウズしてるんだけどね」

「絶対にやめてよね。母さんのせいで友だちを何人なくしたと思ってんのよ」

本当は大声で言いたいのだろう。だが、瑞希に聞こえるかもしれないからそうもいかず、憩子は今にも爆発しそうな怒りを無理やり抑え込むかのように、大きく息を吐いた。

「母さん、もしも余計なことをしゃべったりしたら、金輪際、親子の縁を切るからね」

「はいはい、憩子どの、わかりました。大人しくしてりゃあいいんでしょ」とアヤノが不《ふ》貞腐《てくさ》れたような顔で応じた。

母娘の会話が羨ましかった。自分が大人になるまで母が生きていてくれたら、こういった遠慮のない会話をしたのだろうか。

しばらくすると、廊下の向こうから足音が近づいてくるのが聞こえた。アヤノが何ごともなかったかのように、また雑誌に目を落とした。

「新聞記者をやってた頃はね」

瑞希は元いた場所に座ると、すぐに話しだした。「いわば、必死に漕《こ》ぎ続けていないと沈んでしまう船と同じだったわ」

瑞希のように、自分の話ばかりする女性をたまに見かける。家で練習してきたのかと思うほど流暢《りゅうちょう》に話す。久しぶりに会ったというのに、憩子や久美子の近況を知りたいとは思わないのだろうか。

立て板に水のごとくしゃべりまくる姿は、まるで長い間、誰とも話していないかのようだった。誰かに話を聞いてもらう機会に飢えているのかと勘繰ってしまうほどだ。そのうえ、瑞希は緊張しているようにも見えた。他の三人がリラックスしているのに、瑞希だけが必死な何かを抱えているように思えて、聞いているだけなのに、こちらまで疲労が溜まるような感覚があった。

「そういえば、去年の暮れにマス研の同窓会があったのよ」と瑞希が言う。

連絡のハガキは久美子の所にも届いたが、派遣社員として低賃金の肉体労働に甘んじていたので、とても行く気になれずに欠席したのだった。

「みんな疲れ果てた顔してた。残業が多くてノルマも厳しくて、そのうえやりがいも興味も湧かない仕事ばかりだって、男性も女性もぼやいてたわ。それを聞いて、私なんだか申し訳なくなっちゃった」

「瑞希は幸せそうでいいね」と憩子が言う。心からそう思っているのではなく、単に話を合わせているのが見てとれた。それとも、瑞希のひとり語りを早く終わらせたいのかもしれない。人の話を聞き続けるのは疲れるものだ。憩子はナッツをつまみ始めた。

「嫌だ、憩子ったら」

いきなり瑞希は言った。「本当は私のこと、お気楽な生活してると思って馬鹿にしてるくせに」

どうして突如として卑屈になるのか。さっきまで自信満々の顔つきだったのに、一変して気の弱い小さな女の子のような顔つきになっている。

「まさか、馬鹿になんてしてないよ」

憩子も驚いたのか慌てたように言った。「だって瑞希は家事や子供の世話で大変でしょう？　お気楽だなんて思うわけがないじゃないの。ねえ、久美ちゃんもそう思うよね？」

憩子がこちらに助けを求めるように話を振ってきた。

「……ええ、もちろんです。毎日ブログを見てますけど、いつも家の中を完璧にきれいにされていて立派だと思います。そのうえ花壇や家庭菜園まで。お子さんもいらっしゃるのにすごいですよ」

「そう？　本当にそう思う？」

「そうよ。正直言って自分が瑞希と同い歳だと思うと、すごく焦る。瑞希に比べて私は人生の舟を漕ぎだすのに既に出遅れてしまってるって」

「そんなあ、まだまだ大丈夫よ。憩子ならまだ取り戻せるってば」

瑞希が勝ち誇ったような表情になったからなのか、憩子は返事をしなかった。

瑞希は情緒不安定なのだろうか。この一時間ほどの間に、表情がくるくる変わった。理路整然と新聞社を批判したあとは気弱な少女になり、数秒後には同い歳の憩子を見下したような物言いをする。

久々の再会は、瑞希の独壇場で終わった。

瑞希が帰っていってから、久美子は皿洗いを申し出た。

すべて洗い終わって帰り支度をしていると、「美味しいお茶を淹れるから、まだしばらくいなさい」とアヤノが命令口調で言った。

「母さん、またそういう言い方して、久美ちゃんだって仕事帰りで疲れてるのに」と憩子が口を尖《とが》らせる。

「私は全然かまいませんよ」

かまわないどころか、少しでも長く留《とど》まっていたかった。それほど母屋のリビングが好きだった。そこは、「母親」という生き物にしか作りだせない温かな何かが漂う空間だった。

「あの人はダメね」とアヤノはきっぱり言った。

「ちょっと母さん、いない人の悪口を言うのはやめなさいよ。趣味悪いわよ」

憩子もまた、母親に対して命令口調だ。

「あの瑞希さんて人は、あのまま歳を取っていくだけの人生よ」

「どうして決めつけるのよ。瑞希だって子供が大きくなったら働くかもしれないじゃない」

「どこで？」と尋ねながら、アヤノが鼻で笑う。「いったん会社を辞めたら、もう二度とまともな会社には就職できないわよ。ね、そうよね」

アヤノはこちらに同意を求めてきた。派遣社員として働いていた頃、毎日のように転職サイトを見ていた。その経験から、アヤノの言わんとすることは本当にその通りだと思ったので、大きくうなずいた。

「保育園に預けることができれば、きっと瑞希なら何かやれると思うよ」

「だから何かって何よ。具体的に言ってみなさいよ」

アヤノは挑戦的な目を自分の娘に向けた。

「だって瑞希は毎朝新聞に受かったくらい優秀なのよ」

「でも今は一介の専業主婦でしょう？　新聞社で十年くらいキャリアがあるっていうんなら、雇ってくれる会社があるかもしれないけど、あの人はたったの一年半で辞めたのよ」

「それはそうだけど……だったら勤めるんじゃなくて、起業する道もあるんじゃない？」

　憩子の声が勢いをなくしてくる。

「確かにそれはあるわね」とアヤノが一歩引いた。「簡単じゃないだろうけどね」

「瑞希はブログをやってるから、そこで小物か何かを作って売るっていうのはどう？」

「小物って、例えば？」

「そうねえ、巾着《きんちゃく》だとか赤ん坊のケープとか」

　憩子のアイデアに、あろうことか久美子は思わず噴き出してしまった。そんなので食べていけるわけがない。月に数万円の利益を出すのでさえ至難の業だ。

「馬鹿馬鹿しい」とアヤノも吐き捨てるように言うと、目の前にあった瑞希お手製のカップケーキを指先で憎々しげに弾いた。

「だって裁縫なら家にいてできるし、いい方法だよ」と憩子も粘る。

「それなら子供を保育園に預けてパートに出て稼ぐ方が手っ取り早くないですか？」

　母娘の会話を黙って聞いているつもりだったのに、知らない間に口を出していた。

「あっそうか。そりゃそうだね。でもさ、なんだかんだ言ってダンナさんが毎朝新聞にお勤めの高給取りなんだもの。そもそも瑞希が働く必要なんてないのよ」

「いつか離婚するかもしれないじゃない」と、アヤノは平然と言ってのける。

「だから母さん、そうやって人の不幸を心待ちにする性格、もういい加減、直したら？」

「あら人聞きが悪いわね。私が言いたいのは、どんな人にもリスクがあるってことよ。夫が交通事故に遭うかもしれないし、ある日突然、好きな女ができたから別れてくれって言うかもよ」

「母さんたらもう……」

この母娘が、自分のいる前でずばずばと思ったことを口に出すのが久美子は嬉しかった。自分も身内のひとりとして加えてもらえたような気がして。

「昔はね、自分で小麦を挽いたり、玄米ご飯を炊いたりするのは、貧しい家庭の主婦がやることだったのよ」

「母さん、それ、いつの時代の話よ」

「そもそもカップケーキなんて、わざわざ手作りして何になるの？　もっと美味しくて豪華なケーキが店に行けばたくさん売ってるじゃないの」

そう言ってアヤノは立ち上がると台所へ引っ込み、すぐに大きな箱を抱えて出てきた。

「母さん、その箱、もしかして……」と憩子が箱をじっと見つめている。

「そうよ、今日のために駅前のパピヨンで買ってきたのよ。だけど瑞希さんが手作りのカップケーキを持ってきてくれたから、これを出すのは悪いと思って遠慮したの」

箱を開けると、焦げ茶色のパウンドケーキが現われた。ドライフルーツやナッツがたっぷり入っていて、シナモンとラム酒のいい香りが漂ってくる。

「美味しそうですね」

「でしょ？　久美ちゃん、食べる？」

「ええ、是非」

「じゃあ久美ちゃんには特別に厚く切ってあげる。憩子はそっちの貧乏臭いカップケーキでも食べてなさい」

「母さんたら、だからさ、言い方をもうちょっと……」

いつの間にか、憩子の厳しかった表情が苦笑に変わっていた。

「家事なんて時間の無駄よ」と更にアヤノは言いきった。「太巻き寿司なんて店で買ってくればいいじゃないの。わざわざ時間かけて手作りして何になるの？　もちろん、働いているうえに趣味で作るんならいいわよ。だけど瑞希さんはそうじゃない。チープな達成感に酔っているだけよ。下手な脚色の演劇を見ているみたいだったわ。いちいち芝居がかってるわよ。あの人、本当はきっと不幸なのよ」

「ストップ！　母さん、いくらなんでも言い過ぎだってば」

「そうかしら。思ったことまだ半分も言ってないんだけどね」

「毒舌家の母親を持つと大変なのよ。久美ちゃん、私の苦労、わかってくれる？」

憩子は同情してちょうだいとでも言うように、眉を八の字にして情けない顔を作ってみせた。

「なかなか興味深いです。女性の生き方について色々考えさせられます」

「ほら、ごらんなさい。久美ちゃんは、真剣に聞いてくれてるじゃないの」とアヤノは言い、大きく口を開けて、パウンドケーキを頬張った。

「母さんは怒るかもしれないけどさ、正直言って私、瑞希が羨ましくなっちゃったよ」

憩子がそう言うと、アヤノは口の中がいっぱいでしゃべることができないのか、手を大きく左右に振った。紅茶で飲み下すと、「あんな暮らしは幻想よ。瑞希って人、ちょっとおかしかったもの」と、また娘に叱られそうな暴言を吐いた。

アヤノは定年まで働き通した。同世代の女性の中では少数派だ。だから余計に瑞希のように簡単に会社を辞めてしまうのが歯がゆいのだろう。

「瑞希さんだけの問題じゃないのよ。ああいう女性がいるから、やっぱり女はダメだってことになって、日本の女性みんなが迷惑するんだから」

「はいはい。母さん世代のインテリ女性は、常に全体のことを考えるのよね。ある意味それは偉いと思ってるよ。だけどさ、男女にかかわらず日本人の無茶な働き方が根本原因なのよ」

「行きつくところはいつもそこ。もう何十年議論しても、結論はそれよね」とアヤノは大きく息を吐いた。

「そうだ、久美ちゃん、農業は瑞希に教えてもらえばいいんじゃない？　あの人、家庭菜園で上手に野菜を作っているらしいから」

「先輩、お言葉を返すようですが、農業は家庭菜園の数百倍の広さで農作物を育てますから、別物なんです。家庭菜園のように手間暇かけていたらやっていけません」と憩子が言う。

こういったことも、農業大学校で教わるまでは知らなかった。庭で上手に野菜を作れる人は、農業も簡単にできるのだろうと考えていたのだった。

「なんだ、そういうことか」

またアヤノの目が輝きだした。「つまり、庭で野菜がちょっと上手く作れたくらいで自慢する瑞希さんは、やっぱりたいしたことないってことよ」

「母さん、いい加減にしなさいよ」

遠慮のない母娘の会話が微笑ましかった。

母が生きていてくれたら、どんなに楽しかっただろうと思い、寂しくなった。

5　五月下旬

連続七回の土曜コースが終わった。

その後は、六ヶ月の部門別研修の野菜コースを受講することにした。黒田も亜美も勇太も同じコースを選んだ。月曜から金曜の午前九時から午後四時までで、午前は講義、午後は農場実習だ。週に二日は農家へ行って農作業を教えてもらえることになっている。

それを機に、それまでやっていたコンビニのアルバイトを辞めて、駅前の「スーパー蔵《くら》元《もと》」の青果コーナーで働くことにした。コンビニ経営の老夫婦には惜しまれたが、どうせ働くなら、少しでも野菜に関係する仕事をしたいと思うようになっていた。

青果コーナーでは、全国各地から届いた高品質な野菜を直に手に取って確かめることができる。そのうえ、ほうれん草など青物の束ね方なども習得できて、将来に役立つ仕事だった。だが都心とは違い、この地域では野菜の値段がびっくりするほど安いことが気になっていた。自分が作る野菜はいくらで売れるのだろうかと、ふと不安がよぎる。

働く時間が短くなったので、経済的には苦しくなった。土日は九時から五時までで、時給は九百八十円。平日は夕刻の二時間で時給は千二百円だ。一ヶ月十一万円にしかならない。それでもなんとかぎりぎり預金に手をつけずに生活できていた。洋服は一枚も買っていないし、食料品などはスーパー蔵元で夕刻以降に値下げされる商品を買って帰る。売れ残りの野菜をタダで分けてもらうこともあった。

部門別研修は、至れり尽くせりの土曜コースとは違い、自主性を重んじるものだった。校内にある農場で、一人当たり二十坪の作付面積が割り当てられた。各自が栽培計画を作成し、種蒔きから収穫までの栽培管理を行うというものだ。六ヶ月間でどんな野菜をどれだけ収穫し、売り上げはいくらになるかを予想して計画を立てなければならない。収穫した野菜は、ＪＡの協力のもと、実際に直売所で売ってもらえるという。

講師の説明によると、新規就農者であっても、ひとりで五反は作れるということだった。一反は三百坪もある。それなのに、いま目の前に割り当てられた二十坪でさえ広く感じてしまう。こんなことで五反も本当にひとりでできるのだろうか。

土曜コースでも、良い土の作り方から始まり、種蒔きや苗の植付け、収穫までの育て方、そして水やりと害虫駆除の方法と、様々なものを習ってきたはずだった。だが週に一回だけだったので、講義も実習も超特急だった。それゆえ、あまり身についていないと自分でも感じていたので、しっかりと気を引き締めて臨もうと決めていた。

家に帰ると、早速ノートを開いた。

作る物は自由だが、キャベツやレタスなどの葉っぱ部分を食べる葉菜類、大根のように根っこを食べる根菜類、そしてトマトのように果実を食べる果菜類の三種類を必ず入れることが課されている。

ノートに長方形の図を描いた。

これが二十坪として……ここの一角に長茄子、その横がブロッコリーで、その奥がオクラとほうれん草、そして玉葱に枝豆……と色分けしていく。

別のページには、半年に亘るスケジュールを書いた。全体の大まかなものと、野菜ごとの細かなものが必要だ。教科書やノートを見ながら、試行錯誤しながら埋めていった。

計画表を講師に提出し、アドバイスをもらいながら何度か修正し、実習に入った。

自分に割り当てられた畑の隣は、亜美の畑だった。亜美も朝から張り切っている。

まずは土作りだ。雑草が生えていたので、草取りをしながら、石やゴミなどを取り除いた。そのあとスコップで、固まった土のかたまりをほぐすように、深さ三十センチくらいまで耕す。そして、平坦になるよう土を平らにしていった。こうすることで、肥料の配分が均等になるし、畝《うね》も作りやすくなる。表面がボコボコの状態では、水捌《は》けが悪くなってしまうことがある。

次に肥料を撒いた。野菜が必要とする養分に対して、土から供給される養分がちょうどよいくらいでなければならないのが難しいところだ。多すぎたり不足したりすると、野菜に過剰症や欠乏症があらわれ、やがて生育が停止して枯れてしまう。

講師がゆったりと歩きながら見て回り、立ち止まってはあれこれアドバイスをしている。

その翌日は、畝を作り、苗や種を植えていった。枝豆の畝には防鳥用の不織布《ふしょくふ》をかぶせた。二日に一度は草取りをし、整枝や剪定をして追肥しなければならない。

その後も、種類ごとに育て方を確かめながら、毎日の手入れを怠らなかった。


あっという間に六ヶ月が過ぎた。

害虫などの難題も多い中、苦労して作物を育て、収穫できたときの喜びは大きかった。丹精込めて育てたからこそ芽生える、野菜への愛情や喜びも存分に味わった。土曜コースとは違い、自分ひとりの力で育てたのだと思うと嬉しさもひとしおだ。他の研修生の畑を見渡すにつけ、自分の野菜の出来は、かなりいい方だと密かに自信をつけてもいた。

修了と同時に認定就農者となり、研修最後の日は、仲の良い例の四人で居酒屋で打ち上い。


げをした。

「大変だったけど楽しかったです」

先月二十歳になった亜美は、満面の笑みでビールをごくごく飲む。結構イケる口らしい。

「僕はいつか大規模農家になりたいと思ってるんだ」

黒田も意気揚々と夢を語った。「最初の数年は地道にやっていくつもりだけれど、そのうち軌道に乗ってきたら、人をたくさん雇って農機具も大型のを揃えて、儲《もう》かる農業にしていきたいと思ってる。自分の家族のためだけでなく、日本の将来を考えてのことなんだ」

「黒田さんって、ほんとカッコいいっすね」と言ったのは、勇太だ。

それぞれ住んでいる市がバラバラなので、今後は農地探しも別々の行動となる。

「研修のお陰で賢くなりました」と亜美が言う。「だって、人参に種があるなんて知らなかったですもん」

「そうだったね」「確かに」とみんなが笑った。

土曜コースの最初の研修では人参を植えたのだった。畑を耕して水捌けが良くなるように土を盛って畝を作った。そして、講師が「今から人参の種を配ります」と言ったとき、

「人参に種なんてあるんですか？」と素っ頓狂な声で尋ねたのは亜美だった。講師は噴き出したが、周りの生徒のほとんどが笑わなかったところを見ると、亜美と同じように知らなかったのだろう。

「それまで何も知らずに野菜を食べてきたんだなあって思ったわ」と久美子は言った。

「俺なんか、四十過ぎてんのに知らなかったもんなあ」と黒田も笑う。

「いよいよ農業開始っすね」と勇太が感慨深げに言った。

「また連絡していいですか？」

心細いのか、亜美が上目遣いで久美子を見た。

「もちろんよ。私からもちょくちょく亜美ちゃんにメールさせてもらうわね」

「俺も、亜美ちゃんにメールするっす」と勇太がちゃっかり割り込んできた。

「まったくもう。勇太の目的は見え見えだぞ」と黒田がちゃかした。

まるで何年も前から知り合いだったかのように打ち解けていた。年齢も経歴も様々だが、同じ目的を目指す者同士の絆《きずな》のようなものが芽生えていた。特にその夜は、学校から認定証をもらった日でもあり、それぞれが達成感を噛みしめていた。修と別れたときは、自分は一生このまま孤独なのかと思ったものだが、今こうやって仲間と集《つど》っている。

「今後も連絡を取り合って、できればまた飲む機会を持てたらいいね」と黒田が言う。

「困ったことがあったら相談に乗ってくださいね」と亜美が頭を下げた。

これからも長くつきあっていきたいと久美子も思っていた。

悩みを打ち明けあったり、愚痴を言ったりして、励まし合っていける仲間がいる。そう思えるだけで心強かった。

6 十一月

その日は、市役所主催の就農説明会に来ていた。

いよいよ農地を借りて独立するのだと思うと、朝から緊張していた。市民ホールにある大会議室に入り、会場を見回してみたが、やはり知り合いはひとりもいなかった。少し心細い気もしたが、そんなことは言っていられない。

久美子は後ろの方の席に座ることにした。その方が部屋全体を見渡せるから、ほかの人々の様子を見ることができる。どういった年齢層が多いのか、男女別はどうか、知り合いになれそうな人はいるかなどを観察したかった。

定刻になり、三十脚ほどのパイプ椅子がほぼ埋まってきた。四十歳以上と思われる男性がほとんどだった。女性は久美子以外には二人だけで、どちらも定年後の夫と思われる男性との二人連れだった。

「それでは始めたいと思います」

農業委員会の副委員長の肩書を持つ男性が、ホワイトボードの前に立った。格子柄の背広の下にグレーのポロシャツを着ている。

「最初に農業委員会の説明をいたします。農業委員は市の職員ではございませんで、農家から選ばれた人たちで成り立っている組織でございます。最近は高齢化もあって委員の引き受け手が少なくなりました。ですから順繰りで強制的に当番が回ってきます。まっ、それで仕方なくやってる次第です」

最初からヤル気のなさを見せつけられて愕然《がくぜん》とした。こちらは生活がかかっているというのに。

「それで、ですね」と言いながら、背広の内ポケットから紙を取り出し、おもむろに広げて読み始めた。「農業が心底好きであること、それが最も重要なことであります」

聴衆は身じろぎもせず、顔を上げて彼をじっと見つめている。

「次に必要なのは、強靭《きょうじん》な体力です」

えっ、そんなバカな……。

部屋全体を見渡してみるが、誰も疑問に思わないのか、整然と前を向いたままだった。

以前テレビで見たドキュメンタリー番組では、女性でも軽々扱える農機具を紹介していた。取材された若い女性は、小柄で華奢だったが、ピンク色のトラクターに乗り、広い田畑をひとりで耕していたではないか。農業大学校での実習を通じて、機械を使わない手作業が多いことはわかっている。だから、ある程度は体力が必要なことはわかる。だが「強靭」などと言われたら、それは違うと思う。日本全国の農業者は高齢化しているのだ。

「ご存じのように、農業はひとりではできません。特に女性には無理です。女性で農業をやりたいと思う方は、農家に嫁ぐことが先決です」

会場がどっと沸いた。見ると、二人の年配女性も同じように笑っている。

「それとね、男性の場合でも独身者はきついですよ。農業というのは家族でやるもんですからね」

会場が静まり返った。独身男性が少なくないのかもしれない。

「その証拠にね、新規就農者の支援制度がある自治体のほとんどが、夫婦での就農を要件に挙げています」

思わず「えっ?」と声に出してしまったが、周りのざわめく声にかき消された。

「だってそうでしょう。受け入れ側にとっては、就農支援というのは定住化政策でもあるんですよ。ですから過疎地域に家族世帯を歓迎するのは当然のことです」

だったら、ここに集まった人間は年齢層が高すぎるのではないか。最も来てほしいのは二十代から三十代の夫婦者だろう。家を建て子供を産み育てる世帯が増えたら、小中学校も閉校にならずに済む。

そもそも単身者より夫婦者の方が有利なのは、どんな仕事でも同じだ。家族の労働はタダだからだ。だが、無償労働がなければ成り立たないのなら、もはや経営とは言えないのではないか。

いまだにそんなことを言っているから、農家に嫁が来ないのだ。嫁は嫁で会社に勤めている場合もあるのに、嫁いできた途端に、家業の歯車として組み込まれてしまう。それまで通り外で働き続けた方が、一家の収入も安定するだろうに。

農家が「家業」でなければならないのなら、ますます参入する人の幅を狭めてしまう。本当に新規就農者を増やしたいと思っているのだろうか。政府がそう思っているだけで、地元の人は誰もそう思っていないのではないか。

矛盾だらけだ。農業人口が年々減ってきて、人材が足りなくなっているのではなかったのか。どんどん過疎になると、公共サービスが低下して老人はますます困ることが増えるはずだ。

日本は耕作放棄地が多くて食料自給率が低いんじゃなかったの？

これから農村はもっと高齢化していって、そのうえ後継ぎもいないんでしょう？　それらの問題を本気で解決したいと考えているの？

たぶん……考えていない。だからこんなわけのわからないことを言うのだ。

「それとね、はっきり言って、有機の人は要りませんからね」

会場が大きくどよめいた。

集まった人の中には、自分と同様、有機農業をやろうとしている人が多いらしい。

「我々が欲しいのは趣味の農業者じゃないんですよ。地域のリーダーとなるような、きちっとした経済農業ができる人が欲しいんです。だから、産地として確立している作物を栽培してもらわないと困りますよ。わかりやすい例を挙げると、宮崎県ならピーマン、栃木県ならイチゴ、淡路《あわじ》島なら玉葱です。その土地の特産物なら技術指導も受けやすいし、低利で融資を受けて設備を調えることもできます。絶対に安全と言えるんですよ」

本当にそうだろうか。大きな設備投資をして、一種類の品目を作り続けた場合、大型台風がきたらどうするのだ。天候不順による不作の年だってあるはずだ。複数の種類を作った方が、収穫時期がずれるから全滅は避けられる。それに、低利とはいうものの、融資は借金以外の何物でもない。法人ならともかく個人で農業をするのに、スタート時点から大きな借金を背負うのは不安だ。もともと天候に左右されやすい職業であることを思えば、一か八かの賭けみたいなことはしたくない。

「あのう……すみません」

前方で男性が手を挙げた。後ろ姿からして二十代後半だろうか。この中ではかなり若い方だ。

「ちょっとお伺いしますが、今おっしゃったように、絶対に安全なら、どうして子供が農業を継がないんですか?」

痛烈な皮肉だった。

会場がしんとなった中、担当者はムッとした顔を隠しもせずに質問者を睨んだ。

「だからね、高いモチベーションを継続させることが大切なんですよ」

全く質問の答えになっていない。

「あなた、まだ二十代でしょう? 何ごともね、場当たり的な気持ちでは長続きしないんですよ。特に迷惑なのは、『僕は農業には向いていなかった』だとか、『やりたいこととは違った』なんて言ってすぐに辞めていく人たちなんですよ」

次の瞬間、質問した男性はすっくと立ち上がった。すらりとした長身で、細身のスーツが似合っている。彼は革《かわ》の鞄《かばん》を持ってそのまま出口へ向かった。その横顔が聡明《そうめい》そうで、エリートサラリーマン風だった。

「ほらね、すぐに見切りをつけるでしょう。最近の若いのは」

担当者は、若い男性が出ていったドアを睨みつけるようにして吐き捨てた。「ああいう輩《やから》に農地を世話してやってもすぐに放り出して夜逃げしちゃうから、ホント、かなわないよ」

いきなりくだけた物言いになった。会場が静かなのは、若い男性に同情しているからなのか、それともこれ以上つまらない話を聞くのが嫌になったのか。いや、たぶん、この担当者の機嫌を損ねたら農地を紹介してもらえない恐れがあると判断したのだろう。

静かになったことをどう勘違いしたのか、担当者は満足そうに微笑んだ。

「うまくいかないと言って農業を辞める人はね、俺が見たところ、何をやってもダメな人間だね。たぶん前の職を辞めるときと同じなんだよ。転職を繰り返す人って、いつも同じような言い訳をするもんだよ。この世の中にはさ、何でもかんでも満足いく仕事なんてないんだよ。みんな苦労してんだからよ」

今ここには、サラリーマンを辞めて農業を始めようとする人間が多く集まっている。そんな人々すべてを見下していることがわからないのだろうか。

「同じ職場で長年に亘って働き続けて成果を出す人をごらんなさいよ。何があってもあきらめない意志とリーダーシップを持ってるんですよ。そうやってね、人間というものは、現状を改善して乗り越えていく方法を身につけていくもんなんだ」

この担当者が、どんなに偏見に満ちた人物であったとしても、市の方針から大きくズレてはいないのではないか。なんといっても市役所主催の説明会なのだ。それに、考え方が歪《ゆが》んでいるからこそ知っておかないと、あとで酷い目に遭うような予感がした。

久美子は、勇気を振り絞って手を挙げた。

「ひとつお聞きしたいのですが、有機農業を趣味の農業と捉えておられるのはなぜですか？」

農業大学校でも、有機の授業が中心だったのだ。

久美子の質問に、担当者は「いい質問だね」と嬉しそうに応じた。

「有機栽培というのはさ、社会運動として始まったんだ。ろくに栽培技術も持っていないくせに、頭でっかちの人間が環境やら安全性がどうだこうだってわかったような顔で得意げに議論するわけだよ。困ったもんだよ。挙句の果てに、身体に良ければ利益は関係ないみたいな夢のような話をする。そんな人間は要らないんだよ」

それは、ひと昔前の話ではないだろうか。今は、有機農業はビジネスとしては追い風のはずだ。全世界的な風潮と言ってもいいくらいだ。食べ物の安全性はもちろんのこと、地球環境を守るために殺虫剤や除草剤を使わないことへの関心が高まっている。だからこそ、瑞希のブログ「大草原の瑞希ハウス」が人気を集めている。彼女が安全性を求めて自給自足に近い暮らしを綴《つづ》っているからこそ、閲覧者数が日に日に伸びているのではないか。

この担当者の考えはかなり古い。今も昔も日本の行政は新しいことが苦手だから仕方がないのかもしれないが、世間から一歩も二歩も遅れている。行政を当てにするのはよした方がいいらしい。女ひとりで農業をやるのは無理だと言いきられてしまったことからしても、もう農業委員会は当てにできない。

とは言うものの、せっかく足を運んだのだからと、登録用紙に住所氏名を記入し、希望欄には野菜を作る畑を五反貸してほしいと書き、そのあとの個人面談に臨んだ。ホワイトボードの前に五台の机を並べ、それぞれに面接官として農業委員会の五人が座っている。そのうちひとりは年配の女性だった。

あっという間に面談希望の人々の行列ができた。久美子は行列の最後の方になってしまったが、面談ではそれほど突っ込んだ話はしないのか、どんどん行列が捌《さば》けていった。登録用紙を見て内容を確認するだけで、連絡は後日という方法なのだろう。

「次の人」と呼ばれた。女性の面接官だった。

用紙を出して、書いた通りの希望を言った。

「ご結婚は？」

「え？　私は……独身ですが」

「まさか、あなたひとりで農業をやろうとしてるわけ？」

「はい、そうです」怯《ひる》んではならないとばかり、相手の目をじっと見つめた。

「悪いことは言わない。そんなに農業をやりたいなら農家に嫁にいくのが一番よ」

「私は農業大学校の研修も終えていますし、ひとりでやっていく自信があるんです」

「独身女性に田畑を貸してくれる農家はたぶんないと思うよ。過去にも例はないし」

「えっ、そんな……」

「まあ一応はこちらからの連絡を待ってみてちょうだい。一週間以内に電話が行かなかったら、そのときはきっぱりあきらめた方がいいと思う。はい、次の人」

これ以上ねばってもロクなことはないだろう。お辞儀をしてからドアへ向かいながら考えた。研修のときに世話になった農家に頼んでみるのが手っ取り早いのではないか。戦前からの豪農で、たくさんの田畑を持っている。矍鑠《かくしゃく》とした九十代の老夫婦がいまだに取り仕切っているような家庭だが、当主は六十代の長男に引き継いでいる。三十代の孫夫婦も同居していて、今どき珍しく全員が農業をやっていた。生まれたばかりの曾孫もいた。

翌日になり、早速研修先の森竹《もりたけ》家を訪ねてみることにした。

以前なら、断わられたらどうしよう、迷惑に思われないだろうかなどと考えて気弱になることが多かった。しかし最近は、思いついたらすぐに行動に移すようになった。生活を考えれば迷っている余地がないということもある。だがそれ以外にも、アパートを借りる際、思い切って憩子の実家に電話をかけてうまくいったことや、農業大学校でも野菜作りがうまくできたことなどの成功体験が積み重なっていた。一度はすっかり失いかけていた自信を回復しつつあった。

森竹家は人手が十分足りているから、たぶん耕作放棄地はないだろう。だが、地元の名士でもあり、顔が広そうだから、近所で空いている農地を紹介してもらえる可能性は高いと踏んでいた。研修のとき、森竹家の人々はみんな親切だった。噂によると、研修生を労働者としか見ていない農家もあるらしい。朝から晩まで農作業でこき使われて、何も教えてもらえないとぼやいているグループもあった。市町村からの助成金を目当てに、指導する気もないのに受け入れてしまう農家が少なくないらしい。

この日持参する菓子折りは奮発した。大家族でもあるし、豪農となれば舌も肥えているかもしれないと思い、駅前にある老舗の高級な和菓子を二十個も箱に詰めてもらったのだった。

玄関先には当主の妻が出てきた。

事情を話すと、「ちょっと待っててね。主人を呼んできますから」と言って奥へ引っ込んだ。

当主はすぐに玄関先に現われた。

「農地のことはよく頼まれるんだけどね、うちには空いた田畑はないんだよ。知り合いに声をかけてみるから、少し待っててもらえるかな」

「はい、もちろんです」

就農説明会で聞いた話など、色々と話したいことがあったのだが、妻から「どうぞ上がって」という言葉が出てこない。仕方なく玄関先に立ったまま菓子折りを差し出した。

「これは嬉しいなあ。ここの求肥《ぎゅうひ》入りの最中は、家族みんなの大好物なんだよ。ありがとう」

当主の言葉に、妻も隣で嬉しそうに微笑んでいる。

「それでは、よろしくお願いいたします」

そう言って家を辞し、歩いて十五分もかかるバス停へ向かった。一時間に一本しかないバスを乗り継いできたのだ。お茶でも飲みながら、悩みを聞いてもらい、アドバイスをもらいたかった。どうやら親しみを感じていたのはこちらだけで、森竹家の人間からすると、農業大学校から研修費用をもらっている間だけの「お客様」に過ぎなかったらしい。研修生でなくなったら全く関係ないのだと言われた気がして気分が塞いだ。

その予感は的中し、いくら待っても森竹家から連絡は来なかった。電話もしてみたが、「なかなか見つからなくてね」とか「いま探しているところなんだが」と言うばかりだった。

ふつふつと怒りが湧いてきた。探しているなんていうのも、きっと嘘なのだろう。たくさんの研修生が訪ねてきて、そのたびに調子のいいことを言っているのに違いない。

森竹家の人々は、研修生には優しく接してくれたが、とても科学的とはいえないような農業をしていた。見慣れない害虫がたくさんついていることをご主人に報告したとき、「この農薬をだいたいこのくらい撒いておいて」と言い、目分量で農薬を渡された。聞いても害虫の名前さえ知らず、害虫図鑑さえ持っていない様子だった。そして、それが作物にどう影響するのかという質問にも「そんな難しいことは知らないよ。農協の指導に従っているだけだから」と言うばかりだった。もしかして、都市部で家庭菜園を作っている主婦の方がよほど知識があるのではないかと思ったものだ。肥料にしても、一反あたりどれくらい撒けばいいのか、これにはチッソや燐酸《りんさん》、カリウムはどれくらい入っているのかと尋ねたところ、「あるだけ撒けばいいんだよ。成分なんて知らなくても大丈夫だよ」と答えた。とはいえ、森竹家の畑では、どんな野菜も立派に育っていた。長年の経験からくる勘がすべてのようだった。だからか、細かいことをごちゃごちゃ言っている暇があるなら「俺の背中を見ろ」と言わんばかりだった。

わけのわからない怒りが頭の中を占めている。

誰かに向かって怒鳴りたい気持ちになる。爆発しそうだ。

その一方で、悲しくて、自分が頼りなくて、泣きだしたくなる。

心の中が日々どす黒くなっていく感覚があった。

だがその間も、手をこまねいていたわけではない。農協や他の市町村にも出向いてみた。しかし、どこでもいい返事は得られなかった。日々の暮らしを考えると、スーパー蔵元の青果コーナーでの仕事時間を大幅に増やさざるを得なかった。

黒田や亜美は今頃どうしているのだろう。

黒田は妻子持ちだから、きっと簡単に農地を借りられたのだろう。勇太だって、自分からすれば頼りない若者であっても、農業委員会から見たら男というだけでも女の自分よりは有利に違いない。でも亜美はどうだろう。自分自身の状況を考えてみても、二十歳の女の子に農地を貸してくれる人がいるとは思えなかった。

スーパー蔵元での仕事を終え、夜になって黒田にメールを送信してみた。

——黒田さん、その後いかがお過ごしですか？　私は農地を借りられず四苦八苦しています。黒田さんは順調ですか？

聡明でバイタリティ溢れる黒田のことだから、とっくの昔に農地を借りて、既に農作業に入っているに違いない。彼が生き生きと畑で働く姿を想像すると、余計に落ち込んできた。メールなんて送らなきゃよかった。そう後悔しかけたとき、黒田から返信が届いた。

——こっちも農地が借りられず困ってる。来年は第二子が生まれるというのに、いったいどうしたらいいんだろう。今、時間ありますか？　電話していいですか？

黒田からの電話を待つより先に、こちらからすぐに電話をかけた。

「もしもし、黒田さんも農地を借りられないなんて本当ですか？」

——そうなんだよ。こっちの農業委員会に行って頼んだんだけど、「そのうち探しておく」の一点張りで、全然話が前に進まないんだ。だから農協にも相談に行った。そしたら農家の人を何人か紹介してくれたけど、使っていない農地をたくさん持っているくせに、貸したくないって言うんだよ。

「どうしてですか？　耕作していないんだったら貸してくれればいいじゃないですか。そのまま置いておくなんて、もったいないですよ」

——僕もそう言ったよ。だけど、いつまで経っても埒《らち》が明かないから、一体どういうことなんですかって詰め寄ったんだ。そしたら何回目かでやっと本音を言ったよ。「どこの馬の骨ともわからないヤツには貸せない」ってさ。

「そんな言い方……いくらなんでもひどすぎます」

黒田が馬の骨なら、自分はどのように見えるのだろう。三十代で独身で、ひとりで農業を始めようとする女……保守的な田舎の人間からみたら、ワケありの怪しい女に映るのかもしれない。見るからに真面目そうで品のある、家族持ちの黒田でさえ借りられないのなら、自分には到底無理なのではないか。

「だったら黒田さん、ご自分が城南大学を出ていて、ついこの前まで堅い企業に勤めていたことを言ってやればいいじゃないですか」

——それはね、付き添ってくれた農協の人が、気を利かして農家の人に言ってくれたんだ。そしたら逆効果だった。そんないい会社を辞めて農業をやろうなんて、更に怪しいヤツだと思われたみたいだった。

雑音が混じったのは、電話の向こうで黒田が大きな溜め息をついたからだろう。

——経歴なんかより、重要なのは財力だよ。例えば地元に大きな家を持っていたりする方が信用されるみたいだった。でもね、あちこちの農家を当たるうち、貸してもいいっていう農家が現われたんだ。

「えっ、なんだ。それを早く言ってくださいよ。良かったじゃないですか」

——それが良くないんだ。僕の方から今日、断わってきたところだよ。

「なぜですか？　やっと貸してくれる人が見つかったっていうのに」

——承諾書にサインしろって言ってきたんだ。そうだ、水沢さんも勉強になると思うから、承諾書を写真に撮って、いま送信するよ。

すぐに写真が送信されてきた。

承諾書
一、家族に後継者がいること。
二、販路を確保できていること。
三、新規就農後三年は無収入でも生活できる貯蓄があること。
四、村の総会で全農業委員から同意を得られた者であること。
五、農地を借りて以降三年間は、農地の取得はできないことに同意すること。
六、家を建てるには、就農して五年以上が経っており、四反以上の農地を取得していること。

「なんなんです？　これを守らなきゃ農地を貸してもらえないってことですか？」

――今までの人生の中で、これほど屈辱を味わったことはないよ。後継者がいることを条件に挙げるなんて、ふざけるにもほどがある。僕の息子はまだ小学生なんだぜ。将来農業をやるかどうかなんてわからないし、そもそも息子に強制する気なんてさらさらない。それに、子供のいない人はどうするんだよ。

「おかしな話ですね。農家の人も後継者がいないから耕作放棄地になってるんですよね」

――その通りだよ。つまりね、農業大学校を卒業している人間で、将来の後継者も決まっていて、かなりの貯蓄があって既に販路を確立している。それが前提条件なわけだよ。そのうえで、ちゃんと農業でやっていけるかどうかを三年ほど見届けて、やれそうだと判断したらやっと農地の取得を許してやってもいいよ、そして家を建てるのはその二年先なら認めてやる、だってさ。

「ちょっと待ってくださいよ。いつ家を建てようが、そんなの個人の自由でしょ」

――そうなんだよ。いったいどこまでプライベートなことに口を出す気なんだろう。農地を借りるのが、そんなにご大層なことなんだろうか。

いつもは穏やかな黒田も、口調が興奮気味になってきた。

「なんだか監視されてるみたいで気味が悪いですね」

――だよね。だいたいさあ、こっちは安定したサラリーマン生活を捨ててまで農業をやろうとしているわけだ。ねっ、そうでしょう？　僕には妻子がいるから、決心するのも時間がかかった。僕たちは実家が農家の人とは違って、ただでさえハンデがある。農地も農機具もいちから手に入れなきゃならないし、販路も自分で開拓していかなきゃならない。そういったたくさんのことをひとつひとつクリアしなけりゃなんないのに、そのうえにまだ制限をかけようとしているなんて、僕の常識では考えられないよ。

「そんなに大変だったとは思いませんでした」

――こういうのをムラ社会っていうんだと思う。都会で育った僕には、その感覚がよくわからない。あの人たちと農村で話をしていると、ここだけはまだ江戸時代かって思う。

「若い女性がどんどん農村から都会へ出ていってしまうのがわかる気がします。それに、そもそも本当に失礼ですよね。黒田さんが馬の骨なら、お前たちはいったい何様なんだって叫びたい気分です」

――ありがとう。そう言ってくれると、ちょっと気が晴れる。だけど、今回のことで二十万円ほど使ってしまったのは、本当に痛かったよ。

「二十万円？　それはまたどうして」

――やっと農地を借りられたと思って有頂天になって、さっそく耕して種を蒔いたんだ。ビニールで覆ったり、支柱を立てたりした。承諾書を渡されたのは、その後だったんだよ。

「ひどすぎる……黒田さん、これからどうするんですか」

――正直言って途方に暮れてる……なんていうのは嘘。そんな暇ないからね。妻子を路頭に迷わせるわけにはいかないから、当初の計画にはなかったことだけど、妻の実家の近辺で農地を借りられないか聞いてみてもらっているんだ。僕は寒い所は苦手なんだけど、背に腹は代えられないからね。でも、妻の実家も親戚もみんなサラリーマンなんだ。ただ、妻の同級生で農家をやってるのが何人かいるらしいから紹介してもらえるかもしれない。都市近郊よりは、ずっと耕作放棄地が多いはずだしね。水沢さん、嫌なこと言うようだけど、コネでもない限り、農地を借りるのは厳しいと思った方がいいよ。

「そんな……」

広島の山間部にある母の実家は農家だった。だが、残念なことに代替わりした後、田畑はすべて売却したと聞いている。

「ところで、勇太君や亜美ちゃんは今どうしてるかご存じですか？」

――忙しくて連絡を取っていないんだ。居酒屋で打ち上げしたときが最後だよ。たぶん二人とも必死で農地を探してるんじゃないかな。

「でしょうね。二人に連絡してみます。黒田さん、ご健闘を祈ります」

そう言って電話を切った。

こんなはずではなかった。今まで新規就農の本をたくさん読んできたが、農地を借りるのに苦労した話など、どの本にも書いていなかった。共通して書いてあることといえば、その土地に溶け込むために、祭りや町民運動会などの地域行事に積極的に参加し、男性なら消防団に入るということくらいだった。

まさか……。

ふと嫌な予感がして、本棚から新規就農関連の書籍七冊全部を取り出した。そして、一冊ずつ著者の経歴をネットで検索してみた。

なんなのよ、嘘でしょう？

七人のうちの三人の実家が農家だった。そして、祖父母が農家なのが三人。残りの一人は、自分自身の体験ではなくて、取材結果をまとめたものだった。どうして今まで気づかなかったんだろう。

あれ？　だったら、あのドキュメンタリー番組は？

山脈を背にピンク色のトラクターに乗った、あの若い女性はどうやって農地を借りたの？

——女性でも軽々と草刈りができるので「かーるがる」という名前なんです。

明るい声が脳裏に蘇《よみがえ》る。彼女は、女性ひとりでも農業ができると言いきった。農機具も女性用に改良され、今や腕力や体力さえも必要ないと言った。

あのときのメモを捜し出し、「小池農園」でネット検索してみると、見覚えのあるトラクターを背景に、ピンク色の作業着姿の女性の写真が現われた。

だが……彼女の両脇に、作業着姿の日に焼けた年配の男女が並んで立っている。

——小池幹夫《みきお》（83）、小池房子《ふさこ》（79）

まったく馬鹿馬鹿しい。祖父母ともにまだ若々しく、二人ともカメラに向かって潑剌とした笑顔を見せている。

何が新規就農だよ。おじいさんとおばあさんに守られているじゃないの。テレビでは、まるで何もかも自分ひとりの力で切り拓いてきたような言い方をしたくせに。

「嘘つき！」誰もいない部屋で、大声で叫んでいた。

いきなり目の前の道が閉ざされてしまった。落ち込むなという方が無理だ。だが黒田には妻子がいるから、めげることはできない。道を拓こうと今この瞬間も、もがいているだろう。

あれ以来、亜美からも勇太からも連絡はない。亜美の性格なら泣きついてきてもおかしくないはずだが。

「もしもし、亜美ちゃん？　いま電話、いい？」

——いいですよう。久美子さんから電話もらえるなんて嬉しいですう。

全く落ち込んでいる気配はない。

「もしかして……亜美ちゃんは農地を借りられたの？」

——まさかあ。どこに行っても鼻で笑われて、悔しくて泣いちゃいました。

亜美が泣きじゃくる姿が目に浮かぶようだった。亜美は多くを語らないが、複雑な家庭で育ったのが原因なのか、芯の弱さが感じられ、危うい気がして以前から気にかかっていた。だが懸命に努力する姿勢は凄《すさ》まじいものがあり、歳下だが見上げたものがある。誰にも甘えられなかった生い立ちが影響しているのか甘え上手で、研修中は自分を姉のように慕ってくれた。それを考えると、善良で優秀な農業人に導かれれば、大きく花開く可能性も秘めているはずだ。

——農地は貸せないけど、うちに嫁に来ないかって言ったオジサンがいたんです。その人に息子さんがいるのかと思ったら、そのオジサン自身のことだったんです。私まだ二十歳ですよ。あんな汚いオヤジと結婚するなんて考えられないです。

「それ、どこで言われたの？」

──農協も市役所も相手にしてくれなかったから、農家を一軒一軒訪ね歩いて、「空いてる農地を貸してください」って頼みにいったんです。

「そういうの危ないよ。亜美ちゃんはかわいい顔してるから、気をつけた方がいいよ」

──もうやめたから安心してください。実はね、来週から農業法人で雇ってもらえることになったんです。

「それはいいかもしれないわね。亜美ちゃんはまだ若いから、組織の中で働くのはいい経験になると思う。でも……お給料はいくらなの？」

「月に十万円です」

「それは手取りなの？」

「テドリっていう言葉よく聞きますけど、どういう意味ですか？」

「え？　ああ、手取りっていうのはね、お給料から税金や健康保険料や厚生年金保険料なんかを差し引いたあとに、実際にもらえる金額のことよ」

「ふうん、私にはよくわかりませんけど。ご飯を出してくれるのでここに決めたんです。経営者もすごく立派な人だし」

「立派っていうと、どういう風に？」

「地球全体のことを考えている人なんです。人間は誰しも大地の恵みをいただいて生かされているっていう謙虚な考えの持ち主なんですよう。チョー共感しちゃいました。ここで働かせてもらえるだけで心が洗われるようで有り難いって日本全国から人が集まってきているんです。給料の額なんか二の次だってみんな言ってますよ」

それって洗脳じゃないの？

本当はそう言いたかった。

しかし、亜美がそこを辞めたとしても、自分が何をしてやれるだろう。

「ご飯を出してくれるというのは、お昼が出るってこと？」

――たぶんそうだと思います。野菜中心の料理でしょうね。ちょっとした傷で売り物にならなくなるでしょう？　そういったのをきちんと残さず食べてあげることが、神への感謝だって経営者が言ってましたから。

「神？　なんなの、その神って？」

――出たあ、また久美子さんの心配性が。

そう言って、けらけら笑う。

――大丈夫ですってば。変な宗教団体じゃないですからあ。神というのは誰もが心の中に持っている宇宙のことらしいですよ。特定の宗教じゃありません。

「亜美ちゃん、気をつけた方がいいよ」

——そんな言い方しないでくださいよう。

「うん、ごめんね。せっかくヤル気になっているのにね。たださ、若い女性はいつでも色んなことに気をつけたり、疑ってみたりすることも大事だと思うんだよね」

言わずにはおられなかった。亜美は今は反発するだろうが、心の隅にでも警戒心を残しておいてもらいたかった。

——そうかあ、わかりました。いつも心配ありがとうございます。

「あら、素直ね。意外だわ」

——やだあ。私の取り柄は素直ですもん。それに、あの経営者はどんどん人を雇うけど、どんどん辞めていってるみたいだから、実はちょっと変かもって思ってるんです。それにね、晩ご飯も出る日も多いって聞いたから、残業が多いかもしれません。あんまりキツイようだったらすぐに辞めるつもりです。身体を壊したりしたら、マジでヤバイですもん。私の場合は、親身になってくれる身内もいませんしね。

「なんだ、安心したよ。意外にしっかり考えてるじゃないの」

——そりゃそうですよ。私だって、もう二十歳ですもん。

「ところで勇太くんとは会ってる?」

——最後に会ったのは、いつだったたっけなあ。とにかく国から就農支援の百五十万円をもらったって言ってましたよ。申請したってことは農地を借りられたんじゃないですか？

「えっ、そうなの？」

——勇太さん、私にステーキを奢《おご》ってくれたんです。それもすごく高いお店に連れてってくれて。私はモスバーガーでいいって言ったんですよ。それなのに、百五十万円も持ってるのに、そんなケチなところじゃ意味ないって言うんです。あの調子だと、一週間で全部使いきっちゃったかも。

「そんな馬鹿な。だって就農支援のお金なんだから、種苗や鍬《くわ》や鋤《すき》や、それに中古の軽自動車とかを買うための資金じゃないの？」

——勇太さんは、今まで見たこともないくらいはしゃいでました。百五十万円の現金を手にしたのは生まれて初めてだって言って。私にも見せびらかしましたもん。

「見せびらかすって何を？　まさか現金そのものを？」

——そうですよ。銀行で全額おろしてきたみたいでした。

「なんだか心配ね」

——久美子さん、これ以上、勇太さんにはかかわらない方がいいですよ。

耳を疑った。研修中は、四人であんなに仲良くしていたのに。

——私ね、わかるんです。私まだガキだけど、ダメ男の匂いってわかるんです。そういうこと、たぶん久美子さんより知ってると思います。

「そうか、亜美ちゃんがそう言うならそうかもしれないね」

――生意気なこと言ってすみません。

「ううん、とんでもない。どんどん思ったこと言ってもらった方が私も嬉しいよ。それにね、私も人のこと心配してる場合じゃなかった。私も農地が借りられなくてね」

――だったら、自分で農地を探して歩いたらどうですか？　私みたいな小娘は端《はな》から相手にされなかったけど、久美子さんは大人だし頭もいいから、イケるかもしれませんよ。

「そうかな。うん、やれることは何でもやってみなきゃね」

――お互い頑張りましょう。また電話くださいね。

電話が切れた。

しっかりしているのか、いないのか。

ダメ男を嗅ぎわける能力はあるらしいが、「手取り」という言葉を知らなかった。そういうところがアンバランスで、余計に心配になった。

7　十二月

アヤノがオーストラリアの憩子のところへ遊びに行って、もう一週間になる。

母屋のリビングの、あの温かな雰囲気が恋しかった。

今日は久しぶりの休日だったので、朝はゆっくり起きた。

農業研修が終わってからは、スーパー蔵元の青果コーナーのアルバイトの時間帯を変えてもらった。以前のような細切れの時間帯ではなく、一日八時間働かせてもらっている。みんな親切だし、主任からも頼りにされているから、もうきっぱり農業はあきらめて、このままずっとここで働くのもいいかなと弱気になることがある。だがスーパー蔵元にしたって何歳まで雇ってもらえるかわからないし、給料が安すぎて貯蓄できそうにない。

思えば、農業研修をしていたときが最も幸せだった。農家として自立することを夢見て、頭の中で架空の耕作地を思い浮かべ、ここにはこれを植え、あそこにはあれを植えと、畑の設計図を何度も描き直しては楽しんでいた。ついこの間のことなのに、遠い昔のことのような気がする。

カーテンを開けると、窓の外には青空が広がっていた。

大きく伸びをして、空を見上げる。

あーあ、人生はなかなかうまくいかない。

まさか農地を借りられないなんて、夢にも思わなかったよ。

採れたての野菜が無性に食べたくなるのも困りものだった。農業大学校では、畑で採ってその場で食べた。あの味の濃さやジューシーさを思い出すたび、口の中にジワッと唾が湧き出てくる。

台所に入り、コンロに火を点けた。数日前、大鍋にポトフを大量に煮込んだのだった。スーパー蔵元でもらってきた売れ残りの萎《しな》びた野菜に、厚切りベーコンを入れた。一週間かけて食べきる予定だ。ずっと気分の落ち込みが続いていたので、何もかもが億劫《おっくう》になり、食生活が乱れていた。そんなとき、久しぶりに瑞希のブログを見て反省したのだった。彼女の自給自足に近い生活こそ「丁寧な暮らし方」と言うのだろう。

ブログを毎晩のように見ていた時期もあったが、農地を借りられない現実に打ちのめされて以降は見ていなかった。瑞希と自分の生活の、あまりの落差を目にするたび、どん底に突き落とされた気分になるからだ。他人の幸せな生活は、自分を鬱《うつ》の世界に簡単に引きずり込んでしまう。

それでも今日に限ってブログを開いてみたのは、たぶん人恋しさが頂点に達していたからだろう。アヤノも憩子もシドニーにいるし、研修の仲間とも会えない。またぞろ孤独地獄に陥りそうだった。

ブログを数日前まで遡って読んでみると、クリスマス一色だった。自分はといえば、クリスマスのことなどすっかり忘れていた。都内で働いていた頃は、赤と緑で飾られた巨大なツリーや、華やかなショウウィンドウをしばしば目にしたものだった。

瑞希のブログには、雪だるまや人形を象《かたど》ったクッキーの写真が載っていた。金銀をスプレーした松ぼっくりは、ツリーのオーナメントだろう。

——夫や子供が気持ちよく過ごせるようにと、それだけを考えて生活しています。

もしも毒舌家のアヤノがこれを読んだら、どう言って瑞希を罵《ののし》るだろうと想像すると、途端におかしくなってきて、気づいたら誰もいない部屋でフフッと声に出して笑っていた。

あれ？　私、まだ笑えるんだ。

そうだよ、この先もたくさん笑って暮らしていかなきゃ。

せっかくの休日だし、瑞希の家を訪ねてみるというのはどうだろう。寂しいときは誰かと会うのがいちばんいい。そう思い立って電話をかけてみたが、留守番電話になっていた。軽い気持ちでかけたはずなのに、自分でも驚いてしまうほど、ひどくがっかりした。

瑞希はどんな家に住んでいるのだろう。ブログの写真は室内がほとんどだ。庭の木や花の写真もあるにはあるが、どれもかなりズームアップされて写っていて、家の外観の写真は一枚も載っていない。防犯上から、場所が特定されないよう用心しているのだろう。

近所まで行ってみようかな。

アヤノから、留守の間は軽自動車を自由に使っていいと言われていた。ドライブがてら出かけてみようか。なんせ今日は天気がいい。

詳細な住所は知らなかったが、ブログに頻繁に登場する「近所の郵便局」や「すぐそこのチーズ工房」などを目標にグーグルで検索すると、だいたいの見当はついた。道路から玄関ドアまでのアプローチには、鉄製のアーチがあるはずだ。ピエール・ドゥ・ロンサールとかいう難しい名前の蔓《つる》バラや、カロライナジャスミンなどがアーチを覆い、トンネルとなって日陰を作っている。地域的に考えても、そんなしゃれた家は少ないだろうから、たぶんすぐにわかるだろう。

キッチンは凝った造りになっているはずだ。作りつけの棚はアーリーアメリカン調で、床には無垢《むく》材が使われていて、まさに「大草原の小さな家」のようだ。裏庭には家庭菜園があり、実のなる木がたくさん植えてある。そして二坪ほどの手作りのビニールハウスでは野菜を作っている。

そんな家を探して、軽自動車を走らせた。

遠くに小高い山々が見え、どこまでも田畑が続いている。

位置的には、たぶんこの辺なのだけれど……。

さっきから同じ場所をぐるぐる回っていた。鉄製のアーチがある家はそこだけだった。だが、ブログで見るのとは違い、萎《しお》れた蔓が巻きついているだけだ。どこからどこまでが敷地なのだろう。畑や野原に囲まれていて、隣の家までが遠かった。

ブログの写真は真夏に撮られたものかもしれない。冬に向かおうとする今は、蔓バラなどは枯れてしまっていても不思議ではない。だとしたら、やっぱりこの家ではないだろうか。そう思い、家を十メートルほど通りすぎた原っぱの中に車を停めた。

車から降りて、その家に近づいてみると、庭は荒れ放題だった。ビニールハウスもあるにはあるが、ビニールはボロボロに破れていて、今は使っていないようだ。

やっぱりここじゃないみたい。

少し休憩しようと、車に戻った。家から持ってきたポットから熱い紅茶をプラスチックの蓋に注ぎ、家の方をぼうっと見ながら飲み始めたときだった。窓ガラスの向こうで人影が動いたのが見えた。

瑞希の携帯に電話をかけてみると、すぐに相手は出た。

——もしもし、久美ちゃんじゃないの。どうしたの？　元気にしてた？

「すみません。いきなり電話しちゃって」

——やだ、いいのよ。何か用だった？

「今日は休みだったのでドライブをしてるんです」

——あらいいわね。それで？

「それで瑞希さんちの近くに来てみたんです」

瑞希は黙ってしまった。

「いえ、別に私は図々しくお宅にお邪魔しようなんて考えてなくて……その、いいお天気だったんで、瑞希さんの家はこの辺かなって車でウロウロしてただけで……」

しどろもどろになってしまった。連絡もなくいきなり家まで来られたら、誰だって嫌な気持ちになる。部屋が散らかっていることだってあるだろう。それなのに来てしまったのは、ブログから瑞希の家庭的な優しさを感じていたからだ。アヤノがそうであるように、いつでも温かくリビングに迎え入れてくれる。そういった母性とでもいうものを、瑞希にも期待していたのかもしれない。

それに、アヤノの家の中だって、いつもきちんと片づいているわけではない。定年退職後も地域の活動や山登りの会などで精力的に活動しているから、忙しくて家の中が雑然としていることはしょっちゅうだった。それでも構わず家に入れてくれる。そしてときどき、「今日中に仲間との旅行の日程表を作らなきゃなんないから、久美ちゃん悪いけどリビングに掃除機かけてくれる?」などと言うこともある。そういうとき、久美子は喜んで引き受けるのだった。

だから、年齢は違えど瑞希も子供を持つ母親なのだから、母性的な寛容さや鷹揚《おうよう》さを持っていると思ったのだ。それに、瑞希のブログには、いつだって感謝の言葉が満ち溢れている。近所の人々への気遣いや、子供の存在そのものの有り難さ、そして夫の優しさや、そんな夫を育ててくれた舅姑《しゅうとしゅうとめ》への感謝などだ。そういった、心が洗われるようなブログを書くことのできる彼女の崇高さのようなものを思えば、いきなり訪ねていったとしても、きっと快く迎えてくれるはずだ。どうやら無意識のうちに、そう決めつけていたらしい。

——ちょっと待って。

電話から聞こえてくる瑞希の声が一転して低くなったと思ったら、玄関ドアが開いて、瑞希が出てきた。こちらへ向かって大股で歩いてくる。遠目にも、口をへの字に曲げて怒っているように見えたので、久美子は車の外には出ず、運転席の窓ガラスを下げた。挨拶だけして、このまま帰った方がいいと判断したからだ。瑞希は車のところまで来ると、

「どうぞ家に入って」と言ったが、顔が笑っていない。

「いえ、いいんです。ほんと、すみませんでした」と、慌ててエンジンをかける。

「だってあなた、家を見にきたんでしょ？」と強張《こわば》った顔で尋ねてくる。

「違います。本当にいいんです。もう帰ります」

　恐縮してそう答えると、瑞希はいきなり外側から運転席のドアを勢いよく開けた。

「お茶淹れてあげるから、来なさいよ」と、まるで捨て台詞を吐くように言って玄関の方へ戻っていく。

　妙な雰囲気になってしまった。どうしたものかと迷ったが、瑞希が玄関ドアの中に消えたあとも、玄関ドアが大きく開け放したままなので、暖房の空気が外へ逃げてしまうのではないかと気になった。

　だからエンジンを切って車から降り、小走りに玄関へ向かった。

「お邪魔します。すみません」

　謝ってばかりいる。来てはいけなかったのだと感じていた。この玄関のひどい散らかりようも、見てはいけないものだったのだ。もうずいぶん長く掃除していないのだろう。廊下も埃《ほこり》だらけだった。

「こっちよ」と奥の方から瑞希の声がする。

廊下を進んでいくと、リビングがあった。ブログで見慣れた空間だった。だが、いつかバラエティ番組で見たことのある、「芸能人の汚部屋」みたいになっていた。ブログでは、印象派の絵画の中で暮らしているようだったのに。

「驚いたでしょう」

「ええ……まあ」

「大変なのよ。ブログの読者を増やすのは簡単じゃないの。人気ブログになるには普通は十年かかるところを私は五年で達成したわ。芸能人でも有名人でもない一般人がそうなるには、並み大抵の努力じゃできない。今はアフィリエイトの料金がかなり入ってくるの。これだって一種の起業と言えるはずよ」

「あのう、家庭菜園はどうされたんですか？　今さっき見たらビニールハウスが……」

「あんなのとっくにやめたわよ」

「でも、ブログには自分で作った有機野菜のことがいつも載ってますよね」

「あんなの全部嘘に決まってるじゃない。アフィリエイトで稼ぐためには、自分のライフスタイルを宣伝しなくちゃならないのよ。それには演出も必要なの。だって手作りの服や食べ物をきっかけに、企業から声がかかったのよ。もっとスポンサーを増やすためには、主婦の憧れの生活を見せつけることが大事なの。言っとくけど、片手間でできるようなことじゃないわ。ブログを書くために、私は一日二十四時間ずっと働いてるんだからね」

ブログでそこまで儲かっていたとは知らなかった。

「いまや主婦ブロガーは企業の広告塔でもあるのよ。この洗剤を使ったら汚れがよく落ちたと書けば、その商品が飛ぶように売れるの。雑誌なんかで宣伝するより、信頼できるブログを参考にする主婦が最近は多いのよ」

「でも……どうしてそこまでして必死になるんです？」

「お金のために決まってるでしょ」

「だってダンナさんは毎朝新聞にお勤めのエリートサラリーマンですよね」

「あの人、ずいぶん前から帰ってこなくなったの。こんな田舎には住めないって、都心にマンションを借りてる。きっと女がいるのよ」

「でも、ダンナさんの健康を考えた食事が載っているじゃないですか」

「だから、全部嘘なんだってば！」

瑞希が大きな声を出したので、びっくりして一歩後ずさった。

「ごめん、私ったら。最近すぐにイラッとするもんだから」

そう言うと、自分の気持ちを鎮めようとするかのように、瑞希はペットボトルの水を飲んだ。

「知ってると思うけど、手作りのポーチもネットで販売してるの。物を売って生きていこうと思ったら、寝る間もないほど働かなきゃならないのよ」

「……そうでしょうね」

「稼ぎだけを考えたらパートに出た方がいいかもね」

「そう思います」

「だけど私、二度と企業に勤める気はないの。男の下で働くのは、もう真っ平ごめんよ。この世はいつまで経っても男中心社会だもの。特に日本はひどいわ。子供を持つ母親にとって日本の企業は悲惨な場所よ。子供や家庭を犠牲にせずには続けられないもの」

「そういえば、お子さんは？」

子供の気配がなかった。

「実家に預けてあるの。イライラして手を上げてしまうよりはマシだろうと思って」

優しくてハンサムなダンナさま、天使のようにかわいい息子、感謝で満ち溢れた空間……どれもこれも嘘だったのか。

深い心の闇を見た気がした。

8

一月

この先、いったいどうしたらいいのだろう。

亜美のように、農業法人に勤めることも考えたが、給料の少なさを思うと気力が萎えた。雇われるとなると、体力的にきついときでも三十分だけ横になるということさえできない。

亜美は農家を一軒一軒訪ね歩いたと言った。もうそれしか方法はないのだろうか。しかし、ひとりで飛び込み営業のように訪問したところで怪しまれるだけではないのか。

一晩考えた末に、思いきって市役所の農政課を訪ねてみることにした。そんな相談は受けつけていないと、冷たく追い払われることを覚悟して行った。

「わかりました。水沢さんが農家を訪ね歩かれる際は、職員が付き添いましょう」

耳を疑った。「本当ですか?」

「今度の木曜日などはいかがですか?」

市の職員が一緒なら怪しまれることはないだろう。やっと希望が見えてきた。

数日後、約束の時刻に市役所まで出向くと、二十代半ばと思われる女性が出てきた。黒のパンツスーツに白い開襟《かいきん》シャツが、細身の身体に似合っている。

「農政課の小川《おがわ》と申します。それでは早速、参りましょう」

小川が公用車を出してくれた。車がないと不便な場所であることは確かだが、ここまで親切にしてもらえるとは思っていなかったので、久々に温かい気持ちになった。そのうえ、事前に目ぼしい農家をリストアップしてくれたというのだから感激だ。

晴れ渡る青空の中、車は県道を快適に走った。十数分行ったところで細い脇道に入っていく。

「一軒目はこのお宅です」

小川は大きな家の前で車を停めた。身軽な動作でひょいと車から降り、ずんずん玄関の方へ進んでいく。そのきびきびした後ろ姿が頼もしかった。

呼び鈴を鳴らすと、八十歳前後の男性が玄関に現われた。

「なんでしょうか」と訝《いぶか》しげな目を向け、小川と久美子を交互に見る。

「市役所の農政課から参りました小川と申します」

「ああアレね。農地を貸せってことでしょ？　何度も断わったはずだけどね」

「でもそれは去年のことですから、今年は気が変わられたかもしれないと思いまして」

「全然変わってない」と言い放ち、もう用は終わったとばかりに、奥へ引っ込もうとする。

「ですが去年のお話ですと、息子さんが定年退職して帰ってきて農業を始める、だから農地は貸せないということでしたよね」

「ああ、そうだけど？」

「息子さん一家は帰ってきておられないようですが？」

「だったらなんなんだ。あんたらに関係ないだろ。帰ってくれ」

「新規に農業を始めたい方がいらっしゃるので、どうか貸していただけないでしょうか」

「そっちの人が農業を始めるっていうの？」と、老人はこちらに視線を移した。

「初めまして。水沢久美子と申します」

丁寧に頭を下げた。

「あんたのダンナはどうして来ないの？　まだサラリーマンやってるってこと？」

「いえ……私は独身です」

「はあ？　まさか、あんたひとりで農業をやるってか？」

「そうです」

「冗談はやめてくれよ。あんたみたいな姉ちゃんにできるわけねえだろ」

「あのね山之内《やまのうち》さん、こちらの方はきちんと県立農業大学校の新規就農コースを卒業した方なんですよ。いい加減な人なんかじゃないんです」

「ふうん、まあどっちにしても、断わる」

きっぱり言うと、そのまま奥の部屋へ入ってしまった。襖《ふすま》が音を立てて閉まる。その様子を呆然《ぼうぜん》と見ていた。

小川がやれやれといった風に、首を左右に振っている。「次、行きましょう」

そのあと、五軒の農家を訪問したが、市の職員が傍にいるというのに、けんもほろろに追い返されるのは同じだった。

「どこもダメでしたね。今日のところはあきらめて帰りましょう」

車を運転する小川の横顔はさっぱりしていた。農家の人に冷たくされて落ち込んでいるといった様子は全くない。

「小川さん、今日は本当にありがとうございました」

「いいえ、私は就農準備プログラムを担当していますから」

つまり、今日もきちんと仕事をこなしたという意味では達成感があるのだろう。だが、こちらはどんどん気分が塞いでくる。

「いつもあんな感じなんですか?」

「そうです。なかなか貸してくれないんですよ」と小川は他人ごとのように言う。いや、まさに他人ごとには違いないのだが。

「使っていないのに遊ばしておいたらもったいないと思うんですが、どうして貸してくれないんでしょうか」

「まあ、それぞれに事情があるんでしょう」

なんだかはっきりしない。

「こちらからも再度プッシュしてみますので、いい返事がもらえたらすぐにご連絡します」

その「ご連絡」とやらは、きっといつまで経っても来ないに違いない。

嬉々として農業大学校に申し込んだ当時のことをふと思い出した。やっと未来が拓けたと思い、どんな苦労も乗り越えてみせると決意し、意気揚々としていた。それなのに、まさか農地を貸してもらえないとは想像もしなかった。だが考えてみれば、こういうことは世間にはよくあることなのだ。美容師専門学校に通ったことのある亜美の話では、美容師の資格を取っても就職先が見つからないことは珍しくないと言っていた。管理栄養士にしても教員にしても、現実にはその職に就けないことも多い。日本には様々な資格があるが、取得しても就職できない人の方が多いのかもしれない。何年も学校に通って難しい資格を取得した人に比べたら、自分は土曜コース七回と六ヶ月間の野菜コースに通っただけだからたいした苦労はしていない。学費もタダ同然だったし、修了したというだけで国家資格を取得したわけでもないのだ。

ここらで人生、引き返すか。農業はあきらめて、イチから考え直すか。

小川に何度も礼を言って市役所で降ろしてもらい、そこからバスに乗ってアパートに帰った。


「どうしたの？　元気ないじゃない」

門の前ですれ違いざまに、アヤノが声をかけてきた。

アヤノは回覧板を隣家に持っていくところだったらしい。それほどうつむいて歩いていたのか、全くアヤノに気づかなかった。玉砂利の大きな足音がするというのに。

「時間ある？　うちでお茶でもどう？」

慈悲深さが滲《にじ》んだような眼差しで見つめられた。

「ありがとうございます」

アヤノに相談してみよう。解決策は見つからないだろうが、話を聞いてもらえるだけでいい。それに、リビングのソファにゆったり座るだけで、母の懐に包まれているような気持ちになる。

アヤノが淹れてくれたインスタントコーヒーを飲んでいると、「ご結婚おめでとうございます」とテレビから大きな声が聞こえてきた。

「あら、このアナウンサー、結婚したのね。知らなかったわ。この人、確か憩子や久美ちゃんと同じ大学だったわね」

——今までありがとうございました。結婚を機に退職することになりました。

「えっ、嘘でしょう。辞めちゃうの？」

アヤノは驚いたように言って、コーヒーをテーブルに置き、足を組み直すと前かがみになってテレビを凝視した。

「もったいないわねえ。アナウンサーになるのって難しいんでしょう？」

——もしかして、おめでた婚ですか？

男性司会者が率直に尋ねている。

——いえ、残念ながら妊娠はしておりません。ですがプロ野球の選手というのは健康管理がとても大切なので、妻として裏方に回って主人を支えていければと思っております。

久美子はこの女性に対し、出身大学が同じということもあって、以前から親近感を抱いていた。華やかな業界にいるのに、三十代半ばになった今でも控えめな感じを失わない。立ち居振る舞いの上品さでは、他の女性アナウンサーとは一線を画していた。だからか、ほんの少し歳上なだけなのに、憧れに似たような気持ちもあった。そして、何より、おしとやかな外見とは違い、心の内に秘めたる芯の強さがあるのだと勝手に想像していた。

「せっかくアナウンサーになれたのに結婚するから辞めるって、どういうことよ」

アヤノは顔を顰《しか》めた。

「もったいないですよね。給料もいいんでしょうに」

「結局はこの女、馬鹿なのよ。野球の選手なんて何歳まで働けるかわからないじゃない。テレビ局の正社員でい続けた方がいいに決まってるじゃないの」

アヤノは相当頭にきたのか、大きな煎餅にかぶりつくと、バリバリいわせて食べ始めた。

大学時代、マスコミ関係の会社をすべて落ちた自分にとって、結婚くらいで辞めてしまうのは信じられないことだった。自分にとってテレビ局の採用試験は記念受験とも言うべきもので、最初から勝算はこれっぽっちもなかった。それほど手の届かない職業だった。

自分だったら絶対に辞めない。しかし、自分には手に入らないものだからこそ、そう思うのかもしれない。するりと手に入れた人にとっては、案外それほどの価値を感じておらず、それどころかテレビに顔を晒すことの大変さや苦労の方が大きいのかもしれない。だから簡単に手放してしまう。

「無責任な女ね」

アヤノは吐き捨てるように言い、ミルクをたっぷり入れたコーヒーをごくりと飲んだ。

「無責任、というのはどういう意味ですか？」

彼女は途中で仕事を放り出すわけではない。既にスケジュールに入っている分は、きちんとこなしてから退社するはずだ。

「だってそうでしょう。せっかくアナウンサーになれた人が『主人を支えるため』なんて言ったのよ。それもテレビでよ。これを見た全国の女子学生たちはどう思ったかしら。一生懸命将来に向かって勉強している女子中学生や女子高生たちはショックを受けたに違いないわよ」

「……なるほど」

「あなたならわかってくれるわよね。でも憩子ならきっとこう言うわ。『また母さんの大げさな思考が始まったよ』って」

「大げさなんかじゃないですよ」

「ありがとう。そう言ってくれるのは久美ちゃんだけよ。でも考えてみれば……」

そう言いかけて、アヤノはコーヒーをひと口飲んだ。「この人は本当の意味で聡明なのかもしれないわね」

ったし、定時で帰れるなんて考えられなかった。でも今でも公務員なんて楽な仕事で、定時で帰れるって思っている人もいるんじゃないかしら。ねえ、私のことを何ていうか知っている？ 聡明な人だと思われていたのよ

「聡明、ですか？」

「知っての通り、私は定年まで勤めたでしょう？ 疲れた身体に鞭《むち》打って、家に帰ってきたらすぐに洗濯機を回して台所へ直行する。小さな娘と話す間もない毎日だった。せっかくの土日だって一週間分の食料品の買い出しに始まって掃除に洗濯に総菜の作り置きと休む間もなかった。聡子が大きくなったらきっと理解してくれると思っていたけど、この前言われちゃったのよ。『母さんみたいに年中イライラしている母親は子供にとって最悪だった』って」

「そうだったんですか」

「本当はね、毎朝新聞を辞めた瑞希さんには同情しているの。夜討ち朝駆けなんて言っていたけど、若い娘が働くには危険すぎるわよ。いつ暴漢に襲われるかわからない世の中よ。それというのもね、私が若かった頃は、どんなに残業しても最低でも終電に間に合うように、若い女性には配慮してくれたものよ。それが、いつ頃からか、全くその配慮がなくなった。職員室に若い女の先生ひとりが残ることもしばしばあったわ。特に何か事件があったわけじゃないけれど、何があってもおかしくないと思うの。警察官も政治家も信じられない世の中にあって、不埒《ふらち》な男性教師や警備員やコロコロ替わる派遣教員の男の子もいたしね」

「それはよくわかります」

派遣で事務処理の仕事をしていたとき、仕事が多すぎて深夜残業を避けられない日々もあった。そんな中、なんとかフロアの中で最後のひとりにならないようにと、昼休みも返上して超特急で仕事を片づけたことも少なくなかった。

「男女平等が謳《うた》われるようになってから真っ先に変わったのは、実は男性なのよ。女性を守るという最低限の気遣いを一切しなくなったわ」

戦後七十年が経ち、この世の中は女性にとって本当に生きやすくなったのだろうか。

「ところで久美ちゃん、帰ってきたとき、どうしてあんなに暗い顔をしていたの？」

「実は……」

農地が借りられないことをアヤノに打ち明けるのは初めてだった。

「ええっ、使っていない農地なら貸してくれたっていいじゃない」

アヤノが自分のことのように憤慨してくれたので、少し心が救われた思いだった。

「おかしいわよ。この世の中いったいどうなってるの、本当に腹が立つ」

アヤノは個包装の煎餅のビニール袋をビリビリに引き裂くと、またバリバリと音をいわせて食べ始めた。

「あなたも食べなさい。煎餅に八つ当たりしたって仕方ないけど、でもこのままじゃ気持ちが収まらないでしょう」

その様子が滑稽で、思わずフフッと笑いが漏れた。

あっ、まだ笑えるぞ、自分。

だって一緒になって怒ってくれる人がいる。

もう少しなんとか頑張ってみよう。使っていない畑がないか、つぶさに見てまわるのはどうだろう。そうだ、この一帯の地図を作って、耕作放棄地があれば色鉛筆で塗りつぶしていく。そして持ち主を探し出して頼みに行くのだ。

もうここまできたら、やれることは全部やってみよう。それがダメなら農業はきっぱりあきらめて、スーパー蔵元で働きながら次の道を模索しよう。

9　二月

なんて幸運なんだろう。

しらみつぶしに調べていくと、貸してもいいと言ってくれる農家が現われたのだ。

「あの土地でよければどうぞ」

納屋《なや》から出てきた大久保《おおくぼ》家の老人が言った。

「本当ですか？」

思わず大きな声を出していた。

「ああ、使ってもいいよ」

目を合わせようとしないところが気にはなったが、感激のあまり、些細《ささい》なことはすぐに忘れてしまった。

だが一反しかない。

――できるだけ広いところを借りた方がいいですよ。慣れないうちでも一人で五反は耕作可能ですから。

農業大学校では、そう教えられた。

だからその後も、自分で作った地図を頼りに農地の持ち主を訪ね歩いた。だが次々に断わられ、やっぱりダメかとあきらめかけたとき、もうここが最後だと思って訪ねた有田《ありた》家が、貸すと言ってくれたのだった。それも三反も貸してくれるという。だが、その農地の東側と南側には竹林があり、秋から冬にかけて四分の三が日陰になるらしい。そのうえに傾斜地だった。良い農地とは言えない。だが他には見つかりそうになかった。

借りるべきかどうか迷った。黒田ならどうするだろうと思い、その夜、電話をかけてみた。

——僕なら借りるね。

黒田はあっさり答えた。

——というのもね、妻の実家の近くで最近やっと農地を借りられたんだけど、農地が三箇所に分散してるんだよ。そうすると、農機具をいちいち車に載せて次の畑に運ぶ作業が面倒で時間のロスが大きいんだ。

「大変そうですね」

——最初からわかっていたことなんだけど、実際にやってみると思っていたより大変だった。

そう言って、電話の向こうで苦笑する気配がした。

——それでも今は借りてよかったと思ってる。まずは農家になることが大切なんだよ。そして徐々に地域の人たちに溶け込んで、信用されるようになったら別の場所を紹介してもらおうっていう魂胆さ。

「なるほど、考えましたね」

——思った通りだったよ。実際に就農してみると、農地の情報はたくさん入ってくるんだ。とはいえ、日当たりも水捌けもよくて、平地にある五反以上のまとまった農地なんてのはなかなか見つからないけどね。

黒田でさえ、まだ四苦八苦している。

貸すと言ってくれた大久保家の一反も有田家の三反も、賃料は一反につき年に一万円と、相場通りで安い。だが有田家の方は日当たりが良くないから作物がうまく育たないかもしれない。だからといって途中で挫折して草ぼうぼうのまま放置してしまったら、今後も信用されることはないだろう。

本当に借りて大丈夫だろうか。だが家でぐずぐず迷っていても仕方がない。もう一度じっくり農地を見にいってみよう。


翌日、アヤノに軽自動車を借りて行ってみることにした。農地を借りるとなったら、すぐに中古の軽トラックを買おうと決めている。

大久保老人が貸してくれるという農地は、山が背後に迫っているとはいうものの、広々と遠くまで見渡せる平地だった。日当たりも良さそうだ。

「ちょっとあんた」

背後からいきなり声をかけられたので、心臓が止まるかと思うほど驚いた。振り返ると、手ぬぐいを頭に巻き、もんぺのようなズボンを穿いたおばあさんが立っていた。

「あんた、この前、大久保さんのところに来た人だろ」

このおばあさんは、いったいどこから出てきたのだろう。見渡す限り誰もいないと思っていたので、心臓のドキドキがなかなか止まらない。それに気づいたのか、「私はそこの農機具小屋の中にいたんだよ。あれはうちの小屋でね、中でお茶を飲んで休憩してたんだよ」と水筒を振ってみせる。

よく見ると、そのおばあさんには見覚えがあった。先日ここに大久保老人に連れてこられたとき、数十メートル先の畑を耕していた。こちらに目を留めると、鍬を畑に放り出してずんずん近づいてきて、じっとこちらの話に耳を傾けていたのだった。特に挨拶することもなく、まるで聞く権利があるとでもいうような態度だったので、感じの悪い人だと思ったのを覚えている。

「ところであんた、畑は借りられたのかい？」

偉そうな物言いだったので嫌な気分になり、一瞬返答が遅れた。

「断わられたんだろ？　えっ、どうなんだよ」と矢継ぎ早に尋ねてくる。

「……いえ、貸してくださいました」

「本当かい？　まさかこの辺りじゃないだろうね。今までだって、途中で嫌になって草ぼうぼうのまま夜逃げしたのもいたし、有機農業とかいっちゃって害虫駆除さえしないもんだから、うちの畑にまで被害が及んだこともあったんだからね。あんたみたいなド素人のお姉さんに遊び半分でやってもらっちゃ迷惑なんだよ」

一気にまくしたてると、ジロリとこちらの全身に目を走らせる。

「それにしても、あの偏屈ジジイが都会もんに畑を貸すなんて珍しいこともあるもんだね。で、どの場所だい？」

「向こうの山沿いの一反です」

「ええっ、あそこかい？　杭《くい》で囲ってある向こう側かい？」おばあさんはかなり驚いたようだった。「あんなとこダメだよ」とぴしゃりと言う。「しかし大久保さんも罪なことするねえ。いったい何考えてるんだろ」

「あのう……ダメというのは、どういう意味ですか？」

「あそこは長い間、家畜の糞《ふん》の捨て場だったんだ。作物なんか育ちゃしないよ」

「えっ？」

そのことは農業大学校でも教わったことだった。だけど大久保老人はそんなことはひと言も言わなかった。

あまりのショックで呆然と立ち尽くしていた。どうしてそんな土地を貸そうとしたのか。いったいそれは悪意なのか、馬鹿にしているのか、からかっているのか。都会からきた「生意気なネーチャン」が嫌いなのか……。

「あんた、すぐに断わった方がいいよ。で、借りるのはそこだけかい？」

「いえ、ほかにも有田さんから農地を貸してもらえることになっています」

「もしかして、あの法面《のりめん》かい？」

「……はい、そうですが」

おばあさんが渋い顔をした。

「わかってます。有田さんの土地は日陰になっていて、作物が育ちにくそうだっていうことは」と先回りして言わずにはおられなかった。これ以上、惨めな気持ちになりたくなかった。

「問題は日当たりだけじゃないよ。あそこは草刈りが大変なんだ。滑りやすくて刈払機《かりはらい》を使うのが危険でね。前に借りてた人も、大怪我して農業を辞めたんだもの」

「え？」

有田に案内されたときも、立っているだけで大変だということには気づいていた。傾斜角は四十五度くらいあるかもしれないと思った。でも、やっと借りられたのだ。だから有頂天になった。条件が悪くても、まずは農家になった方がいいと黒田も言った。だが条件にも限度があるらしい。

大久保も有田もロクでもない土地を貸そうとした。そんなことなら、けんもほろろに追い返された方がまだマシだった。糠《ぬか》喜びした分、衝撃は大きかった。

「どうして、そんな土地ばっかり……」

「そう簡単に他人に優良な農地を貸すわけないだろ。先祖代々守ってきた大切な畑なんだから」

「どうせ使わないんなら貸してくれてもいいじゃないですか」

「どこの馬の骨ともわからないヤツには貸せないよ」

「馬の骨って……だったら、どういう素性の人間ならいいんですかっ」

怒りで声が震えた。

おばあさんがハッとしたようにこちらを見る。怒りに任せて声が大きくなってしまっていた。きっと「恐いネーチャン」などという悪い噂が広まり、更に誰も貸してくれなくなるだろう。そうは思っても、もう笑顔など作れそうになかった。

「この辺りは、新規就農者が多い土地だって聞いてたのに……」と思わず愚痴が漏れる。

「あんた、新規っていってもね、ここいらの農家で生まれ育った人が、定年後に都会から帰ってきて実家を継ぐの。農地も農機具も販路も親から引き継ぐんだよ。親がまだ元気なら栽培技術も教えてもらえる。だからあんたみたいな余所者《よそもの》がいい加減な気持ちで来たってダメなんだよ」

「いい加減なんかじゃありませんっ。農業大学校の新規就農コースを修了しましたっ」

またもや大声が出てしまった。

「たった半年やそこら研修しただけで、農作物が上手く育つと思ったら大間違いだよ」

「それはそうかもしれませんが……」

「考えてみなよ。あんた例えば大根を何回収穫した？　大根は年に二作しかできないだろ。それも、春と秋とでは様子も違う。あんたはどっちか一方を一回だけ経験しただけだ。そうだろ？」

「……はい」

「つまりあんたは、種の蒔き方と畝の立て方ぐらいしかわかっていないはずだよ。私はね、大根なら五十年は作ってきた。あんたは五十年を長いと見るかい？」

「それは、もちろん」

「そうじゃないんだよ。春の大根を作った経験はたったの五十回しかないってことなんだ。ほかの商売じゃこんなに少なくないよ。例えばラーメン屋のおばさんならラーメンを何回作る？　五十年やってれば、百万回くらいは作ってるよ。そうだろ？　野菜は種を蒔いてから収穫するまでに日数がかかるから、経験を積むのにも年数が要るんだよ」

「それは……本当におっしゃる通りです」

「ベテランの私が言うんだ。よく聞きな。大久保さんの土地も有田さんの土地もさっさと断わった方がいい。大久保さんは言わなかっただろうけど、本当は日当たりのいい平地に広い農地を持ってるよ。だけど、もう歳だから半分も耕作していないんだ」

「そうなんですか。私が調べたところ、使っていない農地は他になかったようですが」

「ちょっと見ただけじゃわからないよ。耕作放棄地に見えないように、年に何回かトラクターで耕耘《こううん》してるのさ。そうすりゃ誰からも文句言われないし、目立たないからね」

「だったら、そこを貸してくれればいいのに」

「貸すわけないだろ」

「だから、どうしてなんですか？」

「農地を貸さない理由は星の数ほどあるさ。自分たち夫婦が汗水垂らして初めて買った農地なら愛着があるだろ。他人には任せたくないと思って当然だよ。それに、農地付近に開発計画が持ち上がれば高値で売れるかもしれないと思う。なんといっても、一度貸してしまうと農地を取られた気がするのさ」

「そんな……」

「あんた、いっぺん逆の立場になって考えてごらんよ。ここらの相場だと、一反の賃料は年にたったの一万円だ。都会から来た若いもんに貸したりしたら、どんなトラブルを起こされるかしれないのに、たかが一万円欲しさに貸す人間がいると思うかい？　いるとしたらそれはボランティアってヤツだよ」

「なるほど」

初めてストンと腑《ふ》に落ちた。「逆の立場なら、きっと私も貸しません」

そう答えると、おばあさんはいきなり大きな口を開けてアハハと笑いだした。それまでずっと厳しい表情をしていたので、朗らかに笑うこともあるのかと意外な思いで見つめた。

「あんたって面白い人だね。ちょっとうちに来てお茶でも飲んでいかないかい？」

「は？」

「すぐそこだからさ。さあ行こう」

おばあさんに腕をつかまれた。「今日は朝から団子をたくさん作ったんだよ」

畝を歩くおばあさんの後ろをついていった。途中でおばあさんがいきなり立ち止まったので、背中にぶつかった。

「あんた、あの車で来たのかい？」と軽自動車を指差す。「だったら私の家まで乗せてってておくれよ」

表札には「飯倉《いいくら》」と出ていた。

まさに古民家だった。その風情ある佇《たたず》まいに、懐かしさが込み上げてきた。幼い頃、母に連れられて、何度か母の実家に行ったことがある。その家と造りがよく似ていた。

引き戸の玄関を入ると、長年踏みしめられた土間があった。

「私は飯倉富士江《ふじえ》っていうの」

ひとり暮らしで日頃は話し相手がいないのか、富士江は饒舌《じょうぜつ》だった。小一時間いただけで、生い立ちから息子の勤め先や嫁の口癖までわかってしまった。知り合ったばかりの人間にそこまで話してしまうなんて、警戒心がなさすぎてこちらが心配になるほどだった。

「あんたも気を落としなさんな。いい農地が見つかったら、また連絡してあげるよ」

また連絡する……今までこの言葉を何度聞かされたことか。

「ここに住所と電話番号を書いておくれ」

差し出されたチラシの裏に、仕方なく書いた。

「あれ？　このコーポ山藤って、もしかしてアヤノさんのところ？」

「ええ、そうですが、お知り合いですか？」

「私あの人、大っ嫌い」

富士江は思いきり顔を歪めた。

「アヤノさんとは中学のときの同級生なんだよ。頭はいいし学年一の美人だし、先生にも一目置かれていて、生徒会の副会長をやってたよ。天は二物《にぶつ》を与えずっていうけどあれは嘘だね。もちろん男の子にも人気があった。男の子から見て気軽に声をかけられるような雰囲気じゃなかったから、要は高嶺《たかね》の花ってヤツだよ」

「大っ嫌いというのは、どうしてですか？」

「どうしてって、あんたって人はまったく……」

そう言うと、富士江は呆れたような顔でマジマジと見つめてくる。

「あんたの同級生で、アヤノさんみたいに三拍子も四拍子も揃った才媛はいなかったのかい？」

「いましたけど？　学年で二人ほど」

「あんた、よく平気でいられるね。そんなの不公平だろ」

「え？　ええ、まあ、そう言われればそうなんですが、でもそれは仕方のないことで」

「あんたは人間ができてる。私はいまだに、あの手の女は許せない」

まるで中学生と話しているみたいだった。アヤノのこととなると、気持ちが中学時代に戻ってしまうのだろうか。滑稽でかわいらしくもある。初対面のときはあんなに印象が悪かったのに、人というのは色んな面があるらしい。

「あんたはアヤノさんのこと、どう思ってるのさ」

「私にとっては命の恩人です。感謝してもしきれないくらいです」

「あん？　それはどういう意味なんだよ」

挑むような目つきだった。喧嘩《けんか》を売っているのかと思うほどだ。

やむを得ず、当時の事情をぼそぼそと話した。ルームメイトが結婚することになり、それまで住んでいたマンションを出ていかなければならなくなったこと、数年前に父が亡くなり、保証人が立てられなくて、どこの不動産屋も部屋を貸してくれなかったこと、ホームレスになるかもしれない恐怖で夜も眠れなかったことなどを順序立てて話した。

話しているうちに、ロクでもない過去ばかりだと自分でも嫌になってきた。正直に話せば話すほど悪い印象を与えてしまうだろう。だがその一方、修のことを思い出しても、もう平気になっていることに気づいていた。知らないうちに、自分の心の中では、彼は既に過去の人となっていたらしい。そして、娘の聡子が大学の先輩であるというだけで、職も身寄りもない自分に部屋を貸してくれたアヤノの優しさを改めて噛みしめていた。

「あんた、頭がいいんだね」

最後まで黙って聞いていた富士江は、さも感心したように首を振った。

「あんたみたいに理路整然と話のできる人間は、この近所にはひとりもいないよ」

何を考えているのか、富士江は神妙な顔つきになった。そして、すっくと立ち上がった。

「そろそろ夕方だ。お腹が空いただろう。何か食べていくかい？」

「とんでもない。そろそろお暇《いとま》します」と立ち上がりかけると、「遠慮しないでさ」と肩を押さえられた。歳の割に力が強かったので、そのままストンと腰を落としてしまった。

「インスタントラーメンでいいかい？」

富士江が奥の台所へ入っていく。

「葱をたっぷり入れるから美味しいよ。玉子も落とすかい？」

「はい、お願いします」

「醤油《しょうゆ》と味噌があるけど、どっちにする？」

「できれば醤油味でお願いします。あのう、何かお手伝いしましょうか」と言いながら、奥の台所へ入ると、棚には買い置きされたラーメンが大量にあった。偶然にも好みの銘柄だった。

「私も買うならこのラーメンなんです」

「嬉しいこと言ってくれるね。私もこれがいちばん美味しいと思うんだけど、近所の人はそうは言わないんだよね」

インスタントラーメンの好みが一致しただけで、富士江はより一層親しみを感じたのか、少女時代を彷彿《ほうふつ》とさせるような愛くるしい笑顔を向けてきた。

卓袱台《ちゃぶだい》に向かい合わせに座り、熱々のラーメンを啜《すす》った。

「すごく美味しいです」

「そうだろ？　同じインスタントラーメンでも、あんたにはこの味は出せないだろ」

「本当にそうです。どうしてだろう」

「だって私は、玉子や葱を入れるタイミングや麺の硬さなんかを研究しつくしているから」

小さな鼻の穴を広げて、自慢げに話す表情がかわいらしかった。

「だけど、あのアヤノさんがあんたに親切にしてくれていたとはねえ」

そう言うと、仇《かたき》を取るかのように、勢いよくラーメンを啜る。

「頭がよくて美人で、性格もいいとなったら、私はいったいどうすりゃいいんだ」

口の中でブツブツ言いながら、ずずっとスープを啜る。

「とにかく、あの女にだけは負けたくないんだ。いや、生まれつき負けてはいるんだけどさ。でも歳を取りゃあ勉強ができたことなんか過去のことだし、いくら美人だって皺くちゃのばあさんになる。だから、もう負けてないと思ってたんだ。でもやっぱり……負けてたんだ、私」

アヤノに恋人を横取りされたことでもあるのだろうか。それとも生まれながらの不公平に怒りを感じながら今まで生きてきたのだろうか。


あれから二週間経つが、農政課の小川からも富士江からも連絡はなかった。

予想通りとはいえ、心底がっかりしていた。

家畜の糞の捨て場だった農地や日の当たらない傾斜地は、とっくに断わった。昼間はスーパー蔵元で働き、夜はぼうっとテレビを見て過ごす日々が続いている。

亜美からメールが届いたのは、そんなある日だった。

——おめでた婚することになっちゃいました。相手は農家のひとり息子です。

写真が添えられていた。男性は三十歳前後だろうか。眉の濃い、スポーツマンタイプのイケメンだった。背景に見えるのは、広大な敷地に塀をめぐらす旧家だ。門の隙間から見える母屋は、重要文化財に指定されてもおかしくないほど堂々としている。土蔵の上半分が塀から覗《のぞ》いていた。きっと、名勝に指定されてもいいような広い庭もあるのだろう。

他人の幸せを素直に喜べなかった。亜美は二十歳の若さで安定した暮らしを手に入れ、そして早くも母親になるという。それに引き換え、自分はひと回りも歳上のくせに、どんどん置いてきぼりにされてしまう。

焦る気持ちを振り切るように、電話をかけた。

「もしもし、亜美ちゃん、おめでとう！」

——ありがとうございまーす。

「向こうの親御さんと同居するの？」

——そうなんですう。それが……ちょっと不安なんですよね。お義父《とう》さんもお義母《かあ》さんも、表面上はニコニコしてるけど、本当は私のこと気に入らないみたいだし、ああいうの、厳格っていうんですかね、礼儀作法をいちから教えてあげるわねってお姑さんに言われてしまったんですう。まっ、育ちの悪い私がいけないんですけどね。

「あらあら」

どうして自分はホッとしているのだろう。亜美が百パーセント幸せというわけではなく、苦労しそうな将来が透けて見えたからなのか。この前まで亜美を妹のように心配していたのではなかったのか。複雑な家庭で育ったからか芯の弱さが感じられ、危うい匂いがして、気が気ではなかったはずだ。

「亜美ちゃんならきっと大丈夫よ。かわいがられると思うよ」

それは嘘ではなかった。知識や教養に欠けている面もあるが努力家だし、目上の人を立てて甘えるのが上手だから、姑にかわいがられるだろう。

亜美の将来を想像しながら湯船に浸かった。風呂上がりに鏡を覗いてみたが、どうやっても笑顔を作れなかった。

人の幸せを祝福できる人は、自身が幸せな状況にある人だ。そうでなければ人の幸せを妬《ねた》んで当然だ。自分が不幸なときは、世の中の人すべてが不幸であってほしいと願う。何も特別に自分の性格が歪んでいるわけじゃない。そう自分に言い聞かせたら、少し気が楽になった。

髪を乾かしていると、富士江から電話がかかってきた。

――いい畑が見つかったよ。あんたに貸してくれるってさ。

「本当ですか？」

――うちと地続きだから、しっかり耕しておくれよ。

「でも、どうして急に？」

――私が大久保のじいさんに説教してやったんだよ。あんなひどい土地を貸そうとしたのは、やっぱり許せなかったからね。あの人はもう歳だし、奥さんを亡くしてからは年に何回かトラクターで畑を掘り起こす以外はほったらかしなんだよ。自宅の裏庭が広いもんだから、そこに家庭菜園程度の野菜を作ってるんだよ。だからもういい加減観念して優良地を若いもんに貸してやんなさいって言ってやったんだ。

「ありがとうございます。でも、それくらいのことを言っただけで、大久保さんがあっさり貸すっておっしゃったんですか」

目を合わそうともしなかった大久保老人を思い出した。使いものにならない農地を貸そうとした真意をいまだに測りかねていた。

——私が全責任を取るって、啖呵《たんか》を切ってやったんだ。

もしかして、アヤノがアパートの部屋を貸してくれたように、自分も負けずに人助けをしたいと思ったのか。

——但し、三反だけって約束だ。最初はこれくらいから始めてみるのもいいだろ？　平地で日当たりもいいし、土も肥えてるよ。

「願ってもないことです。本当にどうお礼を言っていいのやら、ありがとうござい……」

感激で、語尾が掠《かす》れた。

電話を切ってから、ウフフと声を出して笑ってみた。

大丈夫だ。まだ行けるぞ、自分。

窓を開けて星空を見た。

チャンスを逃さず頑張るぞと星に誓った。

10　三月

畑を借りられたのが、三月初旬という寒い時期だったので、富士江の指導のもと、寒さに強くて育てやすい品種を選んだ。人参、じゃがいも、ルッコラ、小松菜、パプリカ、リーフレタスなどだ。

大学ノートに図面を描いた。どこに何を植えるかを書いては消しを繰り返し、富士江に相談に乗ってもらいながら仕上げた。野菜の種類によって土作りの方法や肥料の種類も違う。農業大学校で学んだときのノートを引っ張り出してきて、慎重に準備を整えた。

地元の大規模なホームセンターに行き、種や苗を買い込んだ。全部で六万円ほどになった。畝をビニールでトンネル状に覆えば、冬から春にかけての栽培でも、一足早く収穫できる。そのための支柱やビニールシートなども購入した。そのほか防虫ネットや、雑草を抑制するためのマルチシート、堆肥なども買い、二万円弱になった。

収入はスーパー蔵元の青果コーナーでのパート代だけだった。月曜日と水曜日の午後と、土曜日の午前九時から午後五時まで働かせてもらっていた。月に七万円にしかならなかったが、食費は月一万円に抑えていたし、衣類は一切買わないので、なんとか暮らせている。新規就農者の申請も通り、国から百五十万円の補助金を受け取ることもできた。それ以外にも、市から助成金十五万円が出たが、なるべくなら手をつけずに、いざというときのために取っておきたかった。

図々しいことだが、軌道に乗るまでは、人から借りられる農具は何でも借りて済ませたいと考えていた。大きい買い物といえば軽トラックだけだ。農作業に使う以外にも、単に移動手段としてもなくてはならない物だった。中古車を扱う近所の店に行くと、五万円から百万円の幅があった。高い方がモノがいいに決まっている。だが無理はしたくなかった。農地取得という入り口で、こんなに四苦八苦したのだ。今後も何があるかわからない。これから先ずっと農業を続けられる保証はない。初期投資は極力抑えたかった。予算が少ないことを正直に話すと、店主は車検済みの五万円の車を勧めてくれた。ファンベルトやブレーキパッドを交換すれば当分は大丈夫だろうと言うので、整備に十二万円をかけた。

農具としては、畑をおこす万能鍬と畝を立てる大正鍬を二万円で買った。そのほかにも、草刈り鎌と収穫用の鋏《はさみ》、先が尖った剣スコップと先が四角い角スコップ、畝と畝の間のU字形の狭い通路を除草するためのレーキ付フレームホーも買って、全部で一万円ほどだった。

大学校の講師や農業委員会の人の中には、農業を始めるには最低一千万円は必要だと言う人も少なくなかったが、それは生活費のことらしかった。売り物になる野菜を収穫できるまでには二、三年はかかる場合が多く、その間の収入はゼロであることから、家族持ちだと一般的には、それくらいは必要なのだろう。軽トラックにしても、自分ほど安価な物を買ったりはしないのかもしれない。

朝は六時に起き、スーパー蔵元でもらったクズ野菜で作ったスムージーを飲む。それと、日曜日にまとめて作っておいた茹で卵と、おにぎりかパンを食べた。食べ終えるとすぐに畑に出た。どんなに早く行ったつもりでも、富士江が既に来ていて農作業をしているのが常だった。

畑作りも、種蒔きも植付けも、手取り足取り富士江が教えてくれた。

「そんなに丁寧にやってちゃ日が暮れちまうよ」

富士江が呆れたように言ったのは、じゃがいもの種芋を植えているときだった。

「だって、切り口が下になるようにしなきゃならないから、そんなに早くできませんよ」

「馬鹿だねぇ。切り口なんてどっちを向いてても構わないんだよ」

「え？　でも大学校ではそう教わりましたよ。そんなの常識だって講師も言ってました」

「久美ちゃん、ポテトチップスのコマーシャルを見たことはないのかい？　アメリカの広い畑が出てくるヤツ」

そう言う間も、富士江は畝に種芋を放り込んでいく。切り口がどっちを向いていてもおかまいなしだ。

アイダホ州の広大な畑の中で、アイドル歌手がじゃがいもを収穫する映像だったらしい。

「地平線が見えるようなあんな広い所で、いちいち種芋の向きを確認して植えると思うかい？　そんなことしてたら植えるだけで一年かかるよ」

「だってアメリカは何でも機械でやりますから」

「機械がいちいち種芋の切り口を下向きにしてくれると思うかい？」

「それはわかりません。でも……」

「どっち向きでも芽は出るんだよ。私は若い頃、舅や姑に『仕事が遅い』って怒鳴られてばかりいたんだ。赤ん坊を背負って泣きながら、捨鉢《すてばち》になってじゃがいもを放り投げてやった。そしたらちゃんと芽を出したよ。経験済みの私が証明するんだから間違いないよ」

「そうなんですか。経験があるのなら心強いです」

富士江から教わったことは、ひとつも漏らさずにノートに書くようにした。

富士江は本当に丈夫だった。腰が痛くなったり、疲れて音を上げるのは自分の方で、「まだまだ根性が足りないね」といつも笑われた。

昼になると家に帰って昼食を摂った。朝食と同じメニューに豆腐か汁ものが加わる程度だ。食後十五分ほど横になると、また畑へ行き、草むしりや追肥をした。

三反のうちの二反を使っていた。残りの一反は四月に種蒔きをする予定だ。

二反といえども広大に感じていた。農学校では、ひとり五反はできると教わったが、体力的に厳しいのではないか。それとも、そのうち慣れるものなのだろうか。

最近になって、周りの人々に「痩せたね」とよく言われるようになった。体重は変わらないのに、いつの間にか手持ちの服がゆるくなり、明らかに身体が引き締まってきていた。嬉しいことに、便秘することもなくなっていた。

だが、まだまだだ。七十代の富士江に負けている。富士江はどうしてこうも強靭なのだろう。自分ももっと筋肉をつけなければならない。そう考えて、寝る前にスクワットと腕立て伏せと腹筋を自分に課すようにした。

その日は夕方五時に農作業を終わり、自宅に帰って入浴を済ませた。夕飯は久しぶりにカレーライスを作った。野菜はスーパー蔵元や富士江からのもらい物で、肉の代わりに大豆を入れた。大量に作ったから四日間はカレーでいけそうだ。忙しいので家事に時間を取られたくなかった。

食後に甘い物が欲しくなったので、柚子《ゆず》で作ったジャムを熱湯で割って飲んだ。柚子は、富士江の畑にたわわに実っているのを分けてもらったものだ。甘酸っぱくて、爽やかな柑橘系の香りが口いっぱいに広がった。

夜になると、マニュアルを片手にホームページの作り方を研究した。通信販売で野菜を売るつもりだった。ネットを検索し、他人のホームページも参考にしながら、試行錯誤を繰り返した。それというのも、農協は小口の取引には応じてくれないという話を聞いたからだ。

道の駅は、品揃えや売れ行きを知るために何度か見にいった。そこには立派な野菜が驚くほどの安価で売られていた。初心者の自分には、たぶんこれほど大きくてしっかりした物は作れないだろう。とすると、もっと安くしなければ売れないということだ。

有機だとか無農薬と書いてあるコーナーもあるにはあるが、隅に追いやられ、農薬や化学肥料を使った慣行栽培の野菜と値段は変わらなかった。

——この辺りで、有機野菜に興味を示す人はいないよ。一円でも安い物から売れていくんだ。

道の駅の事務局の人はそう言った。

――でも観光客は別だよ。都会から来る人たちは、無農薬という言葉に惹かれるから。

この近辺では安いことだけに価値があるらしい。言い換えれば、安ければ売れるということだから、大規模農家にとってはチャンスなのかもしれない。だが自分のような小規模農家では赤字になってしまう。

――申し訳ないけど今は生産過剰な状態でね、順番待ちができてるんだよ。

聞けば、家庭菜園で野菜作りをしている主婦までが余剰分を売りにくるらしい。

もっと高く売れる所はないのだろうか。何も消費者を騙して高く売りつけようというのではない。労働に見合った対価が欲しいだけだ。

いつか見た『農業女子』のドキュメンタリーでは、販路などいくらでもあるようなことを言っていた。それを鵜《う》呑みにした自分も馬鹿だったが、つくづく罪な番組だと思う。

できることなら、こだわりをもった消費者に高く売りたい。経済的余裕があり、食に関心の高い人々……そんな人たちが多く住む地域とはどこなのか。

都心の高級住宅街か。

そこの住人が買ってくれるようになるには、いったいどうすればいいのだろう。

四月になると、朝晩の気温の変化に強い品種を富士江から教えてもらい、残りの一反に種蒔きをした。獅子唐、まくわ瓜、ほうれん草、牛蒡《ごぼう》、大根、蕪《かぶ》、キャベツ、胡瓜などだ。

あれからホームページを作って公開してみたものの、待てど暮らせど申し込みは一件もなかった。だから仕方なく、何年もご無沙汰している学生時代の友人や、会社に勤めていたときの同僚や派遣社員のときに知り合った人々、それに高校時代の恩師にもダメモトで案内状を送った。

そうしたところ、同情してくれたのか、それとも食の安全に関心があるのか、思っていたより多くの人が申し込んでくれた。とはいえ、定期購入の契約をしてくれる人はひとりもいなかった。全員が一回きりの「お得なお試しセット」だった。

「どうだい？　契約の方は」

富士江が心配して尋ねてくれた。

「まだ十件くらいです。それも、お試しセットだけなんです」

「厳しいね。私の素晴らしい指導のお陰で、いい野菜がうんとこさ採れそうなのに」

富士江が宙を睨む。「私もあちこち声をかけてみてあげる。久美ちゃんも、アヤノさんに頼んでみるといいよ。あの人、顔が広いから」

早速アヤノに頼んでみたところ、親戚や知り合いなどに宣伝してくれ、いきなり十件ほどの契約を取ってきてくれた。その中に、リストランテ・フェリーチェというイタリア料理の店もあった。アヤノが登山仲間とよく利用するレストランだという。だがやはり、すべてがお試しセットだった。

「野菜を食べて美味しいと思ってくれたときが、定期契約を獲得するチャンスだよ。久美ちゃん、きっと大丈夫だよ」

富士江がそう言って励ましてくれた。

五月になると、発達した低気圧が日本付近を通過した。そのあと一転して快晴になり、気温は二十五度にもなった。

畑に行ってみると、横殴りの暴風雨が吹き荒れ、露地のトンネルが吹き飛ばされそうになっていた。黒いマルチシートが急激な温度上昇のせいで伸びてしまい、強風にあおられている。そのたびに、めくれ上がりそうなシートの裾をしっかり留め直したり、土を載せたりした。富士江によると、この時期は時間の許す限り畑に出て、しっかり見張っていないと、すべてが風に飛ばされてしまうらしい。富士江の言いつけ通り何度も畑に足を運んだので、畑は守れたが、くたびれ果ててしまった。

六月に入った頃から次々と収穫の時期を迎えた。採れたての野菜を食べるのは、農業大学校での研修以来だった。さっそく昼休みに胡瓜を家に持ち帰り、縦半分に切って塩を振りかけて食べた。

なんて美味しいのだろう。手の込んだ料理なんて必要なかった。瑞々しい胡瓜とともに、幸せをしみじみと嚙みしめた。

アヤノの言葉に甘えて、収穫した野菜は裏庭の物置小屋に保管させてもらった。アヤノの夫の先代が、自分の家で食べる分だけの米は作っていた時期があったらしく、屋根もあるし、電気も使えるので有り難かった。

ホームセンターで梱包材《こんぽう》を安く大量に買ってきて、夜になると、野菜ひとつひとつを選別して段ボール詰めをしていった。何件も発送日が重なったときは、夜中まで作業を続けることも少なくなかった。

契約数は少ないものの、農家としての第一歩は順調に運んだ。

だが思った通り……稼ぎがあまりにも少なかった。富士江のお陰で初心者にしてはまあまあの野菜が育ったというのに、二千二百円のお試しセットが二十五件分で、五万五千円の売り上げだった。このままでは種苗代などを差し引くと大赤字になる。

宅配の契約がなかなか増えないので、次々に案内状を送ってみた。卒業以来まったく交流のない中学時代や高校時代の同級生たちにまで。それも、当時から仲が良かったわけでもなんでもない。単に同じ学校に在籍していただけだ。現住所はわからなかったので、実家に送った。

恥を忍んで送ったのに、同級生たちからはナシのつぶてだった。

だから、さんざん迷った挙句、修にも送った。元カレに送るなんて、自分でもどうかと思ったが、修の勤める会社の社員数の多さから、口コミで伝わってくれればと願いを込めた。

数日後、修からメールで注文書が届いた。それも一回きりのお試しセットではなく、定期購入だった。見ると、住所が変わっている。結婚後、早々に分譲マンションを購入したのだろうか。

その夜、注文を受けた旨の確認メールを返信すると、すぐさま修から電話がかかってきた。

——もしもし、久美ちゃん、本当に農業やってるんだね。びっくりしたよ。

「注文してくれてありがとう。それも、お試しセットでなくて、本当にいいの？」

——だってさ、別れた男にまで案内状を送ってくるなんて、よっぽど切羽詰まってるのかなって思ったから。

図星だった。でもそれだけじゃないんだよ。ひとりできちんと暮らしていることを、修に知っておいてもらいたい気持ちもあったんだよ。

――久美ちゃんは有言実行の人間だね。尊敬しちゃうよ。

「そんなに褒めないでよ。元カレにまで案内状を送るくらいぎりぎりなんだから」

――あっ、そうか。

そう言うと、修はアハハと声に出して笑った。

――久美ちゃんの畑を、いつか見に行かせてもらってもいいかな。

「えっ？　うん……もちろんよ」

妻となったマイも連れてくるのだろうか。もしかしたら子供も生まれたのかもしれない。それでも、かまわない。だって今となっては、昔の恋人というより身内に近い感覚だもの。いわば遠い親戚とでもいうような……。

――そうか、行っていいのか。うん、それはよかった。じゃあ、野菜送られてくるのを楽しみにしてるから。

「ありがとうございました。辛口のご意見、お待ちしています」

電話を切った。

翌週になり、前もってネットで申し込んでおいたマルシェ二箇所から承諾の返事がきた。土日に都内の公園で開催される直売所へ運び、「安全安心」と大きく書いて掲げ、高めの値段で売ることができた。そして、スーパー蔵元に野菜を置かせてもらえることになった。店長が仕入部にかけあってくれたお陰だ。

それでも残った野菜は、軽トラックに積んで、近隣のニュータウンの団地に売りに行くことにした。スピーカーをつけて団地内を回った。最初は勇気が要ったが、鈍感にならねば生きていけないと思い直した。最近は共働き家庭が急増し、平日の昼間の団地には誰もいないのではないかと危惧《きぐ》していたが、どこもかしこも老齢化しているらしく、「私たち買い物難民なのよ」などと言いつつ、七十代、八十代の住民が誘いあって買いにきてくれるようになった。

収穫が終われば、次のための土作りに励まなければならない。休む暇はなかった。

こんなに頑張っているのに、今までの売り上げは総額で五十万円ほどだった。純益は四割にも満たない。

三月から七月まで目いっぱい働いてこれだけか……。

スーパー蔵元でのパート収入が、より一層貴重なものになっていた。

「久美ちゃん、あんた新米にしてはかなり上等だよ。本当によくやってるよ」

富士江の言葉も、現実を目の前にすると慰めにはならなかった。

もともと五反を希望していたが三反しか借りられなかった。それを差し引いてみても、収入が少なすぎた。時給にしたら百円くらいにしかならないのではないか。大雨も来なければ日照りが続くこともなく、獣害もなく、つまり何の被害もなかったのだ。それなのに、収入がたったこれだけとはどういうことか。もしも天候被害に遭っていたらどうなっていたのだろう。

「ねえ、富士江さん、私が計算したところによると、まともに生活していくためには、大根一本が千円くらいで売れないとダメなんだけど」

「わかるよ、久美ちゃんの言いたいことは。だけどね、農業ってこんなもんなんだよ。人をたくさん雇って大規模農業でもやらない限りはね。その証拠に、ここいらでは専業農家なんてほとんどない。みんな昼間は勤めに出てるだろ」

勤めながら農業をするとなると、単身では難しい。家族のうち誰かが空いた時間にちょくちょく畑を見に行って雑草を取ったり、害虫を駆除したり、追肥したりしなければならない。

自分は朝から晩まで畑に出て働いた。総合職として働いていたときと比べ、体力的にはかなりきつい。もちろん会社勤めとは違い、人間関係の軋轢《あつれき》がない分、ストレスは溜まらないのだが。

今さら気づくのもどうかと思うが、どうやら自分が描いていた理想は現実離れしていたらしい。瑞希の生活にしたところで、エリートサラリーマンの夫の稼ぎの上に成り立っている。

亜美は結婚する前、農業法人に雇用されていたことがあった。それを給料が少なすぎると思ったのは間違いだったようだ。

これなら、スーパー蔵元でフルタイムで働く方がずっと身体も楽だし、稼ぎもマシだ。もっと勤務時間を増やしたらどうだろう。だが、農業もやりながらとなると、体力がもつかどうか。

「久美ちゃん、あんた結婚したらどうだね。まさか、アヤノさんに洗脳されてるんじゃないだろうね。女は自立が大切だとかなんとかって」

「洗脳ってほどじゃありませんが、共感するところはあります」

「アヤノさんを見習っちゃダメだよ。あの人は県立高校の家庭科の先生だったんだよ。公務員だったんだ。でもあんたは貧乏な百姓だ。とにかく生活を安定させなきゃならない。もちろん私だって貧乏だけど、でも年金ももらっているし亭主の残してくれた家もある。息子たちは東京で働いているけれど、孫と嫁さんを連れてちょくちょく顔を見に帰ってきては小遣いもくれる。だけど、あんたには何もない」

「そこまで……なにも」はっきり言わなくたっていいではないか。言われなくたって本人がいちばん身に沁《し》みてわかっていることだ。

「人間誰しもアヤノさんみたいに強くて賢いわけじゃない。この厳しい世の中、しっかりした誰かに頼って生きていった方が安全だってこともあるんだよ。別にそれは恥ずかしいことじゃないだろ？　男だって親を頼りにしてる輩はいっぱいいるよ」

「いきなり結婚と言われたって、今の生活では知り合う機会もないし……」

「知り合う機会？　あんたスーパー蔵元で働いているし、駅前に買い物に行くこともあるし、祭りにも参加したじゃないか。家に籠《こも》って誰にも会わないわけじゃないだろ。要は、あんたが若くて別嬪《べっぴん》さんだったなら、どこにいたって声をかけられているはずなんだよ」

つまり、若くもなければ美人でもないからチャンスがないと言いたいのか。

「悪かったですね、年増のブスで」

「ごめん、ごめん、言い方がすこしきつかったかな。久美ちゃんは決してブスなんかじゃないよ。普通だよ、普通」

慌てて取り繕《つくろ》う。これでも慰めているつもりらしい。

農作業に明け暮れて、男性から見ると自分がどう映るのかなど全く気にしなくなっていた。頭の中は野菜のことでいっぱいだった。ネットを通しての販売は、段ボール詰めの作業から始まり、配送の手配やクレーム処理など煩雑《はんざつ》なことがたくさんある。農作業で疲れているうえに、顧客に神経を遣い、睡眠時間が確保できない日もあった。そんな日々だったから、客観的に自分の暮らしを見つめ直すことができなくなっていたのだろう。たいして儲からないことがわかっていても改善しようもなく、日々の仕事に追われている。こんな生活をしていたら、あっという間に年月が過ぎ、気づいたときには貧困な老後を迎えているのだろう。

「今まで、男の人とつきあったことはあるのかい？」

「ありますよ」

修のことを正直に話した。

「同棲なんかしないで、さっさと結婚しなくちゃダメじゃないか」

「でも最近は離婚が増えてるでしょう。だから、いったん同棲してみて一緒に暮らしていけるかどうかを試してみるのもいい方法だと思いますけど」と抵抗を試みる。

「男っていうのはね、本命の女とはすぐに結婚したがるもんだよ。本気で好きになったら、ほかの男に奪われたくないと思って当然だろ」

「なるほど」

言われてみればそんな気もした。

「だからね、同棲する男は真剣な気持ちじゃないってことだよ。女を便利に使っているだけ。そして飽きたら次を探すんだよ」

「そういうものでしょうか」

「その修って子は、プロポーズしてくれたから例外だよ。そういう男こそ逃しちゃダメだったんだ。今さら言っても遅いけどね。いいかい久美ちゃん、次の恋愛の波が来たら、すぐに結婚するんだよ」

「……はい、じゃあ、まあ、そうします」

「案外と素直だね」と、富士江は笑った。「今のご時世、こんなこと言ったら、猛反発されるかと思ったよ」

「いえ、私は……」嬉しかったんです。命令口調で言ってくれる人が、アヤノ以外にまたひとり増えたのだから。

「久美ちゃん、結婚するにはね、妥協ってものが必要なんだよ」

「それはつまり、食べていくためには、好きでもない男性と結婚しろってことですか？」

「そうだよ。あんた三十三歳にもなって、そんな覚悟もないのかい」

ここにアヤノがいたら何と言うだろうか。そこまでして結婚する必要はない、プライドを捨てるな、などと言って怒るのではないだろうか。

「久美ちゃんは、どういった男なら結婚してもいいと思ってるんだい？」

絶妙な尋ね方だった。理想や好みを聞いたのではない。妥協できる最低ラインを聞いてくる。

「気の合う人がいいですけどね」

「馬鹿だねえ。大恋愛の末に結婚したところで、十年も経ちゃあ男と女なんて互いにウンザリだよ。最近の若いのはみんな考えが甘くて困ったもんだ。この世の中は生存競争なんだよ。このままかろうじて糊口《ここう》をしのいでいくだけでいいっていうのなら、なんとかなるかもしれない。でも、それだって大久保さんが畑を貸してくれている間だけだよ」

「このままスーパー蔵元でのアルバイトも続けようと思ってますけど」

この先もずっと雇ってもらえるとは限らない。だがパート仕事なら他にも見つけられるだろう。とはいえ、この先五十歳、六十歳になっても仕事があるかどうかはわからないが。

「結婚もしないで子供もいないなんて、今はよくても歳を取ったら寂しい人生になるよ。久美ちゃんだって、本当は不安なんじゃないのかい?」

「うーん、どうでしょうか」

派遣社員として働いていたときは、常に将来への不安がつきまとっていた。だが今は少し違う。野菜を自分で作れる暮らしは、心に妙な落ちつきを与えてくれていた。仮に大災害が起きたとしても、自分だけは助かるような気がしている。畑に行けば野菜もあるし、水道が止まっても井戸水がある。トイレも畑の隅で済ませられるし、ガスが止まったら薪《まき》を燃やせばいい。

もちろん畑は自分のものではないから、大久保老人がいつ返せと言ってくるかはわからない。だから最近になって畑を売ってもらいたいと思うようになっていた。優遇税制で固定資産税は驚くほど安いと聞くし、自分の土地だとなれば、その安心感は何物にも代えがたい。そして何より家が欲しかった。小さな古民家でも、安普請《やすぶしん》の文化住宅でもいいから。

家と畑……これさえ手に入れれば、人生はなんとかなるように思う。少なくとも、ホームレスにならなくて済むし、飢え死にからも免れられる。

現代人のほとんどが農業を知らない。買ってきた物を食べ、買ってきた服を着て、買ってきた洗剤で家の中をきれいにする。資源には限りがあるのに、大量消費社会は止むこともなく続いていく。ひたすら物を買って捨てるだけの生活は、虚しいだけでなく、地球の寿命を縮めている。昔ながらの直感や知恵を捨てて、現代人はすぐに医者にかかりたがる。会社に勤めたところで、労働に見合う賃金は支払われず、儲かっているのは社長だけだ。それでも多くの人が会社に一生を捧げる。

それに比べれば、今の生活は収入は少なくても、小さな喜びを感じることが多かった。

「コンカツっていうのがあるだろ、あれに参加するといいよ」

そう言うと、富士江はポケットから一枚の紙を出した。見ると、「農業男子との婚活パーティ申込書」と書かれている。農協と民間の結婚相談所が主催しているもので、応募資格は女性が二十歳から三十九歳、男性が二十五歳から四十九歳とある。

つまり男は四十九歳でも結婚できるが、女は三十九歳が限度だということか。

「あんた、もう三十三歳になったんだろ。男から見たら賞味期限ぎりぎりだよ。私の時代だったら、とっくに期限切れだけどね」

富士江の言い方に、鳥肌が立つ思いがした。賞味というのは、美味しく味わうという意味だ。自分は単なる商品で、それも期限切れ間近らしい。「ぎりぎり」と言ったのは、気を遣ってくれたのだろう。富士江の世代感覚から言えば、とっくに旬を過ぎている。

悔しいことだが、女である自分でも、その感覚ははっきりとわかる。というのも、日本はヌード写真で溢れている国だからだ。書店でもネットでも、見ようと思わなくても、女子供の目にも入ってくる。だから、どういう女が美味しそうなのかという男目線を嫌というほど思い知らされながら、日本の少女は大人になっていく。最近はイケメン男性のヌード写真も増えてきた。筋骨たくましい逆三角形の身体、後ろ姿ともなればオールヌードで引き締まった臀部《でんぶ》が写し出されている。そのことにより、女の「品定めされる側の性」の痛みを、男も少しは思い知ればいい。そういった底意地の悪い気分になることもあった。

「久美ちゃんならきっといい人が見つかるよ」

何の根拠もない慰めの言葉に、どう返事をしていいかわからなかった。

「そう……でしょうか」

「だって勉強熱心だもの。農業をやるんでも、いつまでに何をしなければならないかをちゃんとノートに書いているじゃないか」

「そんなの当たり前じゃないですか」

「いいや、それをできる人は滅多にいないよ」

「は？　そんなことありませんよ。誰だって……」

「久美ちゃんは学生時代も一生懸命勉強したクチだろ？　自分を律して机に向かうのはそりゃあ大変なことだよ。うちの息子も、中学時代、高校時代は夜遅くまで一生懸命勉強してた。我が子ながら偉いもんだとつくづく感心したよ。そういう人間はね、何をやっても強いんだ。成功するんだよ」

「……はあ」

「久美ちゃんはきちんと作業記録をつけて、観察して気がついた細かいことまで書き留めてるじゃないか。ほんと感心だよ。あんたって人はね、目標を決めたら、それに向かってやり抜く精神力のある人間なんだよ」

「それは、どうも」

「だから、あんたみたいな人をお嫁さんにする男は幸せもんなんだ」

「そうでしょうか」

「参加費は女が五千円で、男は一万円だよ。久美ちゃん、それくらいなら出せるだろ？」

懐具合を心配してくれているらしい。

「はい、それは大丈夫ですけど」

自分は本当に参加するつもりなのか。嫁に行けばすべてが解決するというのなら、今まで何をそんなに四苦八苦してきたのか。新卒で勤めた会社が倒産した時点で、修と結婚すればよかったのだ。あの頃がメスとして旬の終わる季節だった。それなのに、自分には未来が拓けるはずだと信じていた。就職先が見つからず、仕方なく派遣会社に登録したときだって、派遣先の会社で能力を買われて正社員に登用されることを疑いもしなかった。

「何ごとも経験だよ」

こちらが迷っていると取ったのか、富士江は続けた。「気楽な気持ちで参加してみなよ。女の友だちができるかもしれないんだし」

富士江のそのひと言が背中を押した。同年代の農業者と知り合いになりたかった。もしかしたら、自分のように四苦八苦している女性がいるかもしれない。互いに悩みを話せたら、何か解決の道が探れるかもしれない。

「参加してみます」

そう応えると、富士江は満足そうにうなずいた。

11　八月

日曜日になった。

婚活パーティの集合時間は午後二時だ。隣の市の農協会館で行われる。

スケジュール表によると、最初は男女別々の部屋に集まって心得を学ぶらしい。そのあと一堂に会し、交流会の運びとなる。

女性のために用意された部屋は広くてきれいだった。大きなスクリーンが設置されていて、机と椅子が縦に四列、横も四列で、ゆとりのある配置になっている。久美子は十五分前に到着し、最後列の窓際に座った。

開始時刻が近づくにつれ、前のドアから次々と女性が入ってくる。全部で十五名だ。見たところ、二十代前半の女性が二人で、残りは三十歳前後と後半が半々ずつといったところだ。着物姿の若い女性もいて、大層目立っている。

「ようこそお集まりくださいました。わたくし講師の梶田奈保美《かじたなほみ》と申します」

四十代半ばと見える女性が挨拶した。濃紺のスーツにレモン色の小さなスカーフを首に結んでいて、ひと昔前のキャビンアテンダントのようだ。カールした前髪に、目鼻立ちのくっきりした顔に赤い口紅をつけている。

「今から番号札をお配り致しますので、胸におつけください」

プラスチックに安全ピンをくっつけただけの、百円ショップで売られているような代物だった。細かな傷がたくさんついているところを見ると新品ではなさそうだ。個人名でなく番号が書かれているのは、プライベートに配慮しているのではなく、何度も使いまわしするためなのか。全国各地で毎日のように開催される婚活という新種の商売。そんな商魂たくましい流れの中に、自分は使い捨て部品のように組み込まれている気がした。

子供の頃は思っていた。大人になったら、偶然どこかで素敵な男性と出逢い、恋をして、そして迷いなく結婚するものだと。

「それでは早速始めたいと思います。まず初めにそれぞれに自己紹介をいたしましょう。ここは男女の出会いの場ですが、女性同士がお友だちになる絶好の機会でもあるんです」

梶田の言葉で、ふっと気持ちが和らいだ。富士江も言っていたように、結婚相手を見つけられなくても、女性の友人ができれば儲けものだ。そう考えて気持ちを楽にしよう。というのも、女性同士がライバル心を剝きだしにして、相手を蹴落とそうと、色気や女らしさを前面に押し出して競う場であれば、自分など最初から勝ち目はない。

「前列の左端から順番にお願いします。せっかくだから、お顔がよく見えるように前に出てきてください」

濃紺のワンピース姿の女性が立ち上がり、前に出てお辞儀をした。

「私は薬剤師をしております。婚活は初めてで緊張しておりますので、みなさん、どうぞよろしくお願いいたします」

三十代後半だろうか。薬剤師をしているというだけあって知的な雰囲気の女性だが、野《や》暮《ぼ》ったい服装と銀縁のメガネが相まって、落ちついた主婦のようにも見える。

「私は給食センターで管理栄養士をしています。私も初めての参加です。どうぞよろしくお願いいたします」

三十代半ばくらいか。きちんとした家庭で育った感じの、堅実そうな女性だった。仕事は正確にこなすもののプライベートでは引っ込み思案で、男性に対して積極的になれないまま年齢を重ねてしまったといったふうに見えた。こういう女性は、お嫁さん候補としては評価が高いのではないか。子育てや家事に手を抜かず、幸せな家庭を築く姿を予感させる。

「私は専門学校を出て正社員で働いていたのですが、残業が多くて身体を壊してしまいまして、その後は派遣社員として働いています。三十歳を過ぎてから将来が不安に思えてきて、精神的にも安定した暮らしをしたいと思って参加しました」

正直で飾らない女性だ。彼女の先行き不安に共感したのか、室内がしんとした。

その次は太っている女性だった。ワンピースのウエストが今にもはち切れそうだ。

「私はガソリンスタンドで働いていますが、来年からセルフサービスに変わることが決まっています。社員さんは残れるらしいんですが、私はアルバイトなので、真っ先に馘になると思います。先ほどの方と同じで、将来が不安でたまりません。アルバイトを見つけようと思えば見つけられるとは思いますが、年齢的にも、そろそろ落ちつきたいと思って参加しました」

次は打って変わって華やかな女の子が前へ出た。二十代前半だろうか。ピンクのミニのチュールレースのスカートが、歩くたびにふわりと持ち上がり、下着が見えるのではないかとハラハラする。カールした長い茶色い髪も、重たいほどのつけまつげも、まるでアイドルグループのメンバーのようだった。

生まれ育った時代背景の違いを見せつけられた思いがした。結婚という目的は同じなのに、世代が違う。そのことを目の当たりにすると、出遅れた感が否めなかった。

「私は長沼《ながぬま》舞衣って言います」

マイ……。修の彼女と同じ名前だった。ふと、グレープフルーツの香りが鼻先に香ったような錯覚に陥った。

舞衣は愛くるしい笑顔で続けた。「ショックなことに、先月二十二歳になっちゃったんです。高校生のときは、二十三歳までには結婚して二十四歳にはお母さんになるって決めてたんです。だから、今すっごく焦ってます」

甲高い声だった。今日の相手は農業男子だよ、そのこと、わかって来ているの？　お節介にも、そう教えてあげたくなる。

その次は着物姿の女性だった。この女性も二十代前半だろう。小顔でキュートという言葉がぴったりの、個性的な顔立ちだ。またもや外見だけで、嫌というほど世代の違いを痛感させられた。自分も十年前に来るべきだったのではないか。今さら考えても仕方がないのに、後悔が押し寄せてくる。

「あたしは中田華《なかたはな》です。二十一歳です。歯医者さんで受付のアルバイトをしています」

そう言うと、いきなりフフッと笑った。「やだ、なんか……あたし恥ずかしい」と言って、助けを求めるように講師の梶田を見る。

ドア近くの席に座っていた梶田が微笑みながら立ち上がった。「大丈夫ですよ。男性は着物姿にとっても弱いんです。きっといい人が見つかると思うわよ。自信を持ってね」

そう言われて安心したのか、華はぺこりとお辞儀してから自分の席に戻っていった。

「それでは次の方、どうぞ」

「私は英語力を生かして総合商社に勤めています。仕事が忙しくて精神的にギスギスしてきたと感じるようになりました。幼い頃、父の仕事の関係でミシガン州の小学校に通っていたんですが、あの当時ののんびりした暮らしを懐かしく思い出すことが最近になって増えました。都会を離れて大自然の中で暮らしたいという気持ちがどんどん強くなっていって、そうだ、農家に嫁いだらどうだろう、そして農作業をして健康的な生活をしたいと思いたって参加しました」

三十代後半くらいだろうか。

商社を辞めない方がいいよ。農業は身体がきついんだよ。私だって、肉体労働をやるようになってから、デスクワークがどれだけ楽だったか思い知ったもの。新卒で勤めた会社が倒産していなかったらどんなによかっただろうって、いまだに思うことがあるよ。

そのあとは、派遣社員とアルバイトの女性が続いたが、特に印象に残る人はいなかった。

いよいよ隣の席まで順番が巡ってきた。

「私は鷲塚《わしづか》ヒトミ。こういう所に来るのは初めてなんで、まっ、よろしくね。『女ひとり農業』ってヤツやってます」

十五人中、農業をやっているのは自分と、このヒトミと名乗る女性の二人だけだった。すらりと背が高くて目鼻立ちがはっきりした美人だが、見るからに学生時代は不良少女だった雰囲気が漂っている。話し方からして、さばさばした姉御肌のようだ。

「それでは最後の方、どうぞ」と講師の梶田がこちらを見た。

前に出ると、思った以上に遠慮のない視線が自分に集中することにたじろいでしまった。さっきまで、自分も知らず知らずのうちに品定めするような視線を送っていたらしい。

「えっと……私は水沢久美子と申します。私も先ほどの方と同じで、ひとりで農業をやっています。婚活は初めてです。どうぞよろしくお願いいたします」

話す間、ヒトミがずっとこちらを見ていた。同じ農業主ということで親近感を持ってくれたとしたら嬉しい。あとで声をかけてみよう。ここに参加するということは、自分と同じで、小規模の農業だけで食べていくことに限界を感じているからではないだろうか。農業以外に何か仕事をしているのか、日頃はどういう工夫をしているのかなど、聞いてみたいことがたくさんある。

「さあ、これで自己紹介は全員終わりですね」と、講師の梶田が前へ出ていった。

「みなさんは結婚という同じ目標に向かって突き進もうとしています。いわば同志とも言えるのですから、仲良くやっていきましょう。気に入った男性と連絡先を交換するだけでなく、女性同士でメールアドレスを教え合ったりする人も多いんですよ。それと私の経験ですが、のちのちのことを考えると、女性同士は名字ではなく下の名前か愛称で呼び合う方が便利です。結婚したら名字が変わってしまいますからね」

そう言って、室内を笑顔で見渡す。

「それでは次に、大切なポイントをご説明いたします。今日からすぐに使えるワザですから聴き逃しなくね」

梶田は人差し指を立てて悪戯《いたずら》っぽく笑った。

「男女の出会いの場では、視覚から得る情報が最も大切なんです。女性に求められるのは、清潔感、笑顔、女らしい雰囲気、その三つです。ブランド物のバッグや華美な服装はNGです。男性が引いてしまいますからね」

全員が前を向いて熱心に聞いている。梶田は部屋を見回すと、満足そうにうなずいた。

「お相手の男性に、感じのいい女性だな、また会いたいなと思ってもらうにはどうしたらいいでしょうか？」

　そう言って、またひとりひとりの顔を見回す。

「そうなんです。まずは服装なんです」

　誰も答えていないのに、梶田は話を進めた。「男性受けする服装といえばやはりスカートです。普段はパンツスタイルばかりの人でも、婚活のときにはスカートが有利です。あ、もちろん着物もいいですよ」

　室内がざわついた。それまで前を向いて微動だにしなかったいくつもの頭が揺れ出した。それぞれが他人の服装に改めて目を走らせている。

「パンツルックで来られた方、今さらそんなこと言われてもと思われたことでしょう。でも婚活は一回だけで終わるものではありません。何十回も経験してその中からお相手が見つかることがほとんどなんです。ですから次回からはスカートでいらしてくださいね。今日はその分を笑顔でカバーいたしましょう」

　三分の一がパンツスタイルだった。久美子も黒いパンツに明るいブルーのカシュクールブラウスを着てきていた。

「ところでみなさん、人間というものは、男だろうが女だろうが、中身が最も大切です。そんなの当たり前ですよね？　ですが、恋愛においてはどうでしょうか」

——あんたが若くて別嬪さんだったなら、どこにいたって声をかけられているはずなんだよ。

男性と知り合う機会がないと言ったとき、富士江はそう言い放った。

「例えば、学生時代の同級生の男の子だとか、会社の同期の男性などとは、長い時間を共有しますよね。そういう場合は、お互いに性格や能力が自然にわかってきます。そうなると、外見より中身に惹かれることが多いですよね。みなさんも経験がおありでしょう。すごくカッコいいイケメン男子が、実はおバカさんだとわかってがっかりしたことはありませんか」

あちこちから苦笑が漏れたのを受けて、梶田は得意げな顔つきになった。

「でもね、見合いは違います。今日初めて会って、ほんの二時間しか同じ場所にいられない。それも男女十五人ずついるわけですから、お目当ての人がいても、その方と話ができるのはほんの短い時間です。その一瞬とも言える間に素敵な女性だと思ってもらわなければ、もう二度と会う機会は訪れません。要は、第一印象で勝負するしかないんです」

フウっと、あちこちから息が漏れた。

溜め息なのか、それとも頑張るぞと意気込んでいるのか。

「パーティの間だけ女らしくかわいらしく振る舞っても、あとになって本当はガサツな女だってことがバレたら困る。なあんて思っている人、この中にいますか?」

　梶田が問うが、誰も応えない。

「以前、参加者の中に、ありのままの自分を見てほしいという女性がいました。明るくてざっくばらんで、ボーイッシュっていうのかしら、姉御肌って言った方がいいかな。お仕事は確か左官屋さんだったと思います。その方は交流会のときもジーンズ姿で足を組んで、飲み物片手に大きな声でお気に入りの男性を呼びつけていました。もちろん積極的なのはとてもいいことですよ。ですが、彼女を元気があって明るい女性だと思う男性はいませんでした」

　室内のあちこちから、苦笑やら溜め息やらが聞こえてきた。

「それどころか、恐い女性という印象を持たれてしまったんです。ですから誰も彼女には近づきませんでした」

　そのとき、チッと舌打ちするような微かな音が隣から聞こえた気がして、思わず目を向けた。ひとり農業のヒトミと名乗る女性が、面白くなさそうな表情で梶田を睨んでいた。

　ヒトミの服装はどういうものだったかと、さりげなく視線を下方へ移すと、細身のパンツを穿いていた。机の上には有名ブランドのバッグがデンと載っている。

「今までみなさんは、男女平等の社会で過ごしてこられたかもしれません。今日ここに集まった女性の申込書の学歴を見ましても、立派な大学を卒業なさっている方がちらほらいらっしゃいます。総合職の方もおられます。ですが、結婚というのはオスとメスの出会いなんです。理路整然と、まるで評論家のように話す女性を好きになる男性が果たしているでしょうか？ もじもじと恥ずかしそうに、あのう、そのう、私は……などと口籠りながら、真っ赤になってうつむいてしまう女性と比べて、男性はどちらを好きになると思いますか？」

隣に座っているヒトミは、膝の上でスマホを操作し出した。机の上の大きなバッグに隠れて、梶田からは見えないのだろう。

「それでは次にビデオをご覧いただきます。農家に嫁いだ女性からの体験メッセージです。ある意味、みなさま方の先輩になるわけですから、参考になることがたくさんあるはずです」

部屋の照明が落とされ、スクリーンに弾けるような笑顔の女性が映し出された。

「青木登志子《あおきとしこ》（39）」とある。ショートカットがよく似合っている。

——私は地方都市のサラリーマン家庭で育ちました。

落ちついた話し方に知性が感じられた。洗いざらしの白いシャツと化粧っけのない肌には清潔感があり、好感が持てる。

――短大で保育士の資格を取って保育園に勤めていたんです。主人とは婚活パーティで知り合いました。もっさりしていて全然カッコ良くないので、最初は眼中になかったんですが、あまりに熱心にデートに誘ってくれるので、じゃあ一回だけならとオーケーしたんです。そのうち誠実な人だとわかってきて、私も好意を持つようになりました。ですが、やはり農家に嫁ぐことには抵抗がありました。私が育った家庭だけでなく、親戚にも農家はありませんので、土いじりをしたこともなかったんです。

――それでも嫁がれたのは、やはりご主人のことを好きだったから？

リポーターに尋ねられると、女性は「ええ、まあ」と言い、恥ずかしそうに笑った。

――嫁いでからも保育士をしばらくは続けておられたとか？

――そうなんです。夫の両親も「無理して農業しなくていいからね」と言ってくれました。ですから、最初のうちは農業を全く手伝いませんでした。

カメラは、雄大な山々を背にした田園風景を映し出した。

――娘が五歳のとき、地域の薩摩芋の苗植えに参加したんです。そのときなんですよ。初めて土いじりの楽しさに目覚めたのは。

そう言って、ウフフと楽しそうに笑う。

映像が切り替わり、集会所のような場所が映った。十人ほどの女性が何やら話し合っている。

——そのあとフレッシュミセスという、四十五歳以下の農家の奥さんたちの集まりに誘われたんです。そこで味噌と蒟蒻《こんにゃく》の作り方を教わったとき、もっと農業をやってみたいと思うようになりました。それがきっかけで保育士を辞めて、それ以来農業一本です。

——今ではフレッシュミセスの副会長をなさっているとか？

——そうなんです。野菜作りのノウハウを互いに教え合う場なので、知的好奇心を満たしてくれるんです。お茶を飲みながら近所の噂話をするなんていう井戸端会議とは違います。みんな研究熱心でいい人ばかりで、私って恵まれているなあとつくづく思います。

——なるほど、充実した暮らしですね。

——農業には女性が活躍できる場がたくさんあるんですよ。特に加工品となると、まさに腕の見せどころです。私はたまたま保育士を辞めましたが、兼業でも十分やっていけると思います。忙しいときには、周りのみなさんが助けてくださいますから。

——農家に嫁ぐ女性のみなさんに、最後にエールをお願いします。

——はい。私は今とっても幸せです。なんと言っても、農作業をする男性はカッコいいです。日本の農を支えているという誇りが顔に表われていて、うちの主人も日に焼けて逞しくて頼りになる人なんです。結婚して何年も経ちますけど、いまだに素敵だなあと思うときがあるんです。あれ？　私、のろけちゃいました？

そう言ってコロコロと笑う。

――毎日が感謝の気持ちでいっぱいです。家族にはもちろんのこと、山や川など恵みをもたらしてくれる大自然にもね。多くの出会いをこれからも大切にしていくつもりです。みなさんも、新しい世界に一歩踏み出してみましょう！

ハアーという嘆声とも溜め息とも取れる声があちこちから上がった。だが、それらの声に埋もれた、チッというヒトミの舌打ちを、久美子は聞き逃さなかった。その気持ちはよくわかる。まるで自己啓発セミナーみたいなノリと田舎礼讃《らいさん》に、自分もげんなりしていた。

苦労話を聞きたかったのだ。サラリーマン家庭から突然農家に嫁いだら、間違いなくつらい思いもしたはずだ。その体験を正直に語ってくれた方がこちらも覚悟ができるし、自分ならそれらを乗り越えるにはどうするかを考えて、もしかしたら闘志に燃えたかもしれない。

人間というものは、何ごとも自分の尺度でしか測れないのだと、三十歳を過ぎた頃からしみじみと思うようになった。さっきのビデオを胡散《うさん》臭いだの、嘘っぱちだなどとは思わない人もいる。部屋の空気がそれを物語っていた。

部屋の明かりがついた。

「どうでしたでしょうか?」

梶田は、チュールレースのスカートを穿いた女性に尋ねた。

「すっごく感激しましたあ。私も農家に嫁ぎたいです。本当に羨ましいです」

そう言ったあと、両手で口を押さえたのは、感極まって泣きそうなのか。

そのときふと、農業大学校で一緒だった若い亜美のことが頭を掠めた。亜美は苦労人で人を疑うことを知っている。だが、教養がなくて世間知らずのところもある。結婚後はうまくやっていけているだろうか。おめでた婚をメールで知ったときは、他人の幸福など喜べない自分が惨めだった。だが今は違う。幼少の頃から苦労してきた分、亜美には幸せになってもらいたいと思うようになっていた。楽しく暮らしていればいいのだが……。

「これからプロフィールカードをお配りします。まだ記入しないでくださいね。コツを説明しますから」

カードには、氏名、年齢、職業、住居(持ち家か賃貸か)、住まい(家族と同居かひとり暮らしか)、最終学歴、年収、婚歴、子供の有無、趣味などがあった。

「ポイントは趣味の欄です。ここは自己PRの場ではありません。相手へのパスを繋ぐ場なんです。そこをお間違いのないようにお願いしますね。つまり早い話が、男性にどう思われるかだけを考えて書いてください。特に気をつけるべきなのは、マニアックにならないことです。例えばイケメン俳優の福永《ふくなが》ジョーの追っかけをしているなんていうのは絶対に書いてはいけません。固有名詞を出すのはNGです。男性側が福永ジョーに劣等感を持ってしまって、あなたには近づいてきません」

「馬鹿じゃねえの」とヒトミが小さくつぶやくのが聞こえてきた。

「それとね、インドアとアウトドア両方の趣味を必ず書いてください。そうすれば、相手の男性の趣味がどちらであっても、話が弾むきっかけがつかめます。もうおわかりだと思いますが、ファッションやブランドや買い物などのことは書いてはいけません。金のかかる女だと思われて敬遠されてしまいます」

それぞれが机に向かい、ペンを走らせ始めた。

「男性側から見て、こういう女性なら是非お嫁さんにしたい、そう思わせるようなことを書くのがコツですよ」

梶田が机の間をゆったりと歩いて回っている。

心の中がモヤモヤとして嫌な気分だった。ここでは自分は商品以外の何物でもない。どううまく誤魔化して高く売るかだけを考えろと言う。それも、能力や性格などではなく、メスとしてどう見せるかが勝負らしい。考えてみれば当たり前のことかもしれないが、まるで裸にされて品定めされているかのようで屈辱的だった。

「さあ、みなさんそろそろ書き終わったようですね。じゃあ田端《たばた》さん、回収して」

梶田は、後ろのドアのところで待機していた女性スタッフに指示を出した。

こんな所、来るべきじゃなかったかも。

ペットボトルの水を飲みながら、窓の外をぼんやり眺めた。

しばらくすると、先ほどのスタッフが紙の束を持って帰ってきて、梶田に手渡した。

「さてお待ちかねの男性参加者のプロフィールが届きました。早速お配りしますね」

室内は、紙の擦《こす》れる音だけがする。

配られた紙をじっくり見た。女性用のとは違い、実家が農家か否かの欄がある。

それにしても……自分はびっしりと書き込んだのに、男性陣の用紙は空欄だらけだった。

1. 相田信次《あいだしんじ》、四十六歳、JA職員、持ち家、同居、年収三百万円、婚歴ナシ、実家農家

2. 加藤昭一《かとうしょういち》、四十四歳、持ち家、同居、野球、キャベツ、ブロッコリー、野菜ソムリエ資格あり、婚歴ナシ、実家農家

3. 相良《さがら》洋輔《ようすけ》、四十歳、小松菜、持ち家、同居、年収二百万円、婚歴ナシ、実家農家
4. 田嶋《たじま》正《ただし》、三十四歳、ＪＡ職員、葉物野菜、持ち家、高卒、同居、ドライブ、年収四百万円、バツイチ、実家農家
5. 万田《まんだ》純一《じゅんいち》、二十八歳、人参、季節野菜、持ち家、同居、婚歴ナシ、実家農家
6. 大前《おおまえ》次郎《じろう》、三十歳、生姜《しょうが》、婚歴ナシ、実家農家
7. 林《はやし》伊知郎《いちろう》、三十六歳、小松菜、椎茸《しいたけ》、婚歴ナシ、実家農家
8. 中里《なかざと》翔《しょう》、二十七歳、人参、フルーツトマト、賃貸、東京農大卒、ひとり暮らし、卓球、婚歴ナシ、実家農家
9. 浜田《はまだ》健吾《けんご》、三十八歳、季節野菜、婚歴ナシ、実家農家
10. 坂上《さかがみ》三郎《さぶろう》、三十六歳、トマト、持ち家、同居、婚歴ナシ、実家農家
11. 太田《おおた》牧夫《まきお》、四十五歳、白菜、大根、年収三百万円、持ち家、同居、バツイチ、実家農家
12. 長野《ながの》徹郎《てつろう》、三十四歳、観葉植物、年収百二十万円、持ち家、同居、婚歴ナシ、実家農家
13. 西村《にしむら》稔《みのる》、二十九歳、菊、持ち家、高校中退、同居、婚歴ナシ、実家農家
14. 沼口《ぬまぐち》邦彦《くにひこ》、三十一歳、米農家、持ち家、同居、婚歴ナシ、実家農家

15. 富永正義《とみながまさよし》、三十三歳、ＪＡ職員、持ち家、同居、年収三百万円、婚歴ナシ、実家農家

梶田は、趣味を複数個書くようにと言った。それなのに、男性陣の趣味欄はほとんどの人が空白だった。きっと男性側の講師もたくさん書くよう勧めただろうに、それでも書いていないのはどうしてなのだろう。

だが、仕事の欄は具体的に書いてあった。トマトだとかブロッコリーなどと野菜の名前を羅列している。菊や米もある。ＪＡ職員も何人かいて、年収は最高額が四百万円だ。観葉植物の栽培をしている男性は年収百二十万円とある。年収の欄が空白の男性が多かった。少なすぎる場合は書かない方がいいですよ、とでも指導されたのか。

ほとんどが持ち家だった。といっても、親と同居しているのだから、親の持ち家ということだ。家賃も要らず、食費もあまりかからないのだろう。年収を聞かれても、どれが親の分でどれが自分の分かがはっきりしないのかもしれない。なんせ「家業」なのだから。親から引き継げる持ち家や農地がある。そのことは結婚相手の条件としてはいい。だが、そういうふうに思えない自分を持てあましていた。条件云々《うんぬん》以前に、悔しくてたまらなかった。いい歳をして親のもとでぬくぬく暮らしている男たち。自分みたいに身寄りが

なくて誰にも頼らず生きていく厳しさを知ってほしいと思ってしまうのだった。

いっそ男女平等などという観念がない方が楽だった。そうであれば、実家が農家の男性に対して、嫉妬や劣等感などが絡み合った感情は持たなかったはずだ。結婚することを目的としているのだから、家つき農地つきの家に嫁げると、本来は喜ぶべきなのだ。自分のように、男性に対しても同列にライバル意識を燃やしてしまう女にとって、この世はなんと生きにくいのだろう。

「それではこれから男性参加者の自己PRビデオをご覧いただきます。好みの男性をチェックしていただければと思います。メモのご用意を」

前方のスクリーンに男性がひとりずつ映し出された。一人目は四十代の男性だった。上目遣いでカメラをチラチラ見ながら、はにかんでいる様子が見てとれた。いかにも素朴な田舎の農業者といった感じで、女性に慣れていないのが一目瞭然《いちもくりょうぜん》だった。長年に亘り太陽のもとで働いてきたせいか、焼けた肌に深い皺が刻まれていて、年齢よりもずっと老けて見える。

――明るい家庭を築ければと思っています。どうか、よろしくお願いいたします。

深々と頭を下げた。

「誠実そうな男性でしたね」という講師の梶田の声と、隣席のヒトミの「性格までわかんないよ」というつぶやきが重なった。ヒトミの声に気づいたのは、たぶん自分だけだろう。

二番目、三番目と似たようなタイプの男性が続いた。これ以降もずっと同じような感じなのだろうか。そう思い始めたとき、四番目の男性がスクリーンに映し出された。あちらこちらから、「あ」とも「お」ともつかない小さな声が上がった。イケメンというのではないが、スポーツマンタイプのさわやかな笑顔をカメラに向けていた。身繕《みづくろ》いのセンスもいいし、三十四歳ということだが、もっと若く見える。

──田嶋正です。ＪＡ職員ですが、家では薬物野菜を作っています。趣味はドライブです。結婚したら、夏は北海道、冬は沖縄と、日本中をドライブしましょう。よろしくお願いします。

プロフィールによるとバツイチだ。だからか前出の三人のように、純情そうに顔を赤らめたりはしない。一般的には普通のことなのだが、それが妙にカッコよく感じられた。

──五番の万田純一です。

数少ない二十代で、細身で長髪にキャップを被った今どきの男性だった。

──何よりも第一に、うちの両親を大切にしてくれる女性を希望します。

ヒトミの舌打ちが今度は大きく響いた。スクリーンの横に立っていた梶田も今回は気づいたようで、ヒトミの方を見た。

――中里翔です。中高と卓球部で、国体にも出ました。納屋に卓球台を置いています。良かったら僕と一緒に卓球しましょう。

なんとも感じのいい青年だった。二十七歳で、参加者の中で最年少だ。親と同居していない唯一の男性であり、東京農大卒と学歴をきちんと書いているのもこの男性だけだ。女性たちのいちばん人気となるのではないか。

その後は、これといって印象に残らない純朴そうな男性が続き、自己紹介ビデオが終わった。

「どうでしたでしょうか。好みの男性がいらっしゃったでしょうか」

梶田が満面の笑みで問いかける。

「男性の待つ会場へ移動していただく前に、注意点を少しお話ししますね。繰り返しになるようですが、大切なことは自分をアピールすることではありません。『感じのいい女性六箇条』を紹介しますので、肝に銘じてください。これは農業男子に限らず、相手の男性がサラリーマンでも青年実業家でも共通のことですから、覚えておくと役に立ちますよ」

スクリーンに文字が映し出された。

1. 笑顔で挨拶する。
2. 相手のスピードやトーンに合わせて話す。
3. 視線を合わせ、柔らかい表情で相手を受けとめる。
4. 相槌《あいづち》を打つ。その際、必ず褒め言葉を添える。
5. 矢継ぎ早に質問しない。
6. いいなと思った人がいたら、気持ちを素直に伝える。

「少し説明させていただきます。最初の『笑顔で挨拶する』ですが、そんなの老若男女を問わず常識だと思われるかもしれません。ですが、緊張のあまり顔が強張ってしまう女性が少なくないんです。それを見て、『あ、この女性は緊張しているな』とわかってくれる洞察力の鋭い男性は、意外と少ないんですよ。それどころか『不機嫌だ、怒っている、僕のことを嫌っている、恐い』などと受け取られてしまうことがほとんどです。ですからみなさん、ぎこちなくてもいいですから笑顔を絶やさないようにしましょう」

うなずいている女性がちらほらいる。

「次に、男性の話すスピードやトーンに私たち女性側が合わせてあげましょう。こういう場所では誰しもナーバスになるものです。ですから女性のみなさんは母親になったつもりで、優しく接してあげてください。例えば、ゆっくりお話をする男性であれば、みなさんもゆっくりと話すようにしてください。早口で理路整然と話すと、『僕は責められている、馬鹿にされている』と受け取られる場合があるんです」

ここで合いの手を入れるかのようにヒトミの舌打ちが聞こえるかと思ったのに、何も聞こえてこなかった。スマホでも見ているのかと思い、チラリとヒトミを盗み見ると、足を組んで腕組みをし、前方の梶田を睨むようにして見ていた。

「次に三番目ですが、視線を合わせるといっても真正面から見つめてはいけません。相手の鼻のあたりをぼんやりと見る程度が女らしくて良い印象を与えます。そして、男性の話を熱心に聞いているということを態度ではっきりと示してあげてくださいね。どんなに興味のない話でも常に微笑みを忘れずに、『うんうん』とさも感心したようにうなずいてあげれば、男性はあなたにやすらぎを感じることは間違いないですよ」

隣でヒトミが大きな溜め息をついた。

「四番目の『相槌』についてですが、単に『そうなんですね』とか『はい』なんかではダメなんです。『すごいですね』とか『素敵なお考えですね』などと言って相手を褒めてあげてください。ちょっと褒めすぎかな、大げさだったかな、と思うくらいがちょうどいいのです。男性というのは、女性にどう見られているのかをとても気にしています。褒めてあげることで、『あなたは男性としてイケてますよ、大丈夫ですよ』というサインを送るのです。そうすれば男性も安心してあなたに心を許すこと間違いありません。そして、男性というものは、自信を持つとどんどんカッコよくなっていくものなんです」

ヒトミは梶田の話を聞くのをやめたのか、スマホのゲームに興じている。

「次の五番目ですが、男性に質問をするときは優しく尋ねてあげてくださいね。男性が尋問か面接みたいだと感じるような聞き方はしないよう、くれぐれも注意してください」

まるで腫《は》れものに触るようだった。いったいどこまで気を遣わなければならないのか。

「六番目の『気持ちを伝える』についてですが、『またご一緒したいと思っています』くらいが適当です。『今度一緒に映画を観に行きましょう』などと具体的に誘うのは、相手の負担になるのでやめましょう。自分の気持ちだけを伝えるに留めるのが礼儀です」

梶田の説明を聞いているうちに、ウォーと大声で叫び出したい衝動にかられた。簡単に言ってしまえば、メンドクサイのひと言に尽きる。そんな繊細な気遣いが本当に必要なのか、もうどうだっていいじゃないかと思ってしまう。どうやら自分は、婚活で成功する「心細やかな女」というものにはなれそうにない。

そのときだった。

隣からガタンと大きな音がした。見ると、ヒトミが立ち上がっていた。

「バッカじゃねえの」

吐き捨てるように言うと、ペットボトルやスマホを次々にバッグにしまっていく。

まさか帰り支度をしているのか。

梶田もその他のスタッフも参加者たちも、みんな呆気にとられてヒトミを見つめている。

「反吐《へど》が出そうだから帰るよ」とヒトミは言い放った。

次の瞬間、梶田はハッと我に返ったように、周りのスタッフに目配せした。

「わかりました。残念ですが、お引き留めはいたしません。人それぞれ考え方に違いがあって当然ですから、ご賛同いただけないこともあるでしょう。もしかしたら私の言い方に配慮が欠けていたかもしれません。お帰りいただくのは結構なんですが、いったん納入された金額はいかなる理由がありましても……」

「返金してもらおうなんて思ってないよ。ドブに捨てたと思ってあきらめる」

ヒトミは梶田を睨みながらそう言うと、ドアへ向かった。

——あなたの気持ち、すごくよくわかるよ。

久美子は心の中で、ヒトミの背中に呼びかけていた。ヒトミと親しくなりたいという気持ちが一層強くなったのに、帰ってしまうなんて残念でならなかった。

静まり返った中、梶田は「今の女性、カッコよかったですね」と笑顔で言った。「女の私でも、惚れ惚れしてしまいました」

言い方があっさりしていて、まんざら皮肉でもないようだった。

「お目々ぱっちりの美人さんでしたよね。服装は女らしいものではありませんでしたけれど、細身のパンツはスタイルの良さを引き立てていました。若い人に人気のあるグループの……ええっと、名前を度忘れしてしまいましたけれど、ボーカルのなんだったかな、あの女性に似ていませんでしたか？」

ああ、ほんとだ、そういえば、とあちらこちらから声が上がった。

梶田は、沈んだ空気を入れ替えようとでもするかのように、盛大にパンパンと手を叩いた。

「さあそれでは次に、話を弾ませるコツをひとつお教えしましょう。例えば相手の趣味がテニスだと判明しました。そのときはすかさず『きっかけはなんだったんですか？』と尋ねてあげましょう。それによって時間軸が昔に戻りますから、話が中学や高校時代に飛んで、話題が一気に広がっていくんです」

あちこちから「へえー」と感心の声が聞こえてくる。

「そういう場合はすかさず『私にもテニスを教えてくださると嬉しいわ』と言ってみまし

ょう。男性は甘えてくれる女性が大好きだということをお忘れなく。さあ、そろそろ交流会の時間が迫って参りました。最後に最も重要なことをお話ししますよ。いいですかあ、よおく聞いてくださいよ」

室内がしんとなる。

「この世に価値観の合う人などはいません」と梶田はきっぱり言いきった。

室内がざわめいた。

「価値観というのは二人で作っていくものなんです。好みのタイプじゃないと感じたとしても、何回か会ってみることが大切です。趣味や考え方や好きな食べ物、そのうちのどれかひとつでも一致していれば儲けもの。運命の出会いなんてドラマの中だけですからね」

誰も微動だにしなかった。それまでの経験から、今の言葉を嚙みしめているのか、それとも反発しているのか、後ろに座っている久美子からは表情が見えない。

「はい、それでは交流会の会場へ移動いたしましょう」

みんなぞろぞろと部屋を出て、エレベーターで最上階へ向かった。

会場に入ると、男性たちは既に来ていて、窓際にずらりと立ってこちらを凝視していた。

「さあ、みなさん、お待たせいたしました。素敵な女性たちの登場ですよ。拍手をもってお迎えください」

一斉に拍手が鳴り響いた。

六人がけのテーブルが五つ並べられていた。女性は固定の席に座り、男性が席をひとつずつ移動していくらしい。その方式はテレビで何度か見たことがあった。

「一対一での会話は四分ずつです。短い時間ですので、しっかり頑張りましょう」

番号順に椅子に座ると、男性がベルトコンベアーのように流れてくる。

「こんにちは」

一人目の男性は声が小さかった。緊張しているのか、目を合わせようともしない。胸につけた番号札は七番だ。急いで七番のプロフィール用紙を探す。

――林伊知郎、三十六歳、小松菜、椎茸、婚歴ナシ、実家農家
「こんにちは、水沢久美子と申します。よろしくお願いします」

梶田に言われた通り、笑顔を作り、相手の声のトーンに合わせて静かな声で言った。

だがそのあとも、相手がもじもじして何も話そうとしないので、仕方なく「中学時代、部活は何をなさっていたんですか?」と尋ねた。

「部活……」

そう言ったまま、林は黙ってしまった。まるで手持ち無沙汰であるかのように、プロフ

ィール用紙をぱらぱらとめくって見ている。

仕方がないので、「私はバスケットボール部だったんです」と言った。キャプテンだったことや、高校時代は県大会で三位に入賞したことなどを思い出したが、それは梶田の言う「女らしさ」に反すると思い、口には出さなかった。

「部活は、特には……」

そういうことには触れられたくないのだろうか。

男性というものは、甘えてくれる女性が好きだと梶田は言いきったが、こんな頼りなさそうな男性に、どうやって甘えろというのか。さっき「バッカじゃねえの」と言い放って帰っていったヒトミが、もしもこの場にいたら、どういう態度を取るのかを見てみたかった。彼女が帰ってしまったのがあらためて残念に思われた。

「小松菜と椎茸を作っていらっしゃるんですね」と話題を変えてみた。得意分野なら生き生きと話しだすのではないかと思ったからだ。

「そうです。小松菜と椎茸です」

質問をなぞるだけで、話題が一向に広がっていかない。

「ご両親もまだお元気で農業をされているんですか？」

「はい、そうです」

質問攻めにするなと言われていたのだった。だったらもうこれ以上質問しない方がいいかもしれない。口下手で女性に慣れていなくて不器用なのだろうか。でも自分だってそれほど話すのが得意なわけじゃない。興味のない相手に対しても、こんなに気を遣っているのは、礼儀だからだ。それなのに、この男性ときたら……。

一人目にして、もう徒労感を覚えていた。

思わず溜め息をつきそうになったとき、ピーッと笛が鳴った。

「それではみなさん、次の席に移動してください」

次に目の前に座ったのは中里翔だった。最年少の二十七歳だ。紹介ビデオで見た通りの、笑顔がさわやかな青年だった。たぶん女性の人気をかっさらうだろうと思われた。

「この中でひとりだけアパート暮らしをなさってるんですね」と単刀直入に尋ねてみた。たったの四分では、自己紹介をするのさえ時間がもったいないことを、ひとり目で既に学んだ。

「そうなんです。うちの親は考え方が古いし口うるさいんです。大学時代は東京でひとり暮らしをして自由を満喫したので、もう今さら親とは一緒に住めないですよ」

「ということは、結婚後もご両親とは同居されないんですか？」

「もちろんです。父も母も本当は悪い人間じゃないんだけれど、でも同居となったらお嫁さんはすごく苦労すると思うから同居は考えられないですね」

やっとまともな男に出会えたという思いがしたからか、肩の力が抜けて、自然に微笑むことができた。

「卓球で国体に出られたとか？　すごいですね」

こういう褒め言葉なら口からするりと出る。だって本当にすごいと思ったから。

「いやあ、それほどでも……」

彼が応えかけたとき、無情にも笛がピーッと鳴った。

次は、浜田健吾という三十八歳の男性だった。黙ったまま真正面からじーっと目を見つめてくるので気味が悪かった。事前の講習で、相手の目を見て話しましょうとでも習ったのだろうか。

「浜田さんのご趣味はなんですか？」

浜田の趣味が何だろうが興味はなかったが、瞬きもしない視線から逃れたくて尋ねた。

「趣味は……大きな声では言えないんだけど」

「は？　ごめんなさい、ちょっと聞こえにくいんですが」

「だから大きな声では言えないんだ」

いきなり怒りの目を向けてくる。

「えっと、どういう意味で？」

「だから……パチンコ」と、本当に大きな声では言えないらしく、聞き取りづらかった。

「どうしてパチンコと書かなかったんですか？」

「絶対に書くなと講師に言われたんです。本当は競馬も好きなんだけど、ギャンブルは一切ダメらしくて、そしたら書くことがなくなってしまって」

「趣味の欄が空白の人が多かったですけど、みなさんギャンブルを？」

「みんなじゃないです。メイド喫茶巡りとかもダメで、アニメオタクもマズイと指導されたんですよ」

「……そうだったんですか」

「そういうの、変ですよね？」

「というと？」

「趣味なんて自由に書いたっていいと僕は思う」

――必ず褒め言葉を添えること。

梶田の六箇条が、脅迫のように胸に迫ってくる。

「ホントおっしゃる通りだと思いますよ。趣味は自由だと私も思います。浜田さんはご自分の意見をしっかり持ってらして素晴らしいですね」

大げさなくらい褒めろと梶田は言った。歯が浮くという言葉があるが、本当に歯茎がうずくような不快な感じが残った。クラブのホステスか何かになったような気がする。

浜田を見ると、「そうかな」と満面の笑みを浮かべている。

頬がピクピクと痙攣《けいれん》してきて、もうこれ以上愛想笑いが続かないと思ったとき、まるで救いの手を差し伸べるように、笛がピーッと鳴った。

次は、三十六歳の坂上三郎という大男だった。身長が百八十センチ以上あり、体重もかなりありそうだ。

「坂上と申します」

さっきの浜田といい、今度の坂上といい、図体の割に声が小さくてイライラする。

「生まれてからずっと地元で暮らしているので田舎モンです」

こういう場合でも褒めた方がいいのだろうか。だが、どうやって？

「自然に囲まれた暮らしっていいですよね」

言ってからしまったと思った。自分だって今は農業をしているのだった。

坂上はプロフィール用紙に目を落とした。「原宿《はらじゆく》の薬局で働いておられるんですね」

どうやら薬剤師の女性と間違えているらしい。

「あんな大都会で働いているなんて、すごいなあ。僕なんか田舎モンだから、原宿なんて行ったら目まいがしてしまって」

ずいぶんと「田舎モン」を連発する。引け目を感じているのか、視線が定まらずおどおどしている。今回のパーティに参加したほとんどの女性が、農業男子たる逞しさに惹かれてやってきたのではないだろうか。俺は田舎モンだ、それがどうした、地に足をつけて頑張ってるんだ、なんか文句あるか。そう言って堂々としていてほしいものだ。

「そのプロフィール用紙は私のではないです。私は水沢久美子という名前なんですが」

そう言うと、坂上は真っ赤になってうつむき、用紙を次々にめくっていく。

「あ、あった。えっ、農業？」

「そうなんです。農業をやってるんです」

「なんだ、この住所、俺んちより田舎だ」

いきなり人を見下した態度に変わった。さっきまでの、純朴そのものだった人物と同じ人間かと思うほどだった。

寒々しい気持ちになったとき、ピーッと鳴り響く笛が有り難く思えた。

そのあとも、こちらが気を遣ってやらねばならない男性が何人も続いて、いい加減うんざりしかけたとき、やっと田嶋正の順番が来た。紹介ビデオでは、もっとも感じのいい男性だった。

「田嶋正です。よろしくお願いします」

軽やかだ。それまでの男性たちの空気は、どんよりして重く、色のイメージでいえば焦げ茶色だった。だが田嶋はスカイブルーだ。

「田嶋さんはドライブがお好きなんですね」

「そうなんです。仕事や人間関係で躓《つまず》くことがあっても、ドライブするとすっきりします。特にいい季節のときは、窓を開けて風に吹かれると気持ちが晴れやかになります。もちろん、行った先で名物の蕎麦《そば》やB級グルメを食べたりするのも楽しみなんですが」

「今度是非ドライブご一緒したいです。あとでメールアドレスの交換をしてください」

と、気づけば自分の気持ちをストレートに言ってしまっていた。

こういった言い方は、梶田からすれば不合格かもしれない。相手の負担にならない言い方をしろと指導された。つまり具体的な頼みごとはするなということなのだろう。だがひとり四分しかない。率直に言わないとチャンスを逃してしまう。

「ええ、是非」と田嶋は応えてくれた。

屈託のない笑顔だったので、嬉しくなって思わず微笑みかけた。一瞬見つめ合ったとき、心が通じたのだと直感的に思った。自分の人生が明るい方向へ変わっていく予感がした。

もっと話したかったのだが、情け容赦なくピーッと笛が鳴り響いた。楽しい四分は、それまでの四分と同じとは思えないほど短く感じた。田嶋のことで頭がいっぱいになり、そのあとの男性との会話は上の空だった。

「さあ、これで終了です。つぎはお食事タイムとなります」

バイキング形式の食事だったが、神経が疲れてしまったのか、食欲がなく飲み物ばかりを手に取った。食事が終わると抽選会となった。男性がそれぞれ土産として、野菜や米などを持ってきていた。久美子には野菜セットが当たった。ほかの女性たちは大喜びしていたが、自分が作っている種類と完全にかぶっていたので嬉しくはなかった。

「さあ、いよいよお待ちかねのフリータイムです。みなさん、後悔のないよう積極的に意中の人に話しかけましょう」

梶田の大きな声が壁に反響した。

久美子が田嶋を目で捜していると、見る間に人だかりが二つできた。そのひとつに近づいてみると、中里翔を取り囲む女性たちの輪だった。中里のプロフィールなら覚えている。最年少でアパートでひとり暮らしをしていて卓球がうまい。輪の中にはチュールレースのスカートの彼女もいて、甲高い甘えたような声で「身長は何センチあるんですかあ？」などと質問している。

もうひとつの人だかりは、田嶋正を囲んだものだった。着物姿の彼女もいて、身体をくねらせて田嶋を上目遣いで見上げている。田嶋が苦笑しているのが見えた。次の瞬間、こちらに気づいて微笑んでくれた。五人もの女性に取り囲まれているのに、心はこちらに向いているのだと思うと嬉しくなった。

「何かお飲み物、取ってきましょうかあ？」

着物姿の彼女が、田嶋の空になったグラスに気づき、甘くからみつくような目で尋ねた。

「ありがとう、でも……」と田嶋が彼女に視線を移すと、彼女は白いレースのハンカチで口もとを押さえて恥ずかしそうにうつむいた。

「飲み物は自分で取ってくるよ」

田嶋はそう言って輪から外れた。久美子は自分も飲み物を取りに行くふりをして田嶋のあとを追いかけた。

「何にします？」と田嶋が振り返って尋ねてくれた。

「ありがとうございます。じゃあ烏龍茶をお願いします」

田嶋が紙コップに注いでくれる。

「やっぱりああいった着物姿の女性に、男性はぐっとくるものですか？」

「いくらなんでもあれはやり過ぎでしょう」と言って田嶋は苦笑した。

この男性はいい。とてもいい。

微妙なニュアンスを理解する繊細さが備わっている大人の男だ。

並んで歩きながら、もといた場所に戻った。田嶋を取り囲む輪の中で、ほかの女性のたわいもない話題に耳を傾けていると、あっという間に時間が過ぎてしまった。

「フリータイム終了！」と梶田が声を張り上げた。

「女性はこちらのテーブルの周りに集まってください。男性は向こうです。さあ、いよいよカップリングタイムですよ。今からカードをお配りします。この人とならおつきあいしてもいい、そう思える方の番号を書いてください」

配られた紙を見ると、五人まで書き込めるようになっていた。

「五人までなら何人でも構いません、多く書けば書くほどチャンスは広がりますよ」

久美子は、一位に田嶋正の番号を書き、二位に中里翔の番号を書いた。

スタッフが集計する間、ドキドキしながら待った。田嶋とはきっとカップルになれるだろう。富士江に婚活パーティを勧められたときは冗談じゃないと思ったが、何でも試してみるものだ。挑戦してみることから世界は広がっていくし、人生が好転していくきっかけをつかめる。

「それでは発表します」

　会場内が静まり返った。

「本日はめでたく二組のカップルが成立いたしました。まず一組目は、中里翔さんと長沼舞衣さんです」

　女性たちがざわついた。

　マイって？　えっと……まさか、あのチュールレースのスカートの？

「ええっ、ホント？　ホントに私ですかあ？　わあ嬉しい、どうしよう」

　甲高い声とともに、舞衣が両手で顔を覆った。

「さあ、お二人さん、こちらへどうぞ」と梶田が華やいだ声を上げる。

　前へ出て行く舞衣の後ろ姿を見た。ピンクのミニスカートが左右に揺れている。女性たちは落胆の表情を隠せない様子だった。そういう自分もかなりがっかりしていた。あんなにさわやかな好青年が、どうして舞衣のような知性のかけらもない女を選ぶのか。

「どうして……」と誰かが低くつぶやいた。

「私も次回はああいうスカート穿いてこよ」

「だよねえ。歩くたびにパンティーが見えそうになるのがいいんだろうねえ」と、もうひとりがつぶやく。

「なんだ、そういうレベルのパーティだったのか」と暗い声を出したのは栄養士の女性だった。いつの間に仲良くなったのか、薬剤師の女性が慰めるように背中をさすってやっている。

修なら下着が見えそうなほど短いスカートを穿く女性など相手にしないだろう。少なくとも結婚相手としてはまともではないと判断すると思う。

「ここはキャバクラかよ」と、背後から女性の掠れた声が聞こえてきた。

「みなさん、拍手で祝福してあげてください。ではもう一組を発表します。男性は田嶋正さんです。そして女性は……」

思わず唾《つば》を呑み込んだ。心臓が鼓動を打つ。

「中田華さんです」

着物を着た女性が、ハンカチで口を押さえながら前へ出て行く。

「なあんだ。さっさと帰ろう」と背後からの声に、「あーあ」や「マジ？　やっぱ着物？」が重なる。

中田華は田嶋の横に寄り添うようにして立った。そのとき、すかさず田嶋の手が伸びて、彼女の華奢な手を握った。

久美子は思わず目を逸らした。

会館を出ると、外は真っ暗だった。

「お茶していきませんか?」

背後から声をかけられた。振り返ると、花柄のワンピースを着た女性が立っていた。名前はわからないが、確か派遣社員だったかアルバイトだったか。どちらにせよ、参加者の中では、あまり目立たない方だった。

一瞬、戸惑っていると、「このまま真っすぐ家に帰っても、なんだか心の中がモヤモヤしたままだなあと思ってね。もちろん急ぐんならいいよ」

「いえ、私もこのままではなんだか……誰かと話したいと思っていたところです」

「そうこなくっちゃ。私は野口静代《のぐちしずよ》っていうの。よろしく」とよく通る声で滑舌《かつぜつ》がいい。

「私は水沢久美子です」

二人で駅へ向かって並んで歩いた。

「あそこの店はどうかな」

静代が指差したのは、昭和レトロな香りのするガラス張りのカフェだった。

「素敵なお店ですね」と答えた途端、窓際にヒトミが座っているのが見えた。

「あっ、あの人」と静代も気づいたようだった。「私、ああいう威勢のいい女の人、大好き」と言いながら先に店に入っていき、静代は迷うことなくヒトミの席に歩み寄った。

「こんばんは。さっき、会館にいた人ですよね」

「ああ、例の？　もうアレ終わったの？」とヒトミは言い、静代の背後にいた久美子に視線を移した。「あなた、私の隣の席だった人だよね？」と聞いてくる。

「そうです」

「ここ空いてるよ。よかったら座らない？」とヒトミは自分の向かいの席を指した。まだ来たばかりなのか、アイスコーヒーはほとんど減っていない。

静代はこちらを振り返り「いい？」と問うてきたので、「もちろん」と答えて静代の隣に座った。

「あそこを出てから、ずっとここにいたの？」と静代が尋ねた。

あれからもう数時間が経過していた。

「まさか。頭にきて仕方がなかったから、駅前の映画館で『復讐の明日』っていうホラー映画を観たの。そのあと隣のレストランでいちばん高いパフェを食べてやった」

それで気が済んだのか、サバサバした表情をしている。

「それで、あのあとどうなったの？　女同士でここに来たってことは、あんたたちはカップル成立はしなかったってことだね」

「その通りです」と答えたとき、今日の婚活パーティがいきなり滑稽に思えてきて、知らない間に苦笑が漏れていた。

「なんだかおかしな一日だったよ」とヒトミが言う。

「私はもう十回以上あの類《たぐ》いのパーティに参加してるんだけどね。今回は特別に変だったと思うよ。男と女っていうより、お母さんと息子って感じだったもん」と静代が言う。

「確かにそれはあるね。例えば趣味の欄に芸能人の名前を書くなってヤツよ。福永ジョーの大ファンだって書いたら、俺はジョーほどカッコよくないとかなんとかウジウジ劣等感持っちゃうってことだろ」とヒトミも同意する。

「そもそもジョーとお前を比べんなって言いたいよ。ジョーに対して失礼だよ」と静代が笑う。

「例えば男性が美月《みづき》レナのファンだと書いたとしても、私は別に平気ですけどね。それはそれ、現実は現実ですもんね」と久美子も言った。

「要は、肝っ玉が小さいんだよ」とヒトミが断ずる。

「あんな男ども一生誰とも結婚できないよ」と静代もなかなかの毒舌家のようだ。

「おいおい、一生結婚できないという点では私たちも負けてないかもよ」とヒトミが突っ込む。

一斉に噴き出した。コーヒーが運ばれてくるまでの短い間に、早くも打ち解けた雰囲気ができあがっていた。

「私は水沢久美子です。三十三歳です」とあらためて自己紹介をすると、ヒトミがそれに続いた。「私は鷲塚ヒトミ。三十七歳。バツイチ」

「私は野口静代。二十九歳」

「えっ？」

あろうことか、自分の口から思わず驚きの声が出た。しまったと思ったが、もう遅い。

「やだ。びっくりしてる。誤魔化してもダメよ。私のこと歳上だと思ってたんでしょ」

「あっ、いえ、そんな……」

「いいのいいの、昔から老け顔だって言われてきたから」

静代がざっくばらんに言ってくれたので、少しホッとする。

「ねえ、あの講師が言ってたように、お互いに下の名前で呼び合わない？」と静代が提案した。

「うん、それがいい。私も結婚したら名字が変わったけど、離婚したらまた旧姓に戻したから、もうややこしくてさ」とヒトミが苦笑しながら言う。「ところで、久美子さん……久美ちゃんでいいね。あんた確か私と同じで、ひとりで農業やってるんだよね」

「そうなんです。三反借りて野菜を作っているんですけど、それだけでは食べていけなくて、スーパーの青果コーナーでアルバイトもしています」

「あーわかるわかる。私も似たようなもんだよ。働いても働いても暮らしが楽にならない。今のところ野菜作りはうまくいってるんだけれどね」

「私も上手に作れてちゃんと売れているのに儲からないんです。ヒトミさんは農業以外に何か副業はお持ちですか？」

「あちこちでバイトしてる。弁当屋とか」

「農地は購入されたんですか？」

「まさか。買うお金もないけど、仮にあったとしても、余所者にはなかなか売ってくれないって聞くよ」

ヒトミも何年か前までは東京で暮らしていたらしい。結婚していたときは夫婦揃ってトラックの運転手をやっていたという。離婚後は一箇所に腰を落ちつけたくなり、農業なら食べていくには困らないだろうと考えて転身したらしい。

「実は私……」と静代が言おうかどうか迷っているように目を泳がせたが、「娘がひとりいるの」と言って大きく息を吐いた。「来年は小学校入学でね、公立なのにものすごくお金がかかるんだよ。ランドセルだって五万円はするらしくて涙が出そう。だって入学式でお古のランドセルを持ってる子なんて見たことないもん。世間の人ってみんなホント金持ちだよね。私はパートを二つかけもちして朝から晩まで働いているのに生活は厳しいよ」

「別にランドセルじゃなくても、どんな鞄だっていいのに。まったく嫌になっちゃうね」

ヒトミは自分のことのように怒っている。「だから日本人は馬鹿だっつうんだよ」

口を尖らせているが、その怒った顔もまた魅力的だった。年齢よりずっと若く見えるし、男性から声をかけられることも多いのではないだろうか。

「で、カップリングはどうなった？」

「チュールレースのミニスカ女と、二十七歳の卓球イケメンがカップルになって……」

「着物を着た馬鹿女と、三十四歳のドライブ男がくっついたよ」と静代が説明した。

「ああ、やっぱりね。それから？」

「なあんだ。思った通りじゃん。大どんでん返しなしか。つまんない」とヒトミが言う。

「え？　思った通り、ですか？　私はすごく意外だったんですけど」と言ってみた。

「意外ってどこが？　私も予想通りだったけど」と、静代は首を傾《かし》げてこちらを見る。

「だってもし私が男だったら、薬剤師か栄養士を選びますよ。二人とも賢そうだったし、きちんとしてるから家庭を持っても安心感があるじゃないですか」

「それ、本気で言ってんの？　講師の梶田が言ってたじゃん。ここはオスとメスの出会いの場なんだってば」とヒトミがあきれたように言う。

「要は、男から見てヤリたいかどうかってことでしょ」と静代は言った。

「もうひとつあるよ。身の回りの世話を甲斐甲斐《かいがい》しくしてくれる女かどうかも決め手のはずだよ」とヒトミが言う。

「ああ、確かにそれはある」

ヒトミと静代はうなずき合っている。あたかもそれが常識中の常識でもあるかのように。それが本当ならば、自分は独身のままの方が幸せなんじゃないだろうかとふと思った。もしも結婚できるとしたら、相手に熱を上げている真っ只中で、判断が鈍っているときじゃないと無理な気がしてきた。

「で、あんたたち、カップリングタイムではどの男の番号を書いたの？」

ヒトミが遠慮なく聞いてくる。

たぶん女性のほとんどが、自分と同じように、中里翔と田嶋正の番号を書いたのではないか。きっと静代もそうだろう。敗北感でいっぱいで、とてもじゃないが正直に言う気になれなかったので、「そんなの秘密ですよ」と笑って誤魔化した。その直後、いきなり惨めさが襲ってきた。男性に恋愛めいた感情を持ったのが久しぶりだったからかもしれない。当分、傷が癒えそうにない気がした。

「私はいつも通り、年齢順に書いたの」と静代があっさり答えた。

「だよね。静代ちゃんはまだ二十代だもんね。やっぱり男だって若い方がいいよね」とヒトミが言う。

「逆よ。年齢の高い順に書いたの」

「え？　なんでまた？」とヒトミは不思議そうに静代を見るが、静代が答える前に「あぁ、なるほどね、わかったよ」と言った。

「すごい作戦だね。静代ちゃん、もう崖っぷちに立ってるってことだ」とヒトミはさも感心したようにうなずいている。

「そうなの、まさに」と静代が答える。

ヒトミと静代の会話の意図するところが、自分にはまったくわからなかった。

「すみません。えっと今のはいったい、どういう意味でしょうか？　年齢が高い順だとか、崖っぷちとか」

「静代ちゃんという人はね」と、ヒトミが説明を始めた。さっき自己紹介しあったばかりの仲なのに、既に静代という人間を知り尽くしたような顔をしている。

「最もモテない男を狙ったわけよ」

「どうしてですか？」と尋ねながらも、自分が特別に鈍感な人間のような気がしてくる。

「幼い娘を食べさせていかなきゃならないからだよ」と、またもやヒトミが答える。静代はと見ると、大きくうなずいている。

「えっと、つまり、それは自分たち母娘を食べさせてくれる人なら、どんな男性でもいいってことですか？」

我ながら率直すぎる質問だとは思ったが、口からするりと出てしまった。

「そう、そういうことよ。私、子供のためだったら何でも我慢できるもん。四十歳以上の男性の中で、好みのタイプはひとりもいなかったけど、家も農地もある。それだけで御の字だよ。でもさ、フリータイムで私の方からあれだけアプローチしてやって、向こうも嬉し恥ずかしって感じで顔を真っ赤にしてうつむいて純情そうだったのに、それなのに私の番号を書かないなんて信じらんない。許せないよ」

静代さん、その気持ち、わかるよ。そう心の中で言った。私も田嶋正と目が合うたびに、テレパシーが通じたと勝手に解釈してしまったもの。

「今日、子供はどうしてるの？」とヒトミが尋ねた。

「シングルマザーの仲間に見てもらってる」

「仲間には恵まれてるんだね。羨ましいよ」とヒトミが言う。

「やむにやまれず助け合ってるってだけだよ。心からの親友っていうようなのじゃない」

「あのう……ヒトミさんはどうして参加したんですか？」

それだけ美人ならモテるでしょうと尋ねたかった。

「魔が差したんだよ」とヒトミが苦笑いする。「柄にもなく男に頼って生きようか、なんて考えたわけよ。それというのも、あまりに貧乏だからさ。だけど、ああいう雰囲気には耐えられなかった。覚悟の定まらない中途半端なキャバ嬢になった気がしてさ」

「うまい言い方するね」と、静代は感心したように頭を左右に振ってみせるが、悲壮感はまるでなかった。二十九歳だが、自分とは比べ物にならないほど肝が据《す》わっているように見える。

「それにさ、ほとんどの男が親と同居だったのも私はダメだ」とヒトミが続ける。「私みたいな女が姑や舅に好かれると思う？　同居は絶対に無理」

「でもヒトミさん、農業で食べていくのが厳しいとなったら、今後どうするつもりですか？」

「今のところ、バイトと合わせてぎりぎり食べていけているから、あと一年は頑張ってみようと思ってる」

ヒトミはアイスコーヒーをストローで勢いよく吸うと、ふと顔を上げた。「それにしても、あの講師の女、どうよ。思い出すたび虫酸《むしず》が走る。男に魂を売る女が昔から大嫌いなんだよ」

「あーあ、こんなはずじゃなかったんだけどなあ」と静代が言う。「生きていくのって、思ったよりずっと厳しい」

「メールアドレスを交換しませんか？」と、思いきって言ってみた。

「なんだかなあ、女同士でメアド交換かあ」と静代が大げさに嘆いてみせる。

「いいじゃん。メアド教え合おうよ。私、友だち少ないから嬉しいよ」とヒトミが微笑む。

こうやって女の知り合いばかりが増えていく。これもまた楽しい人生かもしれないと思った。

そのとき、スマホが震えた。見ると、さっきの婚活主催社の代表番号だった。

「すみません、ちょっと電話してきます」

そう断わって、「もしもし」と電話に出ながら、席を立って店の外に出た。

――先ほどは御苦労さまでした。婚活セミナー講師の梶田でございます。水沢久美子さまでいらっしゃいますか？

「はい、そうですが」

――実は、カードに水沢さまの番号を書いた男性がいらっしゃいました。ですが、水沢さまの希望とは合致しなかったのでカップル成立には至りませんでした。

「……はあ」

――十一番の太田牧夫さんとおっしゃる方なんです。これも何かのご縁だと思って試しに一度デートされてみてはいかがでしょうか。もちろんお会いになったあとに、断わっていただいても一向に構わないんですよ。水沢さまも農業をやっておられるのなら、話が弾んで参考になることがあるやもしれませんでしょう。

梶田は、立て板に水のごとくしゃべるが、十一番の太田牧夫がどんな男性だったか、全く思い出せなかった。

――どちらかというと大人しくて目立たない方だから、覚えてないかしら？

「はい、正直言って思い出せません」

――とってもいい方なのよ。誠実な男性でね。どうでしょうか、チャンスはひとつでも多い方がいいし、逃さない方がいいと思うんですよ。

親身になって助言してくれているように聞こえた。

――最近は仕事の範疇《はんちゅう》を超えて、幸せな結婚のお手伝いができるのが楽しいのよ。私も歳なのかしら。

そう言って、電話の向こうで梶田は明るく笑った。

「少し考えさせてください」

――わかりました。その気になったら代表番号にお電話くださるようお願いしますね。

電話を切って、元の席に戻った。

「もしかして仕事の電話？　時間は大丈夫なの？」と静代が心配してくれる。

「婚活事務所からでした」と正直に答えた。

「何の用で？」とヒトミが尋ねたので、梶田から言われたことをそのまま教えた。

「へえ、そういうこともあるんだね。十一番の太田ってどんな人だっけ？」

三人それぞれが自分のバッグを探り、プロフィール用紙を出した。

「太田牧夫、四十五歳、白菜、大根、年収三百万円、持ち家、同居、バツイチ、実家農家」とヒトミが読み上げた。

「印象に残ってないなあ。同じようなオジサンばっかりだったもんね」

ヒトミは、パーティが始まる前に怒って帰ってしまったが、男性参加者の自己PRビデオは見たのだった。

「私、その人のこと覚えてるよ。なんたってカードに番号を書いたもの」

「ということは、年齢順で言うと上位に入ってるってことだ」とヒトミは一、二、三と用紙を指で押さえて確認している。

「どんな感じの人でした？」

「ひと言で言うと人畜無害。面白くもなんともないけど、悪い人じゃないって感じ。とはいっても、あの時間内では本当のことはわからないけどね」

「外見は？」とヒトミが尋ねる。

「うーん」と静代が考え込む。「イケメンでないことは確かだけど……まさか久美ちゃん、いい歳して面食いってわけじゃないよね？」

静代の遠慮のない言葉に、ヒトミが笑った。

「で、どうする？　会ってみるの？」と静代が顔を覗き込んでくる。

「断わるつもりだけど」

「チャンスを逃しちゃダメだよ」と静代はきっぱり言った。「会ってみるだけでもいいじゃない」

「そうは言っても……年齢がね」

実は四十五歳という年齢の男性など、自分には到底考えられないのだった。百歩譲って芸能人ならわかる。四十代半ばでも異様に若く見えるし、そういう男性芸能人が若い女性と結婚しているのも知っている。

「太田って人は四十五歳でしょう。久美ちゃんは三十三歳だよね？　ちょうどいいんじゃない?」と静代が言う。

「えっ、そうかな。私は自分の年齢プラスマイナス五歳くらいが理想なんだけど」

「ということは、久美ちゃんは今三十三歳だから、相手は二十八歳から三十八歳までってこと?」とヒトミが問う。妙な顔をしているところを見ると、自分の願望は非常識なのだろうか。

「それはいくらなんでも贅沢でしょ」と静代がまたもやきっぱり言った。

「だって、私の周りはほとんどがそんな感じだけど……」

「それは恋愛結婚の場合でしょう?」と静代が言う。

「ええ、まあ」

「恋愛なら年齢も学歴も年収も、つまり条件なんて全然関係ないじゃない。恋に落ちるって、そういうことだよね」と静代が言う。

「うん、そうか、そうですね」

「ともかく太田って人には会ってみるべきよ。できればカフェやレストランで会うより、自宅を訪問した方がいいよ。家に行けば色んなものが見えるから手っ取り早いよ。家族関係や経済力や生活様式もわかるし」

「それは言える。時間をかけて少しずつ相手のことを知るなんて悠長なこと言ってらんないよね」とヒトミも賛成する。

「私だったら相手の家に行って、敷地の広さや家の中の様子や田畑の広さを確かめるよ。その次に舅姑の人柄を観察する。連れ子がかわいがってもらえるか、安全に暮らしていけるかを確かめて、それでよければ結婚する」静代が言いきる。

「でもさ、年収が少ないよね」とヒトミが言う。

太田牧夫の顔さえ思い出せないが、四十五歳で面白くもなんともなくて親と同居している……それだけで会う気が削がれるには十分だった。

「なんならついていってあげてもいいよ」と静代が言い出した。

「あ、それがいいよ。ひとりでは絶対に行かない方がいい」とヒトミが言う。

「どうしてですか？」

「親と同居していても、その日に限って親は留守にするって聞いたことがある」とヒトミは続けた。「とある地方で新規就農者の農家研修があって、市役所の職員に連れられて行ってみたら、家で男性がひとりで待っていたらしい。職員は紹介だけしたらさっさと帰っちゃったんだよ。そこは山の中の一軒家だから、なんかヤバイなって思ったけど、親はもうすぐ帰ってくるって言うし、なんといっても市役所の紹介だから大丈夫に決まってるって思って、家の中に入ったの」

もしかして、ヒトミは自身の体験を話しているのではないか。

「それで、どうなった？」と静代がテーブルの上に身を乗り出した。

「部屋のドアを閉めた途端、いきなり抱きついてきてキスしようとしたんだよ」

「それでそれで？」

「思いきり突き飛ばしてやったよ。裸足《はだし》で外に逃げて、背の高いトウモロコシ畑に隠れて、すぐに携帯で110番した。いま思い出してもメッチャ腹が立つ」

やはり自分の経験らしい。

「久美ちゃん、あんた小柄だし非力っぽいから、私みたいに男を突き飛ばせないんじゃない？　ひとりで行ったら危ないよ」

「だよね。やっぱり私がついてってあげる」と静代が言う。

「ありがとうございます。でも私、そもそも全く行く気ないし」

「どうしてよ。行くだけ行ってみた方がいいって」

「静代ちゃん、ずいぶんしつこく勧めるね」とヒトミが訝しげに静代を見る。

「だって、農家の暮らしぶりや野菜のことや、何かしら勉強になることがあるはずだよ」

「……それはそうかもしれませんが」

「もしかして、静代ちゃん、あんた自身が家を見てみたいんじゃないの？」

「あれ？　バレちゃった？」と静代はアハハと明るく笑った。「実はね、農業男子との婚活パーティには何度も参加してるんだけど、農家のこと本当はよく知らないんだよね。家の中に入ってみたこともないし」

「なんだ、それならそうと早く言いなよ」とヒトミが笑う。「だったら、二人で一緒に行ってくればいいよ」

「それより静代さん、この野菜を持って帰ってくれませんか。さっきのパーティのクジで当たったんですけど」

「久美ちゃん、本当にもらっていいの？」静代は野菜の袋をじっと見つめた。

「私は農業やってるから、家に帰ったら野菜が山のようにあるの。こんな重い物を持って電車に乗って帰るなんて、考えただけでぞっとしちゃう」

「嬉しい。でも私ひとりでもらっていいの？　ヒトミさん、半分どう？」

「私？　私がそんなの欲しいわけないじゃん。私も畑に行けばいっぱいあるんだもん」

「嬉しい……」

祈るように両手を重ねている。そこまで感激するとは思ってもいなかった。かなり生活が厳しいらしい。

「静代ちゃん、野菜もらったくらいで涙ぐんだりして。そこまで貧乏なのにカフェなんか入って大丈夫なの？」とヒトミはコーヒー代を心配しているのか、不躾《ぶしつけ》なことを尋ねた。

「人に親切にされたのがすごく久しぶりだったから感動しちゃっただけよ。カフェは年に数回の贅沢なの。これくらいしないと精神が病んじゃいそうでさ」

考えてみれば、ここのところ、畑と家、またはスーパーと家を往復する毎日だった。今日のように見知らぬ人と知り合いになる機会もなかった。太田牧夫の家を始めとして、あちこち探検気分を味わってみるのもいいかもしれない。何かしら得るものはあるだろう。

ヒトミの勧めで、その場で婚活事務所に電話した。二週間後に静代と二人で太田牧夫の家を訪問することになった。

「そろそろ帰ろうか」

ヒトミの言葉で腰を上げた。これほどカフェに長居したのは久しぶりだった。

「アイスコーヒーは四百円だね。静代ちゃんの分、私が出してあげる」

「ヒトミさん、ありがとう。でも気持ちだけで十分。久美ちゃんから野菜ももらったし」

「私二百円出すから、久美ちゃんも二百円、お願い」

「オッケーです」

「本当に……ありがとう」

レジ前で静代がいきなり嗚咽《おえつ》を漏らしたので、思わずヒトミと目を見合わせた。

ヒトミは静代の背中をさすってやりながら、目に涙を溜めていた。

12　九月

まだ残暑が厳しいというのに、風に乗ってどこからか金木犀《きんもくせい》の香りが窓から入ってきた。

畑へ行こうと身支度を整えていると、着信音が鳴った。アヤノからだった。

――久美ちゃん、話しておかなきゃならないことがあるのよ。今からうちに来られる？

「はい、すぐに」

母屋のリビングに入ると、部屋の中の様子が大きく変わっていた。

「あれ？　断捨離《だんしゃり》したんですか？」

すっきりと片づいていた。所狭しと置いてあった雑誌や小物もなくなっている。

「そうなの。よぼよぼのおばあさんになっちゃう前に整理しておきたいと思ってね」

そう言いながら、煎茶と煎餅を勧めてくれた。

「実はね、久美ちゃんが住んでるアパートのことなんだけど、もう築四十年になるの。もともと安普請だからか、かなり老朽化してきているでしょ」

「そうですね。この前の地震も、震度三とは思えないくらい大きく揺れてびっくりしました」

アパートは全部で六部屋あるのだが、入居しているのは自分を含め二部屋だけになってしまっていた。もうひとりは、浅木《あさぎ》くんという専門学校に通う男の子だ。挨拶程度の会話しか交わしたことはないが、女の子みたいなかわいらしい顔立ちの小柄な青年だった。

「私ももういい歳だから、この屋敷を売ってもっと便利な場所に移り住もうかと思うのよ。バリアフリーのマンションの方が安心だって息子も勧めるし」

アヤノは申し訳なさそうな顔をして言う。

「実はね、売りに出したら早々に買い手が決まっちゃったのよ。最近は田舎の家なんか二束三文でも売れないって聞いてたのに、思ったより高く売れそうなの」

「そうだったんですか。それは……良かったですね。この屋敷なら生垣や門も立派だから、こういう風情に憧れを持つ人は結構いるでしょうね」

アパートの経営者がアヤノから知らない人に替わってしまう。それはつまり、母屋のリビングでお茶を飲むことがもうできなくなるということだ。

「IT企業の若い社長が買うことになったんだけど、あのアパートを取り壊して、バーベキュー用のスペースを作るらしいの」

「え?」

会ったこともないIT企業の社長とやらに、ふと敵意のようなものを抱いた。自分だって、お金さえあれば買い取りたいほどこの屋敷には愛着がある。ここは第二の故郷とも言える場所になりつつあった。やっと落ちつける場所を見つけたと思ったら、またするりと自分の腕をすり抜けていく。安住の地は一生得られない運命なのだろうか。

「浅木くんは、いつでも出ていけると言ってくれてる。駅前のアパートに引っ越すって」

「つまり、私次第ってことですか?」

「そうなのよ。でも、久美ちゃんの都合もあるだろうから急がなくていいのよ。私もまだマンションを探している途中だし、引越し準備もあるから、二ヶ月ほどは猶予があるわ」

本当だろうか。自分が早く出て行かないと、IT社長に引き渡す日取りの目処《めど》が立てられないのではないか。

「私だったらいつでもいいですよ」

そう言うと、アヤノの顔がパッと輝いた。

「これまで久美ちゃんは頑張ってきたから農業の方も順調みたいだし、もう大丈夫よね」

そう言って、アヤノは晴れやかな笑顔を見せる。

何と返事をしていいかわからず、煎茶をごくりと飲んだ。

「御馳走様《ごちそうさま》でした。そろそろ畑に行かないと」

「頑張ってね」

母屋を辞し、軽トラックで畑に向かった。

——すごいわねえ、こんな立派なお野菜が作れるなんて。

採れたての野菜をちょくちょく母屋に届けるたびに、アヤノは心底感心するように言った。ネット販売でも、五十件近くの顧客が契約してくれていると話すと、更に目を見張り、「久美ちゃんて、やり手なのねえ」と驚いていた。だが世の中はそんなに甘くはない。たかが五十件では利益はたかが知れているということをアヤノは知らない。

たぶん今の状態では、不動産屋に行っても部屋は貸してもらえないだろう。自分には保証人もいない。

——保証人は六十歳以下できちんとした会社にお勤めのサラリーマンでないと。

修から別れを切り出され、慌ててアパート探しをしたとき、どこの不動産屋でもそう言われた。ということは、アヤノや富士江は保証人には不適格だ。

今はアヤノの好意に甘えて、母屋の裏側に軽トラックを置かせてもらっている。だが今後は駐車場も借りなければならない。赤の他人の自分に対して、何から何までアヤノは本当によくしてくれた。有り難くて、そして別れるのが寂しくて、胸がいっぱいになる。

これから先、どこに住めばいいのだろう。自分の人生で、ホームレスになる恐怖を、これほど何度も味わうとは思いもしなかった。

畑に着いて草取りをしていると、富士江が現われた。

「久美ちゃん、婚活はどうだった？」

「ダメでした」

「ありゃりゃ残念だったねえ。でも一回であきらめちゃダメだよ」

「そうですね、またトライしてみます」

無理して明るい声を出したのに、「なんだか元気ないね」と富士江は心配そうに顔を覗き込んできた。婚活でカップル成立に至らなかったことを気に病んでいると誤解されるのが嫌だった。だから正直に、アパートの取り壊しの件を話した。

「アヤノさんたら無慈悲なことをするねえ」

「いえ、違うんです。アヤノさんは悪くないです。今まで本当によくしていただきました」

「だったらうちに住みなよ。部屋はいっぱいあるんだし」

驚いて富士江を見た。

「本当にいいんですか？」

「もちろんだよ」

肩の力がふっと抜けた。取り壊しの話を聞いた瞬間から強い緊張が続いていたらしい。それが解き放たれるのを全身で感じた。世の中捨てたもんじゃない。切羽詰まったとき、自分には手を差し伸べてくれる人がいつもいる。

「光熱費だけ払ってくれたら家賃は要らないよ」

「まさか、そうはいきません。多くは払えませんが、気持ちだけでもきちんと払わせてください」

掃除や洗濯など、富士江の役に立てることがあればなんでもやろうと心に決めた。


その数日後だった。

富士江宅への引越しのことを嬉々としてアヤノに報告し、少しずつ荷物をまとめて引越しの準備を進めているとき、スマホが鳴った。

――もしもし、久美ちゃんかい？

富士江の声が沈んでいる。

――本当に申し訳ないんだけどね、久美ちゃんのことを息子夫婦に話したら、大反対されちゃったんだよ。

「え？」

——息子夫婦は久美ちゃんに会ったことがないから、私がいくら真面目ないい娘さんだって説明しても、『どこの馬の骨ともわからない女を同居させるなんて、何かあったらどうするんだよ』って怒鳴るんだよね。

「……そうなんですか」

——本当にごめんね。

「とんでもない。息子さんの反応はしごく当然だと思います」

——あのバカ息子が、本当にごめん。

「いい息子さんじゃないですか。お母さんのことを心配なさってるんですよ」

涙が出そうだったので、早く電話を切りたかった。だから元気な声を出した。

「心配しないでください。こっちでなんとか探してみますから」

——そうかい？　悪いねえ。これに懲りずに、うちにお茶を飲みに来てちょうだいよ。

「もちろんです。それじゃあまた」

そもそも赤の他人を同居させてくれる人なんか、この世にいるわけがない。それが常識なのだ。同居を申し出てくれた富士江は優しい人ではあるが、その反面、かなりの世間知らずだと言える。都会で暮らす息子は、きっと母親の危機意識の低さに驚いたに違いない。

＊

太田牧夫の家を訪問する日が来た。

心底行きたくなかった。アパート取り壊しの件で、ひどく気分が落ち込んでいた。だが、約束してしまったからには仕方がない。

――どんな小さな約束でも守らなきゃダメよ。約束が小さければ小さいほど、破ったときに信頼を失うわよ。

これはアヤノの言葉だ。リビングでお茶を御馳走になっているとき、アヤノが電話の相手に向かって説教したのだった。相手が誰だかわからなかったが、この言葉だけが心に残った。もしも母が生きていたら、こういうことも教えてくれたのではないか。

塞いだ気持ちのまま重い腰を上げて身なりを整えた。太田に気に入られようとは思わない。だから講師の梶田が言うところの、ピンクのスカートなどは穿かない。いや、もともと持っていないのだが。それでも、人の家を初めて訪問するのだからとジーンズはやめて、グレーのパンツとタータンチェックのシャツブラウスを着ていくことにした。

太田の家までは三駅だった。午後二時に、太田が駅前に迎えにきてくれることになっている。
改札を出ると、太田と静代が見えた。太田はこちらに背を向けていて表情はわからない
が、静代は満面の笑みで楽しそうだった。こちらに気づくと「久美ちゃん」と手を振っ
た。婚活パーティのときと同じ花柄のワンピースを着ている。
太田が振り返り、「今日は御足労いただいてありがとうございます」と型通りの挨拶を
した。ａｄｉｄａｓと書かれたジャージの上下を着ている。スタイルのいい若者が着た
ら似合うのだろうが、太田は腹も出ているし歳もいっているからか、だらしなく見えた。
カードにこちらの番号を書いてくれたという割には、会えて嬉しいというような感激の様
子はまったくない。やはり太田も一位と二位にはチュールレースの彼女と着物姿の若い女
性の番号を書いたのだろうか。自分は三位か四位か、それとも五位だったのか。
太田の乗用車に乗り、二十分ほどで家についた。緑一色の田園風景の中に、ポツンと農
家住宅が建っていた。石垣に囲まれた門を入ると、正面に母屋があり、その横には二階建
ての離れもあった。その奥には大きな納屋が見える。
母屋の玄関に入ると、両親が揃って出迎えた。
「ようこそお越しくださいまして」と母親が三つ指をついて挨拶した。小柄で痩せてい

る。伸縮性のある黒いズボンと紫色の木綿のブラウスを着ていた。都心へは車で一時間ほどの距離なのに、「田舎のおばあさん」といった感じだ。都心へ出かけることなど滅多にないのだろう。

父親がにこりともせず、こちらをじっと睨むように見ているのが気になっていた。腰が曲がっていて、グレーの作業ズボンと縞《しま》柄のポロシャツを着ている。

両親ともに、想像以上に歳を取っていた。とはいえ、太田自身が既に四十五歳だと思えば当然かもしれない。

「初めまして、水沢久美子と申します」

「私は野口静代と申します。付き添いです」

「ご苦労様です。何のお構いもできませんけど、どうぞお上がりください」

居間に通された。八畳ほどの和室で、真ん中に据えられたテーブルは、冬になると蒲団《ふとん》をかけて電気炬燵《ごたつ》として使うのだろう。かなり古いのか、炬燵板の隅のベニヤがめくれ上がっている。

いくら老人世帯とはいえ、コーヒーとケーキくらいは用意してあるだろうと思ったら、ほうじ茶と漬物が出てきたので驚いた。家にあるもので済ませようということなのか。歓迎されているのかいないのか、よくわからなかった。

「これ、つまらないものですけど」と、何日か前に買っておいたモロゾフのクッキーを母親に渡した。すると横から「どうぞお召し上がりください」と静代が言葉を添えたのでびっくりした。まるで二人でお金を出し合って買ってきたみたいに聞こえる。母親もそう受け取ったのか、「お気遣いいただいてすみませんねえ」と、静代と自分を交互に見て頭を下げた。

「水沢さんは、農業をやってるんだってね」と父親が話しかけてきた。

「そうです。畑を三反借りて野菜を作っています」

「三反じゃあ生活は厳しいだろ。アルバイトもやってるのか?」

「はい、スーパーの青果コーナーで働いています」

「ふうん、働きもんだね」

お眼鏡に適《かな》ったということなのか、父親はこちらを見て感心したようにうなずいた。

「こちらのお宅は、どれくらいの広さがあるんですか?」と静代が尋ねた。

「確か千坪ちょっとだよな、親父」と太田が尋ねると、「そんなもんだ」と父親が答えた。

その後も、所有している畑や田んぼの面積などを、静代は遠慮なく質問した。太田家側も結婚を前提にするならそれくらいのことは聞かれて当然だと思っているのか、淡々と答えている。

「このお漬物、すごく美味しいです」と静代は感激したように言った。

「そうかい？」と母親が嬉しそうに微笑んだ。

「今度是非、作り方を教えてください」

「作り方も何もあんた、たいしたアレじゃないけど、いいよ、いつでも教えてあげる」

「本当ですか？　わあ嬉しいなあ」と、静代は満面の笑みで大げさにも手を叩いた。あまりにわざとらしくて、こちらが恥ずかしくなるほどだったが、母親も父親も嬉しそうに微笑んでいる。

そのときだった。

「おーい、おーい」

家の奥の方から野太い声が聞こえてきた。

「メシはまだかっ、おい、清子《きよこ》っ」

獣が吼《ほ》えているかのような声だった。

「あのう……おじいさまがいらっしゃるんですか？」と尋ねてみた。

「いや、あれは、ばあさんの声だ。じいさんはとっくに死んだ」と父親が答えた。

「今日だけは知子《ともこ》に預かってもらえって言ったのに」と太田は悔しそうに唇を噛んだ。

「そんなこと言ったって、絶対に嫌だって知子が言うんだもの」と母親が言う。

「牧夫、そもそもお前が悪いんだぞ。今日は喫茶店かレストランで会ってこいってあれほど言ったのに、家に連れてくるんだから」と父親が言う。

「あのう……トモコさんというのは、どなたですか？」と静代が尋ねた。

「次男の嫁だよ」と父親が吐き捨てるように言う。「口ばっかり達者で一回も農作業を手伝いに来たこともない。浩二《こうじ》もよくもあんな女と結婚したもんだ」

「次男さんは、近所に住んでおられるんですか？」

「埼玉だよ。浩二は自衛隊に入ってる。嫁は専業主婦だっていうんだからいいご身分だ」

「おーい、メシは、ま、だ、かーっ。おい、清子っ」

「清子、ばあさんが呼んでるぞ。メシは食べさせたのか」

「もちろんですよ。さっき食べさせたばかりです」

「もうこうなったら……」と父親は前置きすると、座り直してこちらへ向き直った、「何でも包み隠さず話しておいた方がいい」

「親父、それは……」と太田が咎《とが》めるような目で父親を見る。

「だってそうだろ、前の嫁だって、ここが嫌で出ていったんだからな。最初から家庭の事情をよく知っておいてもらわんと同じことの繰り返しになる」

「認知症で寝たきりなんですね？」と静代がストレートに尋ねた。

「そうなんだ。ほんと参るよ。医者によると、内臓が丈夫だからまだ何年も生きるだろうって。毎日世話するのが大変で、こっちはもうへとへとだっていうのに」

「親父、よく言うよ。世話なんて何ひとつしてないくせに」

「当たり前だろ。男の俺には無理だ。そこへ行くと母ちゃんは器用だから任せられる」

「お父さん、たまにはおばあちゃんに声をかけてあげてくださいよ。ここ半年くらい、顔を見てないじゃないの。お父さんはおばあちゃんの実の息子なんですから」

「お前はほんとに馬鹿だなあ。実の息子だからこそ、あんな姿になった母親を見るのがつらいんだよ。昔のお袋は村で評判のしっかり者だったんだぞ。親父やばあさんにどんなにイジメられても、じっと耐える強い女だったんだ。それが、あんなにみっともない姿になっちまって」

「あのう……施設には預けないんですか？」とまたもや静代が聞いた。

「施設は金がかかる」と父親はきっぱり言った。「それに外聞が悪い。この近所じゃ、どの家でも嫁が世話するのが当たり前だ」

「あんたが嫁にきてくれたら助かるよ」と母親は久美子を見た。「介護の経験はある？」

「いえ……ありません」

「そうかい。でもひとりで農業をやっているくらいだから、根性はありそうだね」

「おいおい、やめてくれよ」と太田が大きな声を出した。「ばあさんの下の世話をさせられるとわかっていて嫁に来てくれる女がどこの世界にいるんだよ」

「いるさ。広い敷地もあるんだし、畑も田んぼもある。将来は嫁の財産になるんだからな」

「いくら広くったって、今どきは二束三文だろ。たいした財産じゃねえよ」

「あのう……」と静代がまた口を出した。「相続権は弟さんにもあるんですよね」

「浩二には相続を放棄してもらおうと考えてる」と父親が言った。

「お父さん、またそんなこと言って」と母親が窘《たしな》めるように言う。

「だってそうだろ。牧夫がこのまま独身だったら後継ぎがいない。唯一の孫は浩二のところの桜子《さくらこ》だけだ。だから将来は桜子に婿養子を迎えて、この家を継がそうと思っていたら、嫁の知子が大反対しやがった。『農地も畑も要りませんから』とぬかしやがる」

「知子さんはそういう考えなんですよ。桜子にピアノとバレエと英語を習わせているくらいだから、百姓にしようなんてこれっぽっちも考えていませんよ」

「まだ五歳の小さな子供に、あんなに無理させて、知子はいったい何考えてるんだか」

「だったら次男さんには、相続を放棄するって早めに一筆書いておいてもらった方がいいですね」と静代が平然と言い放つ。

「おーい、清子っ、メシ、持ってこーいっ」

「はいはい」と母親はあきらめたように立ち上がって、奥の部屋へ向かった。

「敷地内を案内しましょうか」と太田が言った。

「はい、お願いします」と久美子はすかさず答えた。早く帰りたかったので、再び居間に戻ってこなくて済むよう、バッグもジャケットも手に持った。

「お茶、御馳走様でした。台所に下げておきますね」と静代が湯呑みや皿を重ねている。

「そこに置いておいてください。あとでお袋がやりますから」

「そうはいきません。御馳走になっておきながら」と静代は湯呑みを持つと、強引に隣の台所に入っていった。流しに食器を置くような音がしたが、なかなか戻ってこない。どうしたのだろうと台所を覗いてみると、静代は腕組みをして部屋の中を見回していた。

外へ出ると、太陽が眩《まぶ》しかった。

「納屋を作業場にしているんです。こっちです」

太田の後について、静代と並んで納屋に向かう。

納屋は改装したばかりなのか、地面はセメントできれいに均《なら》され、壁の漆喰《しっくい》も新しかった。葉物野菜を袋詰めする機械や作業台などが効率のいい並びで置かれていて、購入して日が浅いのか、どれもピカピカで清潔感がある。

そのあと、太田の運転で、太田家が所有する畑や田んぼに案内してもらい、そのまま駅へ送ってもらった。

太田と別れてから、静代と二人で駅前のコンビニに入った。そこは広いイートインスペースがあり、久美子は百円のコーヒーを注文して窓際の席についた。静代がなかなか来ないので、レジの方を振り返ってみると、コーヒー以外にも、アンパンとメロンパンを買っている。

「お腹ペコペコ」と静代は言いながら隣の椅子に腰かけるなり、すぐにパンのポリ袋を破って大口を開けてかぶりついた。

「静代さん、ありがとうね。聞きにくいことをズバズバ聞いてくれて助かったよ。お陰でどんな家かよくわかってよかった」

「私も勉強になったよ。で、久美ちゃんは太田さんのこと、どう思った?」

「自分のこと棚に上げていうのもナンだけど、魅力は感じない」

「あの家に嫁に行ったら、結婚式の翌日からおばあちゃんの介護係にさせられそうだね」

「だよね。それに、土地や田畑がいっぱいある割には、生活が苦しそうに見えた」

「それは言える。私、台所にお皿やお湯呑みを下げたでしょう。あのとき見たけど、炊飯器も冷蔵庫も電子レンジもすんごく古い型だった。きっと昭和時代から使ってるよ」

「静代さんて、観察力が鋭いね」

「それにさ、お父さんの考え方が古すぎる。あれじゃあ嫁が苦労するよ。その証拠に最初の嫁には逃げられたわけでしょう？　絶対にああいう家の息子と結婚するのはやめた方がいいよ。特に久美ちゃんみたいな大学出の人は、プライドがズタズタになると思う」

早口で話しながらも、既にメロンパンを平らげ、アンパンのポリ袋を破ろうとしている。太田家での観察力といい、口達者なうえに早食いで、自分には到底及ばない逞しさを見た気がした。

「あの漬物とお茶ってどうよ」と静代は口を尖らせて不満そうに言った。「嫁になるかもしれない人が初めて訪問するっていう日にだよ、あれはないよね」と言うと、静代はアンパンにかぶりついた。

「実は私もそう思った。ケーキとコーヒーくらいは出るかなって」

「テレビで見るナイナイのお見合いだとさ、特上の寿司桶《おけ》は必須でしょう？　だから私、それを楽しみに朝から何も食べてなかったんだよ」

「えっ、そうだったの？」

もしかして静代は、寿司にありつくためにわざわざついてきたのだろうか。思わずフフッと笑いが漏れた。静代が滑稽で貧乏でかわいらしくて……妙におかしくなってきた。

「やっぱりあの家、常識なさすぎ。お寿司が出ないなんてあり得ない」

　本気で怒っているらしい。

「それにさ、太田さんが着てた上下ジャージってどうよ。久美ちゃんの番号をカードに書いたんだよ。普通はもっとおしゃれするのが当然でしょう」

「だけどあの人、おしゃれには全然興味ないように見えたよ」

「久美ちゃん、問題はそこじゃないよ。どんなに趣味が悪くてもいいから、少しでもカッコよく見せようとするのが普通でしょう。そういった努力の跡が全然なかったよ。あんな男はダメだ」

　静代の毒舌が絶好調になってきた。

　だが、太田家は特別に変わった家庭ではないと久美子は思っていた。それどころか平凡な家族だ。寝たきり老人の世話をしていることも、嫁が愛想をつかして出ていったことも、世間ではよくあることだ。それに、節約して古い電化製品を使い続けていることも決して悪いことではない。堅実な生活とも言える。問題はただ一点、自分が太田に魅力を感じなかったことなのだ。もうすぐアパートが取り壊されて、住む家を失う。この先もひとりで生きていけるか不安だった。だが、だからといって太田家に嫁入りする決意などとてもじゃないができなかった。

「久美ちゃん、どうするの？　さっさと断わった方がいいと思うけど」

「うん、そうするつもりだよ」

「そうなの？　断わるの？」

いきなり静代の声が小さくなった。見ると、ホッとしたような顔をしている。ここまで親身になって心配してくれていたのかと思うと、ジーンとして涙腺が緩みそうになる。

「断わるなら早い方が親切だよ。あんまり気を持たしても相手に悪いからね」

気を持たすも何も、太田はこちらに好意を抱いているようには見えなかった。あの婚活パーティに参加した女性の中から、消去法で自分を選んだのだと思う。それも一位でも二位でもない。たぶん五位あたりだ。講師の梶田は、三位と四位の女性にも電話してみたが、断わられたのではないだろうか。

「あの人、もういい歳だから、明日にでも断わってあげなよ」

「あんまり早すぎても失礼じゃない？　まるで、あなたなんか考える余地もありませんでしたって言ってるみたいで」

「そんなことないよ。だってあの人、きっと焦ってるよ。久美ちゃんに断わられたら、すぐにでも次の婚活パーティを予約する手筈《てはず》を整えてるよ」

「そうなのかな。だとしたら静代さんの言う通り、早めに断わった方がいいね」

何度も婚活パーティに参加したことのある静代がそう言うなら、そうかもしれない。

「久美ちゃんは、この先もあのテのパーティに行くの？」

「わからない。お金もかかるしね」

「確かに五千円は痛い」と静代が眉根を寄せる。「市の結婚相談所だと無料らしいけど」

「そうなの？」

「今度、ふたりで相談に行ってみる？」と静代が尋ねる。

「うん、考えてみる」

「ああ、やっとお腹が落ちついた」

静代はアンパンを食べ終えると、ゆっくりコーヒーを飲んだ。

13　十月

父さん、ごめんね。

あんな貧乏暮らしの中、無理して学費を工面してくれたのに、結局はこんなことになっちゃって。もうすぐアパートを出ていかなきゃならないの。しばらくはウィークリーマンションを借りようかなと考えてる。でも、それだとすぐに貯金が底をつきそうで恐いんだよね。いつかそのうちネットカフェに寝泊まりするようになるのかな。そうなると家財道具も捨てなきゃならないね。スーツケースひとつ分の荷物だけが全財産になるんだよ。それに住所も失ってしまう。そうなると婚活も難しくなるし、二、三日だけの単発アルバイトならできるけど、パートの仕事に就くのだって無理だと思う。そしてたぶん……もう二度とまともな生活には戻れないんだろうね。

農業はもちろん続けていくつもりだよ。青果コーナーのアルバイトもね。だから、当分は食べていけるとは思うんだけど……。

父さん、私は馬鹿だったよ。

高校時代に、どうしてもっと将来のことをちゃんと考えなかったんだろうね。でも、ちょっと言い訳させてほしい。私は世間知らずの子供だったんだよ。田舎の中学生や高校生って、普通はそうじゃない？　世の中のことなんて、知ってるようで実は何も知らないよ。人のせいにするわけじゃないけど、学校の先生や周りの大人も誰ひとりとして、将来確実に食べていく方法を教えてはくれなかったよ。

——絶対に公務員になりなさい。

それくらいのアドバイスは欲しかったなあ。

あの頃、未来は漠然としていて、具体的なことは思い描けなかった。

高校生くらいで、将来を見通せる人がいるとしたら、すごい能力の持ち主だと思うよ。だって私だけじゃなくて周りの同級生もみんな深く考えずに偏差値に従って進学して、就職氷河期と言われた中で、手当たり次第に就職試験を受けただけだもん。やっと内定をくれた会社があって、そこに入ったんだけど、倒産しちゃった。

父さん、わたし最近思うんだけどね、学校でも家庭でも女の子に対して大切な教育が抜けていると思うんだよ。男にモテる方法だとか、色気の出し方なんかを教えてくれた方が、ずっと役立ったのにと思うことがあるよ。だけど……やっぱり無理だね。十代の頃は、今よりもっと潔癖だったから、そんな教育をされても、きっと吐き気を催しちゃっただろうね。

父さん、晩年は幸せだった?

父さん、会いたいよ。

父さんと母さんの墓の前で死のうかな。

きっと墓石は冷たいだろうね。でも、そこに横たわって眠るように死ぬのも悪くない。

次の瞬間、いきなりスマホが鳴った。

ベッドにもたれて壁をぼうっと眺めていたので、びっくりして声を上げそうになった。

——久美子さん、今お時間いいですか。

亜美にしては珍しく暗い声だった。

「亜美ちゃん、どうしたの？　何かあった？」

——結婚してよかったのかなって最近思うんです。自分が家の歯車みたいに思えて。

「いきなりどうしたのよ」

——嫁という立場は本当に嫌なものですね。私にもちゃんと人格があるってこと、お義父さんやお義母さんは考えてもいないみたいなんです。無農薬野菜を作ってネットで販売したいって言ったんですけど、お義父さんが、そんな遊び半分みたいな仕事は許さないって言うんです。ダンナの家は広大な農地に葱だけを作っているんですけど、そんなの面白くもなんともないです。言われた通りに黙々と作業するだけで、嫌になっちゃうんです。

「ダンナさんは何て言ってるの？」

——あの人は、結婚前はあんなに優しかったのに、今ではお義父さんやお義母さんの言いなりなんです。それに私、自分の自由になるお金が一円もないんですよ。

なんといっても今は身重だ。大人しくしていた方がいい。つまらないことで喧嘩をして自棄《やけ》を起こしたりしなければいいがと案じられた。

「お腹の子は順調なの？」

——はい、お陰さまで。

「亜美ちゃん、今はお腹の子のためにも我慢した方がよくない？」

――久美子さんまでそんなこと言うんですか？

「亜美ちゃんの気持ちはわかるけど、実際に住むところも農地も葱栽培のノウハウもお舅さんやお姑さんの世話になっているわけでしょう？」

――そんなことわかってますよ。でも……それを考えてみると、うちのダンナってやっぱり情けないヤツ。

「まあ、そう言わないで。たまには気晴らしにダンナさんとドライブでもしたら？」

――そんなことしたらお義母さんに叱られちゃいます。遊ぶことは罪悪だと考えてる人で、ほんと考えが古いんです。それほどの年齢でもないのに。

「そうかあ。それはつらいね。真面目すぎる家族なんだね」

亜美は恵まれている。同居していれば色々あるだろうが、それでも生活の心配をしないで済むのは羨ましかった。

「でも、自由に使えるお金がないのはつらいね。お小遣いをくださいって頼んでみたら？交渉の余地はあるんじゃないかなあ」

――そうでしょうか。じゃあ勇気を振り絞って言ってみます。

それだけのことを言うのでも勇気が要るらしい。

「勇太くんがあれからどうしてるか知ってる？」

――ステーキを奢ってもらったのが最後です。あれから連絡取ってません。黒田さんからは一度だけお電話をいただきました。奥さんの実家の近くで結構広い農地を借りられたみたいでした。これからもどんどん規模を大きくしていって法人化する予定だって言ってました。

「ふうん、そうなんだ。頑張ってるね」

妻の生まれ故郷で、今も実家があるとなれば、「どこの馬の骨」とは思われなかったのかもしれない。あのあと、きっと条件の良い農地を貸してくれる人が現われたのだろう。

「亜美ちゃん、赤ちゃんが生まれたら教えてね。何かお祝いを贈るから」

――ありがとうございます。愚痴を聞いてもらえて、ちょっとスッとしました。

もうスッとしたのか。もともとたいしたことなかったんじゃないの。

お金の心配をしないで済む暮らしをしている亜美と話したことで、更に気分が塞ぎ、妙に腹立たしい気持ちになった。

――また愚痴を言いたくなったら電話していいですか？

「え？　ええ、もちろんよ。いつでも電話してね」

でも、なるべく人には親切にした方がいい。咄嗟にそう思った。人脈が財産だと言う財界人がいるが、自分はもっと低次元のところで、何かあったときのために予防線を張っておいた方がいい。気が合うというだけで結びついた人間関係だったのに、打算的なものに変わりつつあった。

さっきまで両親の墓の前で死にたいと思っていたのに、まだ何かを模索しようとしている。人間はそう簡単には死ねないらしい。

ヒトミからメールが届いたのは、風呂から上がったときだった。

——福祉会館の広場で産直販売会あり。市役所に申し込めば参加費は無料。私は売れ残った野菜やジャムを売る予定。久美ちゃんも一緒にどう?

私を気にかけてくれている人がいる。

——メールありがとうございます。暗闇の中に光を見つけた感じです。

——ずいぶん大げさだね。何かあったの?

——まあ色々と。

そういえば、ヒトミはどんな家に住んでいるのだろう。

この前の話だと、農地の規模もネット販売件数も自分と同じようなものだったが、きっと保証人になってくれる人が身近にいるのだろう。

＊

その日は天気に恵まれた。

福祉会館の隣のだだっ広い野原が、急遽《きゅうきょ》駐車場になっていた。軽トラックを停めて台車を下ろし、野菜の詰まった段ボール箱を載せて運ぶ。会場になっている広場に行くと、たくさんの人が店開きの準備をしていた。旬の野菜はもちろん、梨に無花果《いちじく》に巨峰などの果物や、松茸や山菜も売っている。加工品もあり、味噌やピクルス、蒸しパン、素朴な芋饅頭《まんじゅう》など、盛りだくさんだ。いい匂いが漂ってきたと思ったら、イカ焼きやトウモロコシの店もあり、その横では地元の生乳から作ったアイスクリームを売るコーナーもあった。

「久美ちゃーん」

声のする方を見ると、ヒトミが大きく手を振っていた。Tシャツにブルーのジーンズ姿に麦わら帽子を被っている。遠目に見てもすらりと背が高くてカッコよかった。

「こっち、こっち」

近づいていくと、ヒトミはビニールシートの上に野菜を並べている。

　思わず立ち止まった。トマトもブロッコリーもオクラも小さくて色も悪い。つるむらさきやズッキーニも育ちが悪かった。追肥が足りないのか、それとも日当たりが悪いのか。

「ここから向こう半分が久美ちゃんの陣地だからね」

「ありがとうございます」

　早速、持ってきた野菜を並べ始める。

「ええっ、びっくりだよ。久美ちゃんの野菜、メッチャ立派じゃん。もう何十年も前から農業やってる人みたい」

「隣の畑のおばあさんが、懇切丁寧に教えてくれるからです。本当に助かってます」

「それは私も同じだよ。近所の八十歳くらいのおばあさんが一年間つきっきりで教えてくれたから、最初はすごく立派な野菜が採れたんだよ。だけど次の年に死んじゃった」

「一年間も教えてもらったんなら、次の年はメモを見ながら作れるでしょう？」

　富士江が教えてくれたことは、ひとつ残らずイラスト入りでノートに記録してある。

「私がメモなんか取るわけないじゃん」

「どうしてですか？　メモしておかないとすぐ忘れちゃいませんか？」

「メモする習慣もないし、要点を上手にまとめて書くってのが昔から苦手でね」

「え？　そうなんですか……」

「久美ちゃん、今、メモなんて誰だってできると思ったでしょ？」

「ええ、まあ」

「そういうところが苦労知らずなんだよ。うまくメモを取れないヤツが世の中にたくさんいるってことは、頭のいいあんたには一生理解できない。神様はね、ほんと不公平なんだ」

ずしんと胃の辺りが重くなった気がした。何でもわかっているつもりになっていたが、実は周りのことが全く見えていなかったのかもしれない。修のことも、瑞希のことも、自身の基準で勝手に決めつけていたのではないか。悲しくなってきたので話題を変えた。

「ヒトミさん、いつもは野菜をどこで売ってるんですか？」

このレベルの出来具合では、どこも引き取り手がないのではないか。

「ネット販売でなんとかさばいてる。無農薬だから育ちが悪いってことにして」

そう言って苦笑した。

午前十時を過ぎる頃になると、ぞくぞくと客が訪れた。その日は近隣の村祭りの宣伝効果もあってか、都市部からの観光客が多かった。そのお陰か、二人が持ち込んだ野菜は午後二時を過ぎた頃には完売してしまった。

「今日は儲かったね。こんなにいい気分、久しぶりだよ」とヒトミも満足そうだ。

帰り支度をして二人で駐車場へ向かっているときだった。

「久美ちゃん、あれ見てよ」

馬鹿にしたように笑うヒトミの視線の先を追っていくと、蜂蜜を売っている青年が所在なげに佇んでいるのが見えた。女性客が興味深そうに近づいてきているのに、商売には不慣れなのか、声もかけられずにいる。客たちは、本当は商品を手に取ってじっくり眺めてみたいのだろう。だが青年がニコリともしないからか、ばつが悪そうな顔のまま去っていく様子が見てとれた。

「あれじゃあ売れないよね」

「そうですね、確かにまずいですね」

「ちょっとからかってみようか」とヒトミが近づいていく。

「おにいさん、その蜂蜜、試食させてよ」

「えっ？　ああ、あのう……試食っていいますと、どれを？」

二十代後半くらいだろうか。ヒトミの迫力を恐れているかのように一歩後ずさった。

「この蓮華《れんげ》蜂蜜とブルーベリー蜂蜜とでは味が違うの？」

「もちろんです。えっと……蜜蜂がですね、どの花の蜜を集めたかによってですね、色も風味も違うわけで、それで、あのう」

しどろもどろだった。緊張しているらしい。

「おにいさんが蜂を飼ってるの？」

「はい、そうですが」

「ふうん、すごいね。でも、そんなに挙動不審じゃあ、売れる物も売れないよ」

「はあ、本当に、まったくその通りでして……」

あまりに素直に認めたので、急におかしくなって、久美子はヒトミと目を見合わせて、声を出して笑った。見ると、青年も照れ笑いを浮かべている。

「なんなら私たちビューティシスターズが呼び込みしてあげてもいいよ」とヒトミがからかう。

「本当ですか？　お願いします」と生真面目な顔で頭を下げたのが更に笑いを誘った。

そんな明るい笑い声に釣られるように、中年の女性グループがぞろぞろと集まってきた。都内から来た日帰りツアー客らしかった。チュニックを着て明るい色のストールを首に巻くという、みんな似たり寄ったりの格好をしている。

「みなさあん、試食してってくださあい。無農薬無添加の日本製の蜂蜜ですよう」

ヒトミが声を張り上げる。

久美子は裏方を買って出た。青年が業務用の使い捨てスプーンを大袋から出し、それを久美子が紙皿に並べる。

「すみません、このクローバー蜂蜜を試食させてください」と女性客から声がかかる。

「はあい」

久美子は急いでスプーンで蜂蜜を掬《すく》い、客に渡した。

女性はゆっくりとスプーンを口の中に入れた。目を閉じて、じっくり味わっている。

「これは美味しい。すごくコクがある。ひと瓶ちょうだい」

「ありがとうございまあす」

ヒトミが大声を張り上げると、またしても客がぞろぞろと集まってくる。

「私はアカシア蜂蜜を試食させて」

「私は菜の花のがいい」

「これひと瓶ちょうだい。あ、やっぱり二瓶にする。実家の母にも持っていくから」

青年は袋に瓶を入れる。やはり黙ったままだ。

「ありがとうございます、くらいは大きな声で言わなきゃ」と久美子は耳打ちした。

「ありがとうございましたっ」

不慣れなためか、周りがびっくりして振り向いてしまうほどの大声だった。

「どこまでも不器用なヤツ」とヒトミがこちらを振り返って笑う。

「穴があったら入りたいです」と青年は言いながらも、次々に売れていくのが嬉しそうだった。

スプーンに載せた蜜を舐めては「美味しい」「これも美味しい」「迷っちゃう」などと中年の女性客が大騒ぎしてくれたお陰で、次々に人を呼び、あっという間に完売した。

「ダメじゃん。もっとたくさん用意してこなきゃ」

ヒトミが空っぽになった段ボール箱を見て悔しそうに言う。「今の調子なら、三倍は売れたはずだよ」

「だって……まさか、本当に？　信じられない。すごい、完売だなんて」

青年は呆然としている。

「じゃあ、私たちこれで帰るね」

「ちょっと待ってください。何かお礼を……そうだ、蜂蜜をプレゼントさせてください。あのう、良かったら、うちに来ませんか、在庫がたくさんあるので」

「ほんと？　嬉しい。私、蜂蜜大好きなの」と思わず口から出ていた。父さんは蜂蜜が大好きだった。毎朝トーストに垂らして、美味しそうに食べていたのを思い出す。

青年の運転する軽トラックを先頭に、久美子もヒトミもそれぞれに自分の軽トラに乗って青年の家へ向かった。

県道を脇道に逸れると、どんどん山道を上っていく。樹々が生い茂っていて、まるで深緑色のトンネルにすっぽりと包まれたみたいだった。フロントガラスから空を見上げると、葉の隙間から夕焼けに染まった空が見えた。緑のトンネルを抜けると、眼前に原っぱが広がった。その真ん中に、ぽつんと平屋の古い家が建っている。と言っても重厚な古民家というのではなく、安普請の小さな家だが、その横には倉庫もあった。

車を降りると、久美子は原っぱを見渡した。近くに沢が流れていて、遠目にも水が澄んでいるのがわかる。近づくと、小さな蟹《かに》が岩の上を横切るのが見えた。奥には雑木林が広がっている。

「いいところだね。空気がきれい」と、ヒトミは鼻孔を膨らませて深呼吸した。

「あれです」と青年が指差す方向を見ると、巣箱がたくさん置かれていた。

「あれ以外にも、あちこちの地主に頼み込んで、林の中に巣箱を置かせてもらっているんです。ニホンミツバチの行動半径は一キロから二キロで、榊《さかき》や栴檀《せんだん》が蜜をたっぷり出すので大量に採れるんですよ」

それまでとは違い、蜂蜜の話になると青年は舌がまわった。

「僕は星川広秋《ほしかわひろあき》といいます。今日は本当にありがとうございました」

早速倉庫に案内してくれた。そこには何段もの棚が作ってあり、瓶に入った蜂蜜がずらりと並べられていた。

「お好きなのを持って帰ってください。良かったら二つずつどうぞ」

久美子は栗《くり》とトチの蜂蜜を選んだ。ヒトミは蓮華と菜の花の蜂蜜だ。

「あのう、もし良かったら、お茶でもいかがでしょうか？」と青年がおずおずと尋ねる。

「もちろん、いただくよ」とヒトミが答えたので、久美子はまたおかしくなって噴き出した。今日は野菜が今までになく高値で売れたこともあり、気分が高揚していた。

倉庫を出て平屋の家に移動した。

家の中は物が少ないこともあって、きちんと片づいていた。和室の居間は畳が新しくて気持ちがいい。

星川は、サイフォンで丁寧にコーヒーを淹れてくれた。

「ねえ星川くん、蜂蜜の仕事をしようと思ったきっかけはなんだったの？」とヒトミが尋ねる。

「大学生のときに、養蜂研究会というサークルに入ってたんです」

「なんでそんなところに？　子供の頃から蜂に興味があったの？」

「いえ、部員が足らなかったらしくて、気の弱そうな新入生を勧誘する作戦だったようで」

「で、あんたがターゲットにされたわけだ」

「そうなんです。でも入ってみたら、すぐに蜂の魅力に取りつかれてしまったんです。だから就職はせずに、なんとか養蜂で食べていこうと思いまして」

「あっ、このコーヒー、マジで美味しい」

「ほんとですね。すごく美味しいです」

「それは、どうも」

「ところで、星川くんて何歳？」

「二十五歳です」

「若いね。で、蜂の魅力って例えばどんなとこ？」

「はい、地球環境のためには蜂が必要なんです」

「へえ、そりゃまたなんで？」

「話せば長いんです」

「いいよ、長くても。久美ちゃん、時間大丈夫だよね？」

「はい、今日はもう何もないので」

「そうですか、それでは話させてもらいます。このままでは地球がダメになるんです」

「あんたって、いきなりそういうこと言う人なんだ」

「え？　だって……今現在の地球はどんどん本来の生態系が崩れてきているんです。特に都会は昆虫が少ないから、木々がなかなか受粉できない状態でして、ですから地球上から緑がどんどん失われつつあります」

「ほお、なるほど、それで？」

「蜜蜂がたくさん飛んで受粉すると、木々は実をつけます。そしてその実を小鳥が食べるのですが、小鳥はついでに害虫も食べてくれるんです。となると殺虫剤が不要になります。そしたら昆虫や微生物が増えて、また小鳥が増える。そうなると、鷹《たか》みたいな猛禽《もうきん》類も増えるんです。つまり本来あるべき生態系の連鎖が動き出すんです」

「ふうん、あんた頭いいんだね。見かけによらず」

「数年前から遊休農地に、菜の花や蓮華を植えて蜜源を作る運動もしてるんです。地域の景観形成にもなるし、蜜蜂も活発になって増えるしで、まさに一石二鳥なんです」

「すごいね。あんたノーベル賞とれるんじゃね？」

「でも悲しいことに、いま世界中で蜜蜂が激減してるんです」

「そうなの？　そりゃまたどうして？」

「畑や田んぼに撒く殺虫剤が原因なんです。蛍やメダカやトンボや蛙《かえる》なんかも絶滅の危機にあるんです。もしも将来、農薬のせいで昆虫がいなくなったら、野菜や果物が実らなくなってしまいます。そうなったら人類は滅亡します」

「あんた、口下手だと思ってたけど、そういう難しいことはすらすら話せるんだね」

「はあ、そうでしょうか」

「ところであんた、ここにひとりで住んでるの？」

「そうです」

「部屋はいくつあるの？」とヒトミは尋ねながら首を伸ばして奥の部屋の方を見た。

「３ＤＫです」

「贅沢だね。そのうえ倉庫もある。で、全部で家賃はいくらなの？」ヒトミは遠慮がない。

「この家は父が建ててくれたんです」

「え？　持ち家ってことなの？」

「はい、まあ一応」

聞けば、父親は東京下町で小さな建設会社を経営していて羽振りがいいらしい。息子が食べていけないのを見かねて、社内に養蜂課という異端の部署を無理やり作り、そこの正社員として雇ってくれているという。

「会社から月々給料をもらってるってこと？」と久美子は尋ねてみた。

「はい、そうなんです。蜂蜜は全然売れなくて、在庫が溜まる一方で……でも地球環境のために頑張っていることは父も認めてくれているんです」

「へえ」と言ったきり、ヒトミは口を閉じた。どう感じたのだろうか。

久美子は複雑な思いだった。会社に勤めていた頃には考えもしなかったことだが、実は親に頼って生きている人が、世の中にはこんなにも多いらしい。自分ひとりの稼ぎで生活するのが、今や難しくなってきているのだろうか。


その帰り、ヒトミに誘われてアパートに寄った。

自分のアパートと同じくらい古びているうえに、広さは半分くらいしかなかった。

家具も家電も少なくて、まるで男子学生の下宿のようだ。想像以上の貧しさだった。

「あんな甘ちゃん、見たことないよ」とヒトミが呆れたように言う。「何が地球環境だよ。難しいことばっか垂れやがって、結局はいい歳して親に生活費を出してもらってるってことじゃん」

「確かにそうですね」

「親も親だよね。あんなに甘やかしてたら、あの蜂蜜坊や、いつまで経ってもひとり立ちできないじゃん」

「でもたぶん、あと何年かしたら養蜂をあきらめて、実家の建設会社をちゃっかり継ぐんじゃないでしょうか」

「私もそう思う。学者みたいに立派なこと言ってたけど、食べていけないんじゃしょうがないもんね」

「でも私はなんだか羨ましかったです」

「羨ましい？　何が？」

「きっと優しい親御さんだと思うんですよ。息子さんの純粋な気持ちを大切にしていて」

「私はそうは思わない。子供を甘やかしたらロクなことにならないもん」

「だけど、親御さんも迷ってるんじゃないでしょうか。蜂蜜が商売として成り立つものなのかどうか、見極めがついていないんじゃないですか？　商売というのは、ちょっとしたことをきっかけにブレイクすることがありますから」

「うん、確かにね。だとしても、やっぱり……」

「それに、まだ若いから、しばらくは様子を見てるんじゃないですか？　甘いとも言えるけど、温かく見守っているとも言えると思うんです」

「なるほど、そうかもしれないね」

ヒトミは何ごとかを考えるように、自分の手を見つめた。

＊

不動産屋を回ってみた。

丁重に断わられるときもあるが、今日みたいに鼻であしらわれた日は死にたくなる。

コンビニでおにぎりを買い、児童公園のベンチに座って食べた。

幼児を遊ばせているママたちがいる。年齢は自分と同じくらいだろうか。

「中途半端だったなあ、私の人生」と、小さくつぶやいていた。食いっぱぐれのないよう公務員になるか、市場価値の高いうちに真剣に婚活してさっさと結婚しておくか、はっきりどちらかにすべきだったのだ。

人生の分岐点は、過ぎてから気づいても取り返しがつかないらしい。

魂まで釣られて漏れ出てしまいそうなほど大きな溜め息をついたとき、ポケットの中でスマホが震えた。静代からだった。

――もしもし、久美ちゃん？　私ね、結婚することになったの。

「えっ、そうなの？　それはおめでとう」

あのあとも、静代は婚活パーティに参加し続けたのだろう。めでたくカップル誕生の晴れ舞台をつかんだらしい。だが、それにしたところで、交際を始めたというのならともかく、もう結婚が決まってしまうなんて、あまりに超特急だ。

「相手はどんな男性なの？」

——あの人よ。ほら、久美ちゃんと一緒に家を訪問したじゃない。

「え？　まさか、あの太田牧夫さんと？」

——そうなの。そのまさかなの。

「だって、あれほどあの家はやめた方がいいって、静代さん、私に言ったじゃない」

——あのときはそう思ったの。でもあとになって考えてみると、太田家は畑も田んぼもあるし、家も納屋も離れもある。ああいうところに住んだら娘の生活が安定するかなと思って。

「でも電化製品も古いし、人が訪ねていってもお寿司も取ってくれないし、生活が苦しそうだし、そのうえおばあちゃんの介護もしなくちゃならないからダメだって言ってたじゃない」

——あとになって気づいたの。電化製品が古いのは堅実な生活をしているからじゃないかって。だってその証拠に、納屋の中は整備されてピカピカの機械が並んでたもの。つまり、お金をかけるべきところにはちゃんとかけてるってことだよ。

「そう言われてみればそうかもしれないけど。でもさ、そもそもあの太田さんのことを静代さんは好きなの？」

そう尋ねると、静代は電話の向こうで噴き出した。

——やだ、久美ちゃんて苦労知らずだね。

「苦労知らず？　えっとそれは、どういう意味？　私だって結構きつい思いをしてきてるんだけどね」

——太田さんは善良で優しい人だよ。それだけでもう十分なの。借金まみれの暴力亭主と比べたら百万倍マシだもん。

想像以上に苦労してきているらしい。

——それにね、前の亭主はものすごくおしゃれな人だったの。サングラスやバッグはもちろん、下着までブランド品だったんだよ。でも太田さんは違った。あの日に着てたジャージの上下が、持っている服の中でいちばんマシだったんだよ。

「でも、あれから静代さん、いったいどうやって……」

——黙っててごめんね。あのあと何度か太田さんところに遊びに行ったの。おばあちゃんの介護を手伝ったり、家を掃除したり、料理を作ってあげたり。そしたら、子持ちの女なんか言語道断って言っていたお義父さんもだんだん心を開いてくれた。

「お嬢さんはどうなの？　あの家に馴染んでるの？」

――この前、娘と一緒に夕飯を御馳走になったの。たいしたものは出なかったけど、ご飯をお代わりしてた。お腹一杯食べられるだけで、すごく幸せそうだったよ。ほんと私ったら……母親として今まで……。

洟《はな》を啜る音が聞こえてきた。

「良かったね、おめでとう」

――うん……ランドセルもお義母さんが買ってくれるって。

嗚咽を漏らしている。

――ごめん、わたし泣き虫だから、また電話する。ひとつアドバイスしていい？

「うん、なあに？」

――久美ちゃん、次に男に声をかけられたら迷わず結婚した方がいいよ。そうじゃないと一生独身だよ。ごめんね。大きなお世話かもしれないけど心配でさ。

「うん、ありがとう」

電話を切ってから、揺れるブランコを呆然と見つめた。

14　十一月

その夜、アヤノから母屋に来るよう呼び出しがかかった。

「久美ちゃん、あなた私に嘘ついたでしょう」

リビングに入った途端、いきなり恐い顔で睨まれた。

「なんのことでしょうか」

そう尋ねても、アヤノは嘆息するばかりで答えない。

「そこにお座んなさい」と言うと、ポットから急須に湯を注いだ。

「今日の昼間、郵便局で富士江さんに会ったの。『お久しぶりね』って声をかけたら、いきなり『あんた血も涙もない人間だね』って怒られちゃったわよ。久美ちゃん、私には農業も順調だし、もう心配ないって言ったじゃないの。富士江さんの話によると、野菜を売ってもたいして儲かっていないそうね」

「ええ、まあ、それほどは」

「私に心配をかけまいとしたわけ？　水臭いじゃないのよ。でも私も馬鹿だったわ。そんなに農業が上手くいってるのなら、土日も休まずスーパーのパートに出かけるわけないもんね」

「……すみませんでした」

「富士江さんの家に居候《いそうろう》させてもらう話もダメになったそうね。久美ちゃん、ここのアパートを取り壊したら、住むところがなくなるんじゃないの？」

「いえ、ウィークリーマンションだとか、昨今は色々とありますので……」

ウィークリーマンションは全額前払いだし、すごく高くつく。だから、たぶんネットカフェに寝泊まりすることになるだろう。だがそれにしたところで毎日泊まれば料金はバカにならない。預金が底をつく前になんとか住み込みの仕事を見つけるというのはどうだろう。だが、そうなると農業を捨てることになる。ここのところずっと、この出口の見つからない思考がぐるぐると頭の中を回っていた。

「久美ちゃん、貯金はどれくらいあるの？」

「え？」

あまりに単刀直入だった。アヤノは真剣な表情でこちらを見つめている。

「えっと……国からもらった新規就農者への補助金百五十万円と、市の助成金十五万円と、それと会社員時代の貯金は……どんどん減ってしまって今は三十万円ほど残ってるだけです」

早晩、食いつぶすことになる。広島に帰る交通費だけは残しておこう。どうせ死ぬなら両親の墓の前で死にたい。霊園の人にはすごい迷惑をかけてしまうことになるけれども。

「合わせてだいたい二百万円ね」とアヤノは言った。「今のところ、その二百万円には手をつけずに生活できているってことなのね？」

「はい、なんとか」

「ふうん、そうかあ……」とアヤノはお茶をひと口飲んだ。「実は富士江さんとも相談したんだけどね、久美ちゃん、あなたね、家を買いなさいよ」

「は？」いったいアヤノは何を言っているのだろう。

「実はね、富士江さんと二人であなたに合う家を探したのよ。私も富士江さんも、この辺りじゃ顔が利くの。特に私は教師を定年まで勤め上げたし、亡くなった主人は地域の世話役なんかもしてたもんだから」

「はあ」

「だからね、うんと安くしてもらえそうなの」

「安くしてもらうって？　何の話ですか？」

「だから家よ、家。二百五十万円でいいって言ってくれてるの」

「家がたったの二百五十万円で買えるってことですか？」意味がわからなかった。

「そうよ」

「どうして、そんなに安く手に入るんですか？」

「あら、世間知らずね。今どきは少子高齢化で空き家が多くなって、どこの農村でもすごく安いのよ。でね、その持ち主はね、私や富士江さんの中学のときの同級生で安西高子《あんざいたかこ》さんていうの。未亡人でね、息子たちは都会に出たままで帰ってきそうにないから、土地を処分してしまいたいらしいのよ。家屋を取り壊すのも費用がかかるし、固定資産税も払わなきゃならないしで、要はお荷物だったわけよ。だからさっさと手放してしまおうと売りに出したんだけど、いつまで経っても買い手がつかなくてね。あ、そうだ、写真を撮ってきたんだったわ」

そう言うと、アヤノは携帯を操作して家の写真を見せてくれた。家というより小屋といった方がいいような代物だった。かなりのオンボロだ。

「家は小さいけれど、敷地は意外と広いのよ。場所は富士江さんの家から車で五分ほど行ったところなの。貯金が二百万円しかないんなら、あとの五十万円は私が貸してあげる」

「まさか、そんなこと……」

「少しずつ返してくれればいいのよ。とにかく見るだけ見に行ってみなさいよ。なんなら明日、私が連れてってあげる」

翌日、アヤノの運転で家を見に行った。

県道から脇道に逸れて、車がやっと一台通るような細い道を入っていった所だった。畑に囲まれた中に、古い平屋の木造家屋が建っていた。

玄関の引き戸を入ると、長年に亘って踏みしめられてきた土間があった。写真で見た外観の印象よりは広くて、八畳の部屋が三つあり、襖を外せば全室が繋がる。縁側の幅が広く、冬は温室のようになるのではないか、雨の日には洗濯物も干せそうだなどと考えが次々に思い浮かぶ。

「うちのアパートを取り壊すとき、廃材がたくさん出るでしょう？　使える物があったら、ここに持ってきて再利用するといいわ。うちのアパートも相当古いけど、ここよりは新しいから。建具だけじゃなくて、流しやお風呂も運べるなら取り替えた方がいいわね」

アヤノのアドバイスで、具体的なリフォームのイメージが頭に浮かび上がってきた。

「さっきから気になっていたんですが、あれは何ですか？」と久美子は庭先を指差して尋ねた。

「何って久美ちゃん、あれはどう見ても山羊《やぎ》でしょう」

「ええ、それはわかっていますけど、どうして山羊がいるんですか」

「山羊も家につけてくれるって、家主の高子さんが言ってるの」

「え？」

「メスだからお乳が出るらしいの」

「うまいこと言うねえ」

いきなり背後から声がした。びっくりして振り向くと、いつの間に入ってきていたのか富士江が立っていた。「家につけてくれるっていうより、引き取ってほしくて仕方がないのさ」

「そうね、富士江さんの言い方の方が正しいわね」

「久美ちゃん、山羊は雑草を食べてくれるから草取りの手間が省けて助かるよ。それと向こうにビニールハウスがあるだろ？　あれも置いていくそうだから使ってみるといいよ」

家庭菜園を作るには十分すぎるほどの広さだった。

いつか畑を借りられなくなる日がきたら、または歳を取って三反の畑を耕せなくなったら……そしたらこの家庭菜園で自分が食べる分だけの野菜を作ってなんとか露命をつなぐ。質素だが平穏な暮らしだ。

そうだ、山羊に名前をつけて仲良くなろう。名前はメリーさんにしよう。羊みたいで、おかしいかな。

「それより富士江さん、なんなのいきなり。何しに来たのよ」

「いいニュースがあってね。一刻も早く久美ちゃんに教えてやりたくなったのさ」

「いいニュースって何ですか？」

「実はね、有田さんが畑を二反、久美ちゃんに貸してもいいって言ってるんだよ」

有田といえば、日陰の土地を貸してくれようとした老人だ。問題は日当たりだけでなくひどい傾斜地だったので断わったことがあった。

「そんな顔しなさんな。大丈夫だよ。前とは違って今度のは優良な土地だから」

「本当ですか？　どの辺りでしょうか」

「久美ちゃんの畑から近いから便利だよ。久美ちゃんが一生懸命農作業している姿を、みんな見てないようで、実はしっかり見てるんだね。あんな真面目な子なら貸しても間違いないって思ったらしい」

「嬉しいです。借ります。是非、貸してほしいです」

「わかった。有田さんに借りるって言っておくよ」

「ありがとうございます」

やっと五反になった。住む所も見つかって畑も増えた。それもこれも二人のお陰だ。

「富士江さん、あの木は何の木かしら」

「は？　何の木って、アヤノさんたらあんなに勉強できたのに、そんなことも知らないのかい。あれは無花果の木で、その横が夏ミカンに決まってるだろ」

「そういう言い方、失礼よ。実がなっていないときは、誰だってわからないものよ」

負けじとアヤノは反撃に出た。

「実がなっていないとわからない？　そんなの聞いたことないよ」

富士江はアハハとわざとらしいほど声高らかに笑い、得意げに小さな鼻の穴を膨らませた。やはり相当対抗心が強いらしい。

「久美ちゃん、どう？　なかなかいい所でしょう。ここなら借りている畑にも近いし、富士江さんの家にも近いわ。地に足をつけて頑張っていってほしいの」

「頑張るのは結構なことだけど、結婚のことも考えなよ。ここに住んで農業を続けながら、堅実な男を一日も早く見つけることだよ」

「久美ちゃん、富士江さんの考えには決して染まらないでね。いくらなんでも古すぎる」

「はあ？　ここはスウェーデンとかいうような国とは違うんだよ。日本なんだよ。現実を見つめて生きていかなきゃダメだよ。久美ちゃん、こんなインテリばあさんの口先に騙されて、たった一度の人生を台無しにするんじゃないよ」

「まったく富士江さんたら、なんなのかしら。馬鹿みたい」

「あーあ、ちっとも変わらないねえ。女王様気取りは中学のときからだよ。でさ、久美ちゃんはどっちの味方をするつもりだい？」

「え？　それは……もう本当に有り難くて。お二人とも命の恩人です」

これで少なくとも野垂れ死には避けられる。

いつか孤独死するにしても屋外より家の中の方がいい。

「鶏も飼うといいよ。新鮮な卵が食べられるからね。飼い方なら私が教えてあげる」

「富士江さん、本当ですか？　嬉しい。ありがとうございます」

「久美ちゃん、困ったことがあったらすぐに相談に来るのよ。わかってる？」

「アヤノさん、本当にありがとうございます」

アヤノの引越し先のマンションにも行ってみたい。そこのリビングもまた温かな空気が流れるのだろう。いつかは自分も母親になり、温もりのあるリビングを作れる日がくるのだろうか。今は想像すらできないが。

「リフォームが完成したら、お二人とも遊びに来てくださいね」

「もちろんだよ。私をいちばん先に招待しておくれよ」

「どうしてそういう言い方をするのよ。誰がいちばんだろうと久美ちゃんの勝手でしょ」

「うるさいなあ。あっ、それとね久美ちゃん、これ申込用紙だから」

「申し込みって、何のですか？」

「婚活パーティのに決まってるだろ」

「無理して結婚しなくていいのよ。女性にとって自立がいちばん大切よ」

「また始まったよ。自分は結婚して子供もいるくせに、よく言うよ」

縁側に立ち、山を眺めた。

山羊と鶏がいる生活なんて考えたこともなかった。

ついでに猫と犬も飼おうかな。かわいいだろうな。

父さんも犬が好きだったよね。

父さん、私、もう少し頑張ってみるよ。

母さんも応援してね。

でも一応、念のためにピンクのスカートもアウトレットで買っておこうかな。

その夜、久しぶりに瑞希のブログを覗いてみると、クリスマスツリーが現われた。

早いもので、もうあれから一年経ったらしい。去年と同じように、金銀のスプレーを施した松ぼっくりの写真が載っている。

コメント数や拍手の数からみても、以前に比べて飛躍的に閲覧者が増えていた。

プロフィール欄にある瑞希のエプロン姿の写真は前と同じだったが、下にスクロールしていくと、床に落として潰れたケーキの写真が載っていた。その下には、子供を厳しく叱りつける様子のイラストがある。

——また子供を叱ってしまいました。ああ、自己嫌悪……。

それに対して、コメント欄は応援の嵐だった。どうやら瑞希は路線を変えたらしい。

——息子はしょんぼりしていましたが、音の出る機関車を見せると、にこっと笑いました。その笑顔を見た途端、自己嫌悪が心の中から消えてなくなりました。本当に助かりました。その魔法の機関車というのが、コレなんです。

緑色のレールの上を走る、黄色い機関車の写真がある。玩具《おもちゃ》を作る会社がスポンサーとしてついているらしい。

子育てや家事の大変さを綴り、それをどんな商品が救ってくれたかを、写真やイラスト入りで物語風に仕上げている。読みやすくて、共感できそうな記事ばかりだった。

更に注目したのは、離婚しようかどうしようかと、心中を赤裸々に綴っていることだった。読者が思わず感情移入してしまう文章は見事だ。瑞希が新聞社に勤めていたのは、短い期間だったが、今でもこんなに役に立っているらしい。

急にメールを送ってみたくなり、スマホを取り出した。

——ブログを拝見しました。頑張っておられる様子、後輩として嬉しく思います。文章も読みやすくて、さすが元新聞記者。我らがマスコミ研究会のホープ健在ですね。応援しています！

送信する前に、もう一度読み直したとき、ふと思った。うちの野菜を瑞希のブログで宣伝してもらえたらどんなにいいだろうかと。

——今度うちで採れた野菜と加工品をご自宅に送ります。よかったら食べてみてください。丹精込めて作った安心安全な自信作です。

そう追加して送信した。

その数日後の夜、瑞希から電話がかかってきた。

——もしもし、久美ちゃん？　野菜、ありがとう。柚子ジャムも美味しかったよ。

「そう言っていただけると嬉しいです」

——私のブログに宅配野菜のこと、載せてあげようか？「久美ちゃん農園」とかなんとか名前つけてさ。

「本当ですか？　そうしていただけたら助かります」

——このセットをいくらで売ってるの？

「二千二百円プラス送料です」

——安すぎるわよ。それじゃあ採算取れないでしょう。

「実はそうなんです。天候不順で大赤字になるときもあるんです。でも、どこの農家でもそれくらいの価格で出しているので、うちだけ高くしたら売れなくなりますから」

そもそも宅配便の送料も高いのだ。それなのに、お試しセットを購入したあと、定期購入に切り替えてくれた人が多かったのは本当に有り難いことだった。中でも、リストランテ・フェリーチェからは四十軒分に当たる量の注文が毎週届いている。会ったことはないが、料理長からメールで「美味しかった」と言ってもらえることも励みになっていた。

——弱気はダメよ。採算が取れる価格に設定しなさいよ。四千円でもいいと思うよ。

「え？　いえ、それはいくらなんでも高すぎます」

市場価格からすればとんでもなく高い。だが、今の価格では、種苗代や肥料代や燃料費を差し引くと、微々たるものしか残らない。おしゃれを楽しみたいとは思わないが、たまには旅行したいと思うことがある。本音を言えば今の三倍くらいの値段にしたかった。それはボロ儲けなんかじゃない。労働に見合う適正価格だと思うのだ。

——だって、じゃがいもに薩摩芋、人参、大根、白菜、アシタバ、葱、椎茸、青大豆。それにジャムと切干大根なんかの加工品……すごくたくさん入ってるじゃないの。

瑞希は小さな息子と二人暮らしなのだろうか。あれから夫は帰ってこないのだろうか。

だとしたら、多すぎたかもしれない。

「今回送ったのは、四人家族の一週間分なんです。二人分をご希望の方には、同じ値段で加工品を多く入れるんです」

――私はね、久美ちゃんのこと、それほど好きってわけでもないけど、信頼はしてる。

いきなり何の話だろう。それも、あまり好かれていないとは。

――久美ちゃんの真面目さや真摯《しんし》な気持ちは見ていればわかるからね。

「それは……ありがとうございます」

――本当に信頼できる農家さんを見つけるのは、そんなに簡単なことじゃないのよ。例えばスーパーに無農薬コーナーがあるけど、本当に無農薬かどうかはわからないよね？

「ええ、まあ確かに」

――つまり、久美ちゃんが作った野菜は、私にとっては貴重な物なのよ。じゃあ、こうしましょう。毎週、うちに野菜セットを送ってちょうだい。

「本当ですか、ありがとうございます」

――もちろん、お金は払わないわよ。

「は？　それはいったいどういう意味ですか？」

――無料にしてちょうだい。その代わり、私のブログで宣伝してあげる。

「それは、すごく有り難いです」

――久美ちゃん、あなた、頑張っても頑張っても、それほど儲かってないんでしょ？

「はい、全然儲かってません」

――私のブログには価格は書かないでおく。だから久美ちゃんのホームページからも価格を消しなさい。

「え？　値段もわからないのに注文する人はいないでしょう」

――だったら、通常の物以外に四千円のプレミアムセットがあると書いておきなさい。

「プレミアムセットって何ですか？」

――そんなの私にわかるわけないでしょう。久美ちゃんがこれから考えるのよ。

「……はあ」

――ブログの反響を見てから決めてもいいんじゃない？　この世は需要と供給の関係で成り立ってる。付加価値をつければいくらでも値段を吊り上げることができるはずよ。

「付加価値と言われても、うちの野菜は特にこれといって……」

――馬鹿ね。私のブログ「大草原の瑞希ハウス」に載っていて、私が強く推しているってことが付加価値なのよ。

「なるほど了解です。プレミアムっていうの、私なりに考えてみます」

——久美ちゃん、ワクワクするでしょう?

「はい、久しぶりに武者震いしています」

——そうこなくっちゃ。人生は挑戦の連続よ。

「瑞希さん、それカッコよすぎますよ」

——うん、今の発言、ちょっと恥ずかしかったかも。

瑞希さん、そんなことはないですよ。

今まで自分は、安定した会社に正社員として勤めることが「正解」の人生だと信じて疑わなかった。そんな凝り固まった価値観の中で必死にもがいていたのだ。だが考えてみれば、今や非正規雇用は四割に上る。いろんな生き方があっていい。自立する道を見つけて、なんとか食べていければ、取りあえずは「正解」なのだ。

そんなことを考えながら、星川と名乗る青年からもらった蜂蜜を豆腐にかけて食べた。甘くて美味しかった。


その数日後、スーパーの陳列棚に、ズッキーニを補充しているときだった。

ジーンズのポケットに入れてあるスマホが振動した。メルマガか何かの通知だろうと気にしなかったのだが、その後、数分置きに振動する。

もしかして、緊急連絡とか？

急に気になりだし、すぐにバックヤードに引っ込んでスマホを見た。たくさんのメールが届いていた。ざっと見ただけで五十件はある。コンピュータウィルスに感染してしまったのかもしれない。そう思いながら一件目のメールを開いてみると、野菜の宅配に関する問い合わせだった。都内在住の新規の顧客だ。その次も、そのまた次も同様だった。もしかして、既に瑞希がブログで宣伝してくれたのだろうか。

急いでブログを開いてみた。

――こんなにたくさんの新鮮野菜が届きました。

瑞希のブログには、段ボール箱に入ったままの野菜セットの写真が載っていた。照明の当て方がうまいのか、薩摩芋の赤紫色が鮮やかで、葱も青々としている。濃いオレンジ色の人参には水滴がついていて、まるで朝露が光って採れたてといった感じに見える。丸々と太った青大豆はぷっくりとかわいらしい。ジャムの瓶も光線の具合なのか、デパートの高級品のようだった。瑞希は文章だけでなく、写真もプロ並みらしい。

――大学時代の後輩が経営している「久美ちゃん農園」のお野菜たちです。久美ちゃんは真面目で日本の農業の将来を真剣に考えています。だからか美味しさがいっぱい詰まっています。新鮮で甘いので、野菜嫌いだった息子もぱくぱく食べてくれるんですよ。

夕方になり、家に帰ってパソコンに向かうと、更に問い合わせが増えていた。今日一日だけで、百五十件にもなった。

こんなに多くの顧客を抱えるのは無理だ。自分の畑では準備できない。

いや、まさか、まさか。このチャンスを逃してどうする。足りない分は近所の有機野菜の農家に声をかけて、なんとしてでも間に合わせよう。もちろんマージンはもらう。そしてどんどん大きくしていって、軌道に乗せるのだ。

新規申し込みをエクセルで管理するためにパソコンに向かっているとき、瑞希から電話がかかってきた。

——もしもし、久美ちゃん、効果あった？

「ものすごい反響です。どんどん増えています。私ひとりでは対処しきれそうになくて、どうしようかと思っているところです」

——無理しない方がいいよ。

「え？　どういう意味ですか」

——手を広げて変な野菜を一度でも送ったら一発でアウトよ。ネットの口コミは恐ろしいからね。限定数を決めたらどう？　そしたら順番待ちができて、もっと人気が出るはずよ。農地を広げたり人を雇ったりするよりも、高く売ることを考えた方がいいよ。「久美ちゃん農園」の野菜を買っていることが、セレブのステータスとなるようにするのよ。

「そうはおっしゃいますけど、そう簡単には……」

――どんな商売でも売り上げは量×単価でしょう。そこから経費を差し引いたのが利益。だから利益を上げるには、収量を上げるか単価を上げるか、経費を下げるかよ。

「経費をこれ以上は下げられません」

――でしょう? だからといって収量を上げるのは大変だよね。バイトを雇うだけじゃなくて、久美ちゃんの片腕になるような信頼できる人物だって必要になってくる。現時点でそれが難しいようなら、やっぱり単価を上げることを考えなきゃ。需要と供給の関係をうまく利用するのよ。例えば出荷の時期を世間一般と少しずらしてみるとか。大根であれば、春と秋の収穫時期がどこの農家も重なってしまう。だから、働くのが嫌になってしまうほど安価になる。

「もしも端境《はざかい》期に出荷できるようになれば……そうですね、考えてみます。工夫できそうです。瑞希さん、ありがとうございました」

――それとね、本音を言えば、もっとおしゃれな野菜を送ってほしいのよね。色鮮やかでかわいくて珍しい野菜。そういうの、今度作ってみてよ。

「わかりました。研究してみます」

――プレミアムセットはどうするか、考えた？

「今検討中なんです」

――楽しみにしてるわよ。

電話を切ってから、すぐに蜂蜜を作っている青年に電話をかけた。

「もしもし、星川広秋さんでしょうか？」

――はい、そうです。水沢さんですね。いつぞやはお世話になりました。

星川は前に会ったときと比べ、はきはきと話せるようになっていた。何か心境の変化でもあったのだろうか。

「もしよかったら、うちの宅配の中にお宅の蜂蜜を入れませんか？」

――ええっ、本当ですか？　それは助かります。

「二百ｃｃくらいの小瓶だと、おいくらになりますか？」

――いちばん小さな瓶が二百二十ｃｃなんですが、税抜きで千五十円です。

「そうですか、それを七百円で卸していただけないでしょうか」

――七百円かあ……。水沢さん、まさか、マージンを取る気ですか？

「もちろん取るに決まってるじゃないですか。星川さん、これはビジネスですよ」

――そうですよね。わかりました。ちょっと待ってください。

何やらぼそぼそと話し声が聞こえてくる。誰かと一緒にいるらしい。

——では九百五十円でどうでしょう。

父親か誰かがそばにいるのだろうか。七百円では安すぎると入れ知恵されたのか。霞を食って生きている感じだったのに、ずいぶんと商売っ気がある。

「星川さん、それは高すぎます。だったら七百五十円でどうですか？」

——七百五十円？　少々お待ちください。

また誰かに相談しているらしい。

——でしたら僕の方で割れないように瓶をプチプチの梱包材できっちり包んでからお宅へ届けますので、八百五十円でお願いします。

「うーん、どうしよう」

頭の中で素早く計算する。いけそうだ。

「わかりました。では八百五十円で」

——ありがとうございます。あれ以降も全然売れてなくて、理想と現実の狭間で悩んでたんです。だから本当に助かります。

「瓶にはおしゃれなラベルを貼ってください。『国産』の文字を目立つようにして」

——わかりました。なんだか闘志が湧いてきました。

闘志？　星川には不似合いな言葉だ。いったいどうしたというのだろう。

そのときだった。電話を通して声が聞こえてきた。

――ちょっと星川、電話、替わんなよ。

どこかで聞いたことのある声だった。

――もしもし、久美ちゃん？

「あれ？　ヒトミさん？　星川さんと一緒にいたんですか？」

――私ね、結婚することになったの。

「え？」

静代といいヒトミといい、急展開だ。

「それはおめでとうございます。で、お相手はどんな方なんですか」

――だから、今そばにいる蜂蜜坊やだよ。

「えっ、本当に？　星川さんと？　いったいいつの間に？」

――実はね、私、家賃を滞納しちゃってアパートを追い出されたの。それで、蜂蜜坊やのところに転がり込んだわけよ。

なんという大胆さだろう。だが、もともと勝算はあったのだろう。相手の目には、自分が魅力的に映っているはず。そういう確信があったに違いない。自分とは違い、ヒトミも静代も、そういう場面では本能的に鼻が利くのだ。

——それでね、少しの間でいいから居候させてって頼んだの。なんせ3DKなんだもん、一部屋くらい人に貸しても平気でしょう？

「え？　ええ、まあ」

——そしたら星川ってやっぱり育ちがいいみたいで、『有機野菜を作って頑張っている人が経済的に恵まれていないのは社会がおかしいせいだ』とかなんとか言って、すごく同情してくれて、住まわせてくれることになったの。久美ちゃんも知っての通り、本人はともかくとして、バックにまともな親がついてるでしょう。このチャンスを逃したら、年齢的にもあとがないと思ったの。

「ヒトミさん、本人を横にしてそんなこと言っていいんですか？」

それとも星川はそばにいないのだろうか。

——星川は隣でニヤニヤ笑ってる。惚れた弱みってやつ？

「もしかして蜂蜜の値段交渉はヒトミさんの入れ知恵とか？」

——そういうこと。

「ヒトミさんは、星川さんのような男性がタイプだったんですね。気づきませんでした」

ヒトミは星川よりひと回りも歳上だ。百歩譲って男と女に年齢なんか関係ないとしてど。

も、姉御肌のヒトミがああいった甘ちゃんを好きになるとは考えもしなかった。

——背に腹は代えられない。久美ちゃんみたいな苦労知らずにはわからないだろうけ
また言われてしまった。苦労知らずだと。

「私、苦労知らずなんかじゃありません。こう見えても、色々と……」

そう言いかけたが、ヒトミは遮った。

——もしかして、久美ちゃん怒ってんの？

「私が、ですか？　どうして私が怒るんです？」

——久美ちゃんは蜂蜜坊やに興味なかったよね。私が奪ってもいいよね。

「ええ、もちろんです。それよりヒトミさん、以前、言っていませんでした？　親に甘やかされるとロクなことにならないとかなんとか」

——うん、確かに言った。でもあのあと静代ちゃんに言われて考えが変わったんだよ。

ヒトミの話によると、あれから静代とはちょくちょく会っているらしい。

——結婚式で神父が言うじゃん。「健やかなるときも、病めるときも、喜びのときも、悲しみのときも、富めるときも、貧しいときも」とかなんとかゴチャゴチャと。静代ちゃんが言うにはね、あの中で重要なのは、病めるときと貧しいときなんだってよ。つまり

ね、人生最悪の事態に陥ったときの保険がないと誰だって安心して生きられないよっていう意味なんだってさ。

「……そう、なんですか」

――私はさ、昔から打算的なことは大嫌いだったし、親がバックについてるヤツなんか、嫉妬心もあって馬鹿にしてきたよ。でもさ、いざ自分もその甘ちゃん家族の一員になってみると、他人には批判されたくないと思うようになった。自分に都合のいいことばかり言うようでナンだけど、生き方は人それぞれだし、頑張れば頑張るほど報われるっていう世の中じゃないからね。家族が支え合ってもいいんじゃないかな。それに、何も私が百パーセント向こうに頼っているわけじゃないしね。蜂蜜の商売を軌道に乗せるために、毎週あちこちのマルシェに出かけていって、私の威勢のいい呼び込みで稼いでる。そんなこんなで、持ちつ持たれつの人生もアリかなって思うようになった。現に太田さんのところも、若い嫁が来てくれて女手が増えて大助かりみたいだし、小さい女の子が家の中で楽しそうに歌ったりしているのを見ると、認知症のおばあさんも穏やかになるらしいよ。

「へえ、そうだったんですか」

まだ釈然としなかった。ヒトミのような気の強い女性が、好きでもない男との結婚生活に我慢できるのだろうか。なんか変だ。

「ヒトミさんって……もしかしてものすごい照れ屋さんですか？　悪ぶってるけど、本当は星川さんのこと好きなんでしょう」

——げっ、バレたか。久美ちゃんて鋭いね。昔はあんなの好みじゃなかったけど、純粋で研究熱心だし、今までつきあってきた男の中で、星川ほど本を読むのはいなかったから、なんかカッコよく見えた。それに、なんといっても肌がきれいで、清潔感が半端ないんだよ。自分がまるでスケベな中年オヤジになったような気分になるよ。

照れ隠しなのか、ハハハと声に出してヒトミは笑った。

——歳下の男と一緒にいるのがこれほど気が楽だって初めて知ったよ。ほら、私って男に従うタイプじゃないでしょう。本当の自分でいられるっていうか、女らしく見せる演技も必要ないしね。それにさ、正直言うとマジで切羽詰まってたんだよ。ネットカフェ難民になるところだった。

「住む所を失うって、本当に恐いことですよね」

しみじみと溜め息混じりの声になった。

——ホームレスのほとんどが男でしょ。女は用心して生きてるからね。

そう言われてみれば、女性のホームレスというのはあまり聞かない。だが、それこそネットカフェを隠れホームとしているのではないか。そして体を売って食いつなぎ、なんとか生きている。そんな貧困な女性たちが増えていると聞いたことがある。

そうなる前に、誰かがほんの少し手を差し伸べてくれるだけで、救われた人がたくさんいただろうに……。現に、この自分がそうだった。アヤノが部屋を貸してくれ、富士江が農地を借りられるよう口を利いてくれた。だからといって、アヤノや富士江が迷惑を蒙《こうむ》ったかといえばそんなことはない。アヤノにはきちんと家賃を払ってきたし、大久保老人には農地代を払っている。

どこの馬の骨ともわからない者に親切にしたら、ひどい目に遭ってしまう。そういう考えなら誰も助けられない。もちろん、実際にひどい目に遭うこともあるかもしれない。だが、アヤノも富士江もそういうリスク込みで自分を助けてくれた。そう思うと、今さらながら感謝に堪えなかった。

――もしもし、久美ちゃん、聞いてる?

「あ、すみません。ぼうっとしちゃって」

――つまり女っていう生き物はさ、安全に生きるのがうまいんだよ。久美ちゃんは私と違って、びっくりするほど野菜作りも上手だし、大学出のインテリだから、この先もなんとかやっていけるんだろうけど、私や静代ちゃんみたいな馬鹿はね、男を捕まえることでしか安住の地を得られないんだよ。

「そう……ですか」

本当に愚かなのは、自分の方ではないだろうか。ヒトミや静代は、しっかりと現実を見据えていて、実はとんでもなく賢いのではないか。生存競争に勝つために、客観的に自分の市場価値を計算できる。そして妥協できる線を見つけ出している。

——ねえ、久美ちゃん、気が向いたら遊びにおいでよ。御馳走するよ。久美ちゃんの宅配セットに入れてもらえることになって、いきなり先行き明るくなったよ。

「こちらこそ助かりました」

——蜂蜜を使ったお菓子を売りだそうと思ってたところなの。いま蜂蜜坊やと研究中でね。蜂蜜プリンだとか、蜂蜜ガレットだとか色々ね。試食しに来てよ。気に入ってもらえたら、それも宅配セットに入れてもらいたいの。

「それは是非是非。それよりヒトミさん、向こうの親御さんに結婚を反対されなかったんですか？」

——最初は大反対だった。なんせ私はバツイチで、すんごく歳上だし、高校中退だもん。でも、この前お義父さんが「あなたのお陰で広秋が明るくなった」って言ってくれた。

「それはよかったですね。ところでヒトミさん、宅配の梱包を手伝いにきてもらえませんか？　時給をお支払いしますから」

——行く、行く。でも時給なんて払って大丈夫なの？

「忙しいときだけなんです。それも、前日になって急にお願いするかもしれません。本当にこちらの都合のよい使い方になってしまうんですが」

——大丈夫だよ。静代ちゃんにも声かけてあげようか？

「そうしてもらえれば有り難いですけど、でも静代さんは忙しいんじゃないでしょうか？家事や農業や介護の手伝いだってあるでしょう？」

——それはそうなんだけど、たまには外に出て息抜きしたいって言ってたよ。友だちが困っていて助けにいく、それも時給が出るとなると、ダンナもダンナの親も協力してくれるんじゃないかな。なんせあの家は、今や静代ちゃんが切り盛りしているみたいなところあるからね。

「だったら是非お願いします」

15　五月

ゴールデンウィークも終わり、山々の新緑が更に美しくなった。

緑色とひとくちに言っても様々な色があり、見飽きることがない。

裏庭にも勢いよく雑草が生えてきたが、メリーさんが片っ端から食べてくれている。

新居はまだ快適とまでは言えなかったが、自分でできる範囲で少しずつリフォームを施してきたので、ずいぶんと暮らしやすくなった。

アヤノは駅前のマンションに引っ越すとき、母屋のリビングにあったソファや家具一式をくれた。引越し先はそれほど広くないから、小ぶりな家具に買い替えるということだった。そのお陰で、「母親」の匂いのする温かみのある空間が、そっくりそのまま我が家の八畳間に再現された。

「それにしても、まさか久美ちゃんが、あんなにふしだらな女だとは思いもしなかった」

突然、富士江が言い出した。

「それ、何のことですか？」

亜美までが、興味津々といった具合に身を乗り出している。

今日は我が家の庭で、富士江たちをランチに招いたのだった。

「だって亜美ちゃん、聞いておくれよ、先月は男の人が二人も訪ねてきたんだよ。久美ちゃんは男をとっかえひっかえの毎日なんだよ」

富士江はわざとらしく眉根を寄せ、深刻そうな表情を取り繕った。その横顔がおかしくて、久美子は思わず噴き出してしまった。

「富士江さん、それ実際に見たんですか?」と、亜美がニヤニヤしながら尋ねる。

アヤノはまた始まったとばかり富士江に一瞥をくれただけで、せっせと蒸し野菜を口に運んでいる。

「見た見た、見ましたともさ。どっちもなかなかの男前でね。私はイタリア野郎より修ちゃんの方が好みだけどね」

先月、修が畑を見にきたのだった。マイを連れてくるのかと思ったら、ひとりだった。マイは畑なんか興味がないと言い、友だちと買い物に出かけたということだった。

——いいなあ。畑の真ん中で、こうやって両手を広げて深呼吸するだけで、すごくリフレッシュできるもんなあ。

修も中間管理職となり、ストレスが溜まっているようだった。

——上司も部下もいないのはいいよなあ。自分の采配《さいはい》で何もかも決められるんだもんなあ。定年もないしさあ。

修は、農業で生計を立てている久美子をしきりに羨ましがった。

「それより富士江さん、イタリア野郎って誰ですか?」

亜美は、赤ん坊を夫に預けてきたという。この解放感は久しぶりだと、本当に楽しそうだった。持参したシャンパンの二本目を開けようとしている。

「イタリア料理店を経営している男でね」と富士江が言いかけると、「ちょっと待って」とアヤノが遮った。

「田宮《たみや》くんについては私が説明するわよ。だって私が久美ちゃんに紹介したんだもの。彼はリストランテ・フェリーチェを経営している爽やかな青年で、料理は超一流よ。私の登山仲間の女性たち全員が彼の大ファンなのよ」

フェリーチェの田宮から、畑を見せてほしいと連絡があったのは先月だった。宅配の顧客の中で、いちばんのお得意様だ。それまではメールでやり取りするだけで、会ったことはなかった。会う前から好感を持っていたのは、彼の経歴をアヤノから聞かされていたからだろう。だからか、初めて会ったとき、真っすぐにこちらを見つめる優しそうな目に、どぎまぎしてしまったのだった。彼は高校を卒業後、働きながら資金を貯め、二年後には単身でイタリアへ渡ったという。イタリア語は独学で学んだらしい。それに比べて自分は、大学へ行くために上京するだけでも思いきった行動だと感じていたのだ。なんというスケールの差だろう。

田宮は畑を見に来たとき、しゃがみ込んで土を手に取り、手のひらで揉んでみたり、匂いを嗅いだりしていた。

——この大根、引っこ抜いてみてもいいですか？

まだ小さいと、何度言っても田宮が納得しないので、どうせ間引くことだしと、一本引き抜いて見せた。

——こういうのが欲しかったんです。人参もこのサイズでお願いします。

直径一センチにもならない人参や大根は、まるで、おままごとで使う玩具のようだ。それをそのままさっと茹でて前菜として客に出すらしい。

そして、結球する前の若採りのレタスも欲しいと言う。これは調理場での手間を省くためらしい。そうなると、間引きサイズの大根などと同じで、かなりの密植でも大丈夫だし、回転率も小松菜並みになる。作期が短いと肥料も少量で済む。そのうえ高値で引き取ってくれるとなれば言うことなしだ。

それらを試しに瑞希に送る段ボールに入れてみたところ、その日のうちにブログに写真を載せてくれた。

——もしもし、久美ちゃん、これよ、これ。私の読者はセレブな奥様が多いの。だから、今日届けてくれたみたいな野菜がいいのよ。つまり、スーパーでは売っていなくて、高級レストランでしか見かけない、おしゃれな野菜よ。

都心のレストランなど、とんと御無沙汰している。たまには偵察に行ってみた方がよさそうだ。

「久美ちゃん、悪いことは言わない。さっさとどっちかと結婚しちまいな」

富士江は、手酌で日本酒を飲みながら言う。

「もしかして久美子さん、二人の男性からプロポーズされているんですか?」

亜美は勝手に想像して、きゃあと黄色い声を上げた。

「どちらからもされてないってば。それに、修には奥さんがいるよ」

「久美ちゃん、ダメじゃないか。男の方からプロポーズさせるように仕向けなきゃ。『私、合コンに行けばモテモテなの』とか嘘ついて、イタリア野郎を焦らせなきゃ」

「そういう姑息なやり方は私、大反対だわ」

アヤノがぴしゃりと言った。「そもそも富士江さんの考え方は古いのよ」

「言ってくれるじゃないか。同い歳だっていうのにさ」

「まあまあ、私は今のままですごく幸せですから」

「ですよねえ。久美子さんは私なんかと違ってしっかりしてますもんね」

「私、しっかりなんてしてないよ」

そう言うと、三人とも驚いたようにこちらを見た。

「何を言ってるんだい。久美ちゃんほどしっかりしている女はめったにいないよ」

「そうよ。私もそう思うわよ」とアヤノも言う。

――しっかりしている。

子供の頃から、そう言われるたびに心の中で反発してきた。自分は本当は小さくて弱い女の子なのだ。本当の姿を誰もわかってくれない。そう思ってきた。

だが、今日初めて考えが変わった。

「そうですね。私って強いですよね」

そういうと、三人とも大きくうなずいた。

強いからこそ、人生の岐路に立ったとき、頑張って乗り越えられたのだ。

もちろん自分の力だけではない。多くの人に助けられて、ここまで来た。だからいつか自分も、誰かがピンチのときは助けられる人になりたいと思う。


久しぶりに都心に出向いていた。

フェリーチェに招待されたからだ。

あれから、瑞希のブログのお陰で、宅配では順番待ちができている。少しずつ生活にも余裕ができ、貯金もできるようになった。

鶏も二十羽ほど手に入れた。お陰で毎朝起きると、新鮮な卵かけご飯を食べるのが楽しみになった。来週は、ピザを焼く煉瓦の窯も造る予定だ。田宮が手伝いに来てくれるという。

脇道に入った。店へ行くには住宅街を通り抜けた方が近道だ。どの家も敷地が広く、高い塀に囲まれている。

前方の勝手口から六十代くらいの女性が出てくるのが見えた。こちらへ向かって歩いてくる。上質なワンピースを着て、高価そうなバッグを持っている。何年か前に見た女性だった。

――あなたは、どうやってこんな優雅な暮らしを手に入れたんですか。

あのときは、そう言って問い詰めたくなったのだった。

だけど今日の自分は、それほど羨ましいとは思わなかった。

きっと、自分の力で暮らしを切り拓いていく方が、性格的に向いているのだろう。

大変だけど面白いもの。

たった一度の人生なんだし。

そう考えると、ふっと口もとが緩んだ。

背筋を伸ばしてフェリーチェへ向かう。

フェリーチェというのは、イタリア語で幸福を意味するらしい。

解説——あなたの幸せを探して

作家　原田《はらだ》ひ香《か》

もし、あなたが書店でこの本を手にして、「買おうかな、どうしようかな？」と迷い、「ちょっと解説でも読んでみるか」とここを開いた人なら、ぜひお伝えしたいことがあります。

この本はおもしろいです。お勧めです。ぜひ、あなたと一緒に連れて帰ってやってください。

読み進める内に、主人公・水沢久美子《みずさわくみこ》の行動にハラハラドキドキ、数々の困難に彼女以上に憤慨したり、応援したり。さらにラストには胸にぐっとくる展開が待っています（私は少し泣いた）。

そして、今、わずかでも幸せをつかんでいる人は「自分の幸運を大切にしよう」と思い、残念ながら、ちっとも幸せじゃないわ、という人だったとしても「小さなところからそれを探してみよう」と自分の生き方を見直したり考えたりすることの始まりとなるに違いありません。

本来なら、こういうことは最後に書くべきかもしれません。解説のまとめとして。だけど、大切なことなので、そして、ぜひ、読んでいただきたいので先に書きました。

それから、「農業の話か……ちょっと興味ないな。私には関係ないな」と思った方！そういう方にもぜひお勧めです。もちろん、農業のことは書いてありますが（そして、それはすごく詳細なので将来、ちょっと農業やってみたいわ、という方にも、当然お勧めなのですが）、この物語には今の時代、一人の女性がどう職業を選んでいくか、どう配偶者を選んでいくか、人生を選んでいくか、という根源的な話を、農業を通じて書いてあるので、農業興味なくてもぜんぜん大丈夫！　実はかく言う私も、垣谷美雨《かきやみう》さんの新作はいつもチェックしているけれど、今回は農業か……私にはあまり関係ないかも、と手を出すのが遅れたクチなのでよくわかるのです。農業関係ない！（いや、あるけど）そこの、田舎とか虫とか野菜とかキライ、と言っている都会派な女子にもぜひ、お勧めしたいです。

・

主人公、水沢久美子は三十二歳、六年間同棲《どうせい》している篠山修《しのやまおさむ》に、ある日、こっぴどく振られてしまいます。しかもよりにもよって、働いていたファミリーレストランから派遣の契約を打ち切られた日に……。篠山には新たに、結婚を考えている若い彼女がいて、ひどい言葉や態度で久美子を傷つけます。さらに、彼は久美子が一緒に住んでいるマンションから出ることを求めます。けれど、久美子は両親がすでに亡くなっていて、帰るべき実家のない、寄る辺のない身の上なのです。彼氏ならそれを知っているはずなのに……。

　ここのところは、読者の誰もが向かっ腹が立つ場面です。私も久美子の身内のような気持ちになって、「お前、六年も同棲して三十すぎた彼女にそこまでひどいことよく言えるな⁉」と、篠山に詰め寄りたくなるくらい。

　しかし、垣谷さんがうまいのは、この、最低男、篠山にも五分の魂というか、ちゃんとした拒絶理由を用意しているところ。彼には彼の、久美子を振った言い分があり、それを聞かされると、「なるほどなあ」と少し気の毒になる。

　あまり話すとネタバレになりますが、彼に限らず、垣谷さんの作品の登場人物にはこういうバランス感覚が必ず利《き》いています。どんな悪人も、その一面だけでない美点をちゃんと用意してくださる。この作品の中にも、最初の登場は「ぎゃっ」と叫びたいほどひどいのに、後々、彼女の人生を支えてくれる方が何人か出てきます。

　そして、それはまた、現実世界も同じじゃないでしょうか。嫌なところばかり、悪いばかりの人というのはそういないし、第一印象が最悪の人もよく話してみれば、たいてい、良いところが一つくらいはあるものです。

それは、自分自身や人生についても同様で、悪いことも裏返せば良いチャンスにつながっていることはたくさんあります。

もしかしたら、人間や人生のこのような二面性、多面性というのは、垣谷ワールドの大きなポイントの一つかもしれません。

久美子も、この絶体絶命の時に、大きな目標を見つけます。それが、題名にもなっている「農業」です。その後久美子の人生は大きく変化し、広がっていくのです。

若い方はどうしても、人の見方や人生の見方が一面的になりがちです。でも、何かピンチが訪れた時、大きく傷ついた時、一瞬立ち止まり、「もしかして違う見方もあるかな?」と考えてみることは大切だと、垣谷作品を読むと強く感じます。

垣谷さんの小説を読んでいて、私にはもう一つ、いつも胸に刺さることがあります。それは「分相応の幸せ」をしっかり見極めることの大切さ。

「分相応に振る舞え」なんて言われると、なんだか夢がないような、オバサンやお母さんから説教されているような、嫌な気分になる人もいるでしょう。今の時代、むしろ、自分の殻に閉じこもらず、少し大きすぎる夢を持つことを求められたり、その方が良いことのように言われたりしていますから。

でも、「分相応」とは、決して、夢を持つことや高望みすることを否定しているわけではなくて、ちゃんと今の自分の幸せをよく見てみようということだと思うのです。そうでないと、いつまでも不満ばかりで、せっかくの、自分の人生や周りにいる温かい家族、友達を見逃すことになりますよ、と。

この作品の中にも、分相応を見極めて、一生懸命、自分の幸せをつかもうとする女性が出てきます。最初は「え、ここまでするの？」と驚いたり、ちょっと引いたりするかもしれませんが、だんだん、彼女たちがたくましく美しく、輝いて見えてきます。

ここからは作家としての垣谷さんに、私が日頃抱いている尊敬の念を記していきたいと思います。

ちょっと愚痴《ぐち》めいた話になったらごめんなさい。

私のような、社会で実際起きている問題や事件を題材に小説を書くことがある人間は時々、言われることがあります。「私もそのネタで書こうと思ってたのに」「私もずっとそれに注目していたのに」というのがその言葉です。

私は実際、面と向かって言われたことがあるし、ネットにも書き込まれたこともある……（そして、そのほとんどの場合、「私が書いたらもっといいものが書けたのに……」

という心の声が言外に聞こえる)。

ずっとそんなことに悩まされてきたし、どこか、引け目さえ感じていました。普通、何か世間で問題が起こったり何かが流行《はや》ったりしたあと、それが小説の形になるまでには時間がかかります。テーマを決め、物語の形にプロットとして起こして、書いて、さらに小説の形で出版されるまで、一年以上かかるのが普通です。いや、一年ならずいぶん早いほうではないでしょうか。

しかし、垣谷さんはそれが早いのです。めちゃくちゃ早い。

最近、世間で話題になり、テレビや雑誌のメディアで取り上げられるようになった「死後離婚」の問題などは、『嫁をやめる日』(文庫改題『夫の墓には入りません』)が出版されるのがずいぶん早かったのではないでしょうか。

いったい、どうやって「テーマを探し」「プロットを組んで」いるのか、何かコツのようなものがあるのなら、本当にお聞きしたい。

目の付け所がよい、という言葉があります。

時流によく乗った小説が出版された時、「目の付け所がいい」などと評されるし、私たちもつい口にしてしまいますが、はっきり言って、目を付けるのは「誰でもできる」(いや、そこまで言ってしまうと語弊があるかもしれません。それさえもできなかったり、見逃してしまったりすることが大半なので）。だけれども、そのアイデアを小説化する、プロットとして、物語として起こすということが、実は「目を付ける」ことの何倍も大変なことなのではないかと思い始めました。

むしろ、小説家の仕事、能力というのは、まさにそれだ、と言ってもいいんじゃないでしょうか。

やっとそれが私にもわかってきて、次に「私もそれを書こうと思っていたのに」と言われたとしても、にっこり笑って「どうぞ、どうぞ、ぜひ、お書きください」と言い返せるような気がしています。

そして、私が、その能力が最も優れている小説家の一人だと思っているのが、まさに垣谷美雨さんなのです！

（この作品『農ガール、農ライフ』は、平成二十八年九月、小社から四六判で刊行されたものです）

農ガール、農ライフ

一〇〇字書評

切・り・取・り・線

購買動機（新聞、雑誌名を記入するか、あるいは○をつけてください）	
□（　　　　　　　　　　　　　　　　　　　）の広告を見て	
□（　　　　　　　　　　　　　　　　　　　）の書評を見て	
□ 知人のすすめで	□ タイトルに惹かれて
□ カバーが良かったから	□ 内容が面白そうだから
□ 好きな作家だから	□ 好きな分野の本だから

・最近、最も感銘を受けた作品名をお書き下さい

・あなたのお好きな作家名をお書き下さい

・その他、ご要望がありましたらお書き下さい

住所	〒				
氏名		職業		年齢	
Eメール	※携帯には配信できません	新刊情報等のメール配信を 希望する・しない			

この本の感想を、編集部までお寄せいただけたらありがたく存じます。今後の企画の参考にさせていただきます。Eメールでも結構です。

いただいた「一〇〇字書評」は、新聞・雑誌等に紹介させていただくことがあります。その場合はお礼として特製図書カードを差し上げます。

前ページの原稿用紙に書評をお書きの上、切り取り、左記までお送り下さい。宛先の住所は不要です。

なお、ご記入いただいたお名前、ご住所等は、書評紹介の事前了解、謝礼のお届けのためだけに利用し、そのほかの目的のために利用することはありません。

〒一〇一‐八七〇一
祥伝社文庫編集長　坂口芳和
電話　〇三（三二六五）二〇八〇

祥伝社ホームページの「ブックレビュー」からも、書き込めます。

http://www.shodensha.co.jp/bookreview/

祥伝社文庫

農《のう》ガール、農《のう》ライフ

令和 元 年 5 月 20 日　初版第 1 刷発行
令和 元 年 6 月 5 日　第 2 刷発行

著　者　垣谷美雨《かきやみう》
発行者　辻　浩明
発行所　祥伝社《しょうでんしゃ》
東京都千代田区神田神保町 3-3
〒 101-8701
電話　03（3265）2081（販売部）
電話　03（3265）2080（編集部）
電話　03（3265）3622（業務部）
http://www.shodensha.co.jp/

印刷所　萩原印刷
製本所　ナショナル製本
カバーフォーマットデザイン　芥 陽子

Printed in Japan ©2019, Miu Kakiya ISBN978-4-396-34523-5 C0193

祥伝社文庫の好評既刊

垣谷美雨

子育てはもう卒業します

就職、結婚、出産、嫁姑問題、子供の進路……ずっと誰かのために生きてきた女性たちの新たな出発を描く物語。

桂　望実

恋愛検定

片思い中の紗代《さよ》の前に、突然神様が降臨。「恋愛検定」を受検することに……。ドラマ化された話題作。

小池真理子

新装版　間違われた女

一通の手紙が、新生活に心躍らせる女を恐怖の底に落とした。些細《ささい》な過ちが招いた悲劇とは――。

近藤史恵

スーツケースの半分は

あなたの旅に、幸多かれ――青いスーツケースが運ぶ〝新しい私〟との出会い。心にふわっと風が吹く幸せつなぐ物語。

近藤史恵

カナリヤは眠れない

整体師が感じた新妻の底知れぬ暗い影の正体とは？　蔓延する現代病理をミステリアスに描く傑作、誕生！

近藤史恵

茨姫《いばらひめ》はたたかう

ストーカーの影に怯《おび》える梨花子《りかこ》。整体師合田力《ごうだりき》との出会いをきっかけに、初めて自分の意志で立ち上がる！

祥伝社文庫の好評既刊

近藤史恵　Shelter〈シェルター〉

心のシェルターを求めて出逢った恵といずみ。愛し合い傷つけ合う若者の心に染みいる異色のミステリー。

坂井希久子　泣いたらアカンで通天閣

大阪、新世界の「ラーメン味《み》よし」。放蕩《ほうとう》親父ゲンコとしっかり者の一人娘センコ。下町の涙と笑いの家族小説。

柴田よしき　ふたたびの虹

小料理屋「ばんざい屋」の女将の作る懐かしい味に誘われて、今日も集まる客たち……恋と癒《いや》しのミステリー。

柴田よしき　竜の涙　ばんざい屋の夜

恋や仕事で傷ついたり、独りぼっちになったり。そんな女性たちの心にそっと染みる「ばんざい屋」の料理帖。

小路幸也　さくらの丘で

今年もあの桜は美しく咲いていますか――遺言により孫娘に引き継がれた西洋館。亡き祖母が託した思いとは？

小路幸也　娘の結婚

娘の結婚相手の母親と、亡き妻との間には確執があった？　娘の幸せをめぐる、男親の静かな葛藤と奮闘の物語。

祥伝社文庫の好評既刊

平 安寿子
こっちへお入り
三十三歳、ちょっと荒んだ独身ＯＬ江《え》利《り》は素人落語にハマってしまう。遅れてやってきた青春の落語成長物語。

田口ランディ
坐《ざ》禅《ぜん》ガール
作家よう子は薄幸の美女りん子とともに坐禅をすることに。足の痺《しび》れの先に、光は見える？ 尽《つ》きせぬ煩《ぼん》悩《のう》に効く物語。

畑野智美
感情8号線
目の前の生活に自信が持てない六人の女性。環状8号線沿いに暮らす彼女たちのリアルで切ない物語。

林 真理子
男と女のキビ団《だん》子《ご》
中年男と過去に不倫中、秘密の時間を過ごしたホテル。そのフロントマンに、披露宴の打ち合わせで再会し……。

原 宏一
佳《か》代《よ》のキッチン
もつれた謎と、人々の心を解くヒントは料理にアリ？「移動調理屋」で両親を捜す佳代の美味しいロードノベル。

原 宏一
女神めし
佳代のキッチン2

食文化の違いに悩む船《ふな》橋《ばし》のミャンマー人、尾《おの》道《みち》ではリストラされた父を心配する娘――最高の一皿を作れるか？

祥伝社文庫の好評既刊

原田マハ　でーれーガールズ
漫画好きで内気な鮎子《あゆこ》、美人で勝気な武美《たけみ》。三〇年ぶりに再会した二人の、でーれー（ものすごく）熱い友情物語。

三浦しをん　木暮荘《こぐれそう》物語
小田急線・世田谷代田《せたがやだいた》駅から徒歩五分、築ウン十年。ぼろアパートを舞台に贈る、愛とつながりの物語。

椰月美智子　純愛モラトリアム
はずかしくて切ない……でも楽しい。イタい恋は大人への第一歩。不器用な恋愛初心者たちを描く心温まる物語。

柚木麻子　早稲女《ワセジョ》、女、男
自意識過剰で面倒臭い早稲女の香夏子《かなこ》と、彼女を取り巻く女子五人。東京で生きる女子の等身大の青春小説。

柚月裕子　パレートの誤算
ベテランケースワーカーの山川《やまかわ》が殺された。被害者の素顔と不正受給の疑惑に、新人職員・牧野聡美《まきのさとみ》が迫る！

西　加奈子ほか　運命の人はどこですか？
この人が私の王子様？
飛鳥井千砂《あすかいちさ》・彩瀬《あやせ》まる・瀬尾《せお》まいこ・西加奈子《にしかなこ》・南綾子《みなみあやこ》・柚木麻子《ゆずきあさこ》